忘则怎生便忘得

闲品金庸笔下的爱情

林探惜 著

作家出版社

图书在版编目（CIP）数据

忘则怎生便忘得：闲品金庸笔下的爱情 / 林探惜著．—北京：作家出版社，2015.4

ISBN 978-7-5063-7908-3

Ⅰ．①忘… Ⅱ．①林… Ⅲ．①随笔—作品集—中国—当代 Ⅳ．①I267.1

中国版本图书馆 CIP 数据核字（2015）第 068617 号

忘则怎生便忘得：闲品金庸笔下的爱情

作　　者：林探惜
责任编辑：张　平
装帧设计：视觉共振设计工作室
出版发行：作家出版社
社　　址：北京农展馆南里 10 号　　**邮　　编：**100125
电话传真：86-10-65930756（出版发行部）
86-10-65004079（总编室）
86-10-65015116（邮购部）
E-mail:zuojia@zuojia.net.cn
http://www.haozuojia.com（作家在线）
印　　刷：北京市玖仁伟业印刷有限公司
成品尺寸：145×210
字　　数：197 千
印　　张：9.5
版　　次：2015 年 5 月第 1 版
印　　次：2015 年 5 月第 1 次印刷
ISBN 978-7-5063-7908-3
定　　价：29.00 元

自序

阅读金庸小说，是我作为一个文艺女青年，从中学就开始酝酿的念头。因为怀揣着太多泛着玫瑰色泡泡的爱情美梦，我太想一头扎进一座象牙塔，整理出一部包罗万象的，类似于“爱情指南”的文字。

这也是我从进大学以来，为数不多的，能够持之以恒做下来的事。

我相信，很久以后回忆起来，图书馆二楼文学馆右拐直走左手边的那一排书架，和那上面的残旧泛黄的金庸作品，一定会是我大学期间不可磨灭的记忆。

相比如今泛滥成灾的女性言情，又或是风靡一时的鸳鸯蝴蝶派小说，我更倾向于走进一个纯粹的乌托邦。

男人有他们热血沸腾的英雄梦，我们女人，心里也有一个旖旎缱绻的英雄梦想。

我的外公很喜欢看武侠电视剧，从小我就跟着一起看电视里的人打打杀杀。所以从很小的时候开始，我就有一个关于武侠的梦。据说我三四岁的时候，常常将我妈的丝巾包成一个包袱背在背上，豪情万丈地跟家里人说：“我要行走江湖去了！”

直到如今，这仍是全家人的笑谈。

但是其实，我梦想中的角色，不是武功高强的女侠黄蓉，也不是手无缚鸡之力却受尽男人倾慕的大美人香香公主——我一直希望做一个住在寒冰宫殿里的妖女，身怀绝技而又心机深沉，终有一日与名门正派的翩翩少年相恋，眼看着他为我背叛全世界。

说到这里，我想到的是殷素素。只可惜这女子终究不得善终。

正所谓，你越不像谁，越想变成谁。

我从小对殷素素那个角色的向往，恐怕也正是因为智商和情商有限，让我永远学不来她那一身的本事。

小学住在青岛的那一段时间，网络还不算发达，甚至连DVD都还没有普及。我每天跟我妈沿着香港东路一路散步到金帝山庄，然后走回家，打开VCD，一张张地放碟看。看的电视剧是我父母最喜欢的83版《射雕英雄传》，以至于到后来读书的时候毫无新鲜感，只因小时候早已对其中的情节滚瓜烂熟。

当时一面啃着从超市买来的烧鸡，一面看洪七公以绝世武功换黄蓉做美食给他吃的情节，实在是绝妙的享受。

还有一桩，是当时热播的赵文卓版《书剑恩仇录》。我原以为是寻常的古装剧，也不理原著作者何许人也，百无聊赖地一集集看下来，居然让我看到那厚脸皮的少女李沅芷，一路千辛万苦地倒追，最后竟然得到了金笛秀才余鱼同的真爱！

虽然电视剧将结局改成了大屠杀，但那一对金童玉女在我心中的震撼，也隐隐推动了我对武侠世界的向往。

至此，我对武侠所有的情愫，全部都来自童年。

而直到正式开始阅读金庸作品，我才将我童年以来所有对武侠世界的幻想，逐渐摆到了一个合理的位置。

武侠小说毕竟不同于我从前喜爱的言情小说和文艺评论，这是一个完全虚构的世界，然而金庸的虚构又常常经过了史料翔实的考证，因而模糊了现实与幻想的界线，给我们造成一种奇妙的精神体验。

如今的我们，都太需要这样一个幻想的世界，以求暂时逃离沉甸甸的现实。

我谨将一点对金庸武侠的感悟，连同粗陋拙劣的分析解构，呈上来博大家一笑。此书的作品排序，是按照我自己阅读金庸小说的顺序，当然我的阅读尽量照应了故事间的关联顺序。各位由此也顺便可以看到，我十八岁到二十岁以来，心智与文笔的逐渐成长。

豆瓣有网友看了我的书评，给我留言说："看得出你也是个拿不起放不下的人，悬坐绳索上下颠簸。"

真是很有意思的评语。

我想，正因为还未曾真正体验过爱情，我才能有这么多奇奇怪怪的关于爱情的想法吧。也有朋友说我写的评语太过于儿女情长，倒缺了英雄气，我也只能笑：也许不管我的个性平时如何叛逆不羁，内心深处，终究是一个彻彻底底的女人。

能够出版这本书，也实在是机缘巧合。我需要感谢的人和事太多。谢谢网易云阅读的谭静姐姐给我最初的平台，谢谢冰蓝亲的推荐，谢谢陪伴林探惜一起成长的所有的亲人和朋友。还要谢谢栽培我的母校深中，谢谢在2012年夏天闯入我生命里的那几个可爱至极的不速之客——是你们的存在，让我不断地想要成为更好的人。

我爸妈从来不相信我能够把“写书”这个轻盈而不切实际的美梦坚持下来，所以这次，我从谈合约开始，就一个字都没有告诉他们。我希望从今以后能够独立完成越来越多的事情，也希望自己能够成为更多人的骄傲。

这是我成年以后正式出版的第一本书，也是我在进入这所消磨意志“毁人不倦”的奇葩大学之后，在四年“心之忧矣，如匪浣衣；静言思之，不能奋飞”的生活中，做到的为数不多的能令我自己感到满足的事情。

前段时间，我在本港台看到一位画家在专访中说过这样的话：只要你坚持把一件事做下去，这件事就一定会朝着你期待的方向发展——只不过是快一点或慢一点的区别罢了。

我想，这本书，只是一个开端。

希望拿到这本书的你，能够借助我的视角，找到自己所理解的那个，关于英雄，和关于爱情的梦想。

2014.7.27

目录

君指南山松柏树——评《神雕侠侣》

让他一生为你画眉——评《倚天屠龙记》

世间开满金波旬——评《连城诀》

只怨那众生太美——评《天龙八部》

浅析金庸笔下的三角关系

初恋的味道

你既无心我便休

——评《书剑恩仇录》

【霍青桐：你既无心我便休】

“你既无心我便休。”

那日余鱼同在寺庙里头见了这一句，不禁想到了骆冰，心下苍凉，毅然出了家。而后他放不下俗家名号，亦避不开李沅芷明月般的用心，终是还了俗，娶了妻，过上凡夫俗子的幸福生活。

《飞狐外传》里只提到了一句：“这美妇是金笛秀才余鱼同之妻李沅芷。”之后再没有笔墨涉及，却无损读者想象出他们的平淡幸福的生活。

一直觉得大部分电视剧的改动都很令人愤怒，但读了原著，只觉得涉及李沅芷和余鱼同的笔墨实在太少，不改编都说不过去。我是多么想看到女扮男装的李沅芷带着重伤的余鱼同四处奔波，一路上由陌生到熟悉，他是如何发觉她的女儿身，她又是如何地怦然心动。将这一段细细写来，少女情怀无限旖旎，总好过写那刁蛮大小姐周绮和五短身材的徐天宏的打情骂俏。

那是余鱼同最美好的时刻，既不是为了骆冰这个冤孽而自怨自艾，也不是为了红花会那荒诞的民族大义而奔波劳累。那时他的面容尚且俊秀迷人，一袭长衫，一把金笛，眉目中的忧郁自有一种风情。如此的才子佳人，拿起了武器行走江湖，在危难之中相互陪伴，说不尽是多么地美妙。

我之所以执意要读《书剑恩仇录》，乃因小时候看了赵文卓那一版的电视剧，一直对孙莉和谢君豪的那一段演绎念念不忘。她追随了他那样久，他冷漠无情，她锲而不舍，我几乎都要绝望了，她都心灰意冷地嫁了他人，他却猛然间意识到自己有多爱，以至于醉倒街头，恨不得立时死去。

到后来他们竟然成了婚，成就了这样一段“针笛情缘”。书里头的余鱼同是那样不可爱，非要装得一本正经，说什么“师妹我求你了”，一副大义凛然的面貌，仿佛娶了李沅芷是作出莫大的牺牲。我更喜欢电视里头的谢君豪，掀起红艳艳的盖头来，回眸一笑，眼底漫着无限的温柔。就在那一刻执子之手，不问未来。

余鱼同因了骆冰的无心，终是放下了那一段痴念。若是李沅芷也学他一样，转身离开，又当如何？缘分是这样地容易错失，真是让人不敢想象。

好在李沅芷不似他。生长于富足官家的大小姐，从来没学过什么是“放下”。

对这部作品，我只是偏执地喜欢着这一对，却无缘由地对正牌的男女主角那一段爱情毫无好感。

陈家洛与霍青桐，原是惊鸿一瞥，便已两处沉吟各自知。可那男人天性狭隘，既不信任，却也不问。任李沅芷宜嗔宜喜的面容在他面前娇俏着，他却固执地当她是情敌，一面从心底里厌恶，一面装出一副有修养的模样，礼貌地回答她的问话。这样的伪君子，看着实在让人喜欢不起来。

而且，分明霍青桐是那样完美，为何陈家洛还是半途喜欢上了那香香公主?

我自然能够想明白，香香公主是所有男人的梦中情人——美丽，无脑，永远用崇拜和仰望的目光看着自己恋慕的男人，永远怯生生地躲在男人臂弯之下，一个颤抖就可以激发无限的雄性荷尔蒙。

而相比之下，智勇双全的霍青桐，显然是更加受同性的青睐。

事实上，霍青桐的智慧勇敢和善良大方的确是书中的男人都无法企及的。尤其她自己芳心破碎，还要受到周围亲友的猜忌讽刺的时候，竟还能一心一意地为那负心郎和自己的情敌祈福，并且在救他们于危难之后默默出走，险些命丧天山，实在令人不能不唏嘘。

这样的绝代佳人，陈家洛不知珍惜，情感天平反倒偏向了那只会成为负累的单细胞美女——想来，这不是某一个男人的偶然性，而是全天下男人都会作出的必然选择：一个是瞪大眼睛崇拜你的美丽少女，一个是事事令你自愧不如的女强人，何者更让男人心里舒坦，不言而喻。

至于陈家洛所谓的为了家国天下放下儿女情长，简直就是胡扯。这只不过是为他情感上的优柔寡断找一个冠冕堂皇的借口：与其二者择一，不如以胸襟宽广作为托词，暂时将两位美人都留作备胎。

只可惜决定不可能一辈子不下，备胎也不可能等你一辈子。最后香香公主在京城自尽，霍青桐和陈家洛都长居天山，却再没谈及男女之情，倒算是一个洒脱的收梢。

对于霍青桐来说，有些事情，在心里盛开，在心里腐烂，也不需要再将它拿出来。

你既无心我便休，这一句不该给余鱼同，应是霍青桐的话。那人纵然有心，亦不过是鱼与熊掌可以兼得的贪心，不要也罢。

相比这条主线，我反倒对配角李沅芷和余鱼同的故事欲罢不能。

印象很深刻的是山洞里头的那一段，“李沅芷靠在余鱼同身上，虽然情势危急，反觉实是生平未历之佳境，山洞寒冷黑脏，洞外强敌环攻，然而提督府中的绣楼香闺却无此温馨。”最浅淡的语句，便知这一段情有多深重。只因为与他近在咫尺，便觉得那样危险又恶劣的环境是平生去过的最美的地方，而豪华温馨的绣楼已根本不值一提。

爱情这件东西何其神妙，内心那种激烈的感觉，竟足以让所有的畏惧都荡然无存。据说一起冒险可以大大增进男女间的爱情，只因在高度紧张的状况下，荷尔蒙的分泌会悄然发生转变——要不然怎么说，“爱她，就带她去蹦极”呢？据说当时高圆圆和赵又廷拍《搜索》，两人相拥着蹦极，从万丈高台跳下。在那之后，影片中的男女主角开始相爱得无法自拔，影片外的男女主演之间，也开始产生了难舍难分的微妙磁场。

如果说起初还只是一眼惊艳、一念情动，那么经历了千山万水的生死相依，李沅芷早已不可能再走出这个恋爱中的状态。人就是这样古怪的动物，越是得不到，就越是欲罢不能。

按说余鱼同和陈家洛都算是对感情不够强势的男人，但他们最大的区别在于，余鱼同的爱情具有不可替代性，而陈家洛其人在处理感情上却极度地猥琐。

倘若我是李沅芷，那日在客栈里头见了余鱼同故作酸气的俏皮打斗，见了他面如冠玉朝我一笑，一时心动，大抵也会如她般不顾一切——既不要官家小姐的荣华富贵，也不要侍从成群的安逸生活，甚至不要郎君的俊俏容貌，只是追随心中感觉。有过射灭烛火藏身入被的关切，有过树林山洞生死相依的情意，又早已将那人本性了解透彻，无悔无怨，夫复何如?

但若我是霍青桐，便宁可取回了《可兰经》之后就转身离去，不对那翩翩佳公子心存感激，更不要时时牵念。就是在天山长居一世，亦不要为这肤浅短视且贪婪懦弱的男人掉一滴泪。

只因这世上的事太难两全，有时襄王无梦，神女无心，都可以放下，也就是了。

天空一雁比人轻

——评《飞狐外传》

【程灵素：何惧冬日饮雪水】

当满脸伤疤的金笛秀才在陶然亭怅然吟出这一句“地匝万芦吹絮乱，天空一雁比人轻”的时候，我不由得笑了。且不论乾隆年间的余鱼同如何知道出生于嘉庆十四年的魏秀仁的诗句，单说这个满脸忧伤的俊美少年，毁了容结了婚成了家，还是脱不了他的文艺范儿，就已经令人莞尔。李沅芷偏偏喜欢他这样，我也喜欢。

在《飞狐外传》里，红花会群雄的出现，几乎通篇都是在搞笑。从胡斐眼里看到的金笛，竟然是“黄澄澄的短棒模样兵刃”；陈家洛这辈子受到过的最激烈的责骂，竟然是来自把他错认成福康安的胡斐。

我原本在想，余鱼同还是这样忧伤沉郁，莫不是他和李沅芷的婚姻不幸福？后来看到李沅芷兴致勃勃地朝陆菲青问起天下掌门人大会的事，便知道她的生活不可能不幸福。

谁叫她是李沅芷。余鱼同一早爱上了她，只不过酸腐的性子叫他不敢承认。不仅他堂堂红花会十四当家拿李沅芷没有办法，就连名满天下的“绵里针”陆菲青也对李沅芷没辙。这样美丽又执着的纯真女子，又有谁拒绝得了？

与李小姐相比，《飞狐外传》中的程灵素不仅古灵精怪，还更加聪慧善良，为什么她却得不到胡斐的垂怜？

是因为袁紫衣不似骆冰那般无情？还是因为胡斐没有余鱼同那样细腻的心肠？

或者……仅仅是因为，她不漂亮。

一个女孩子，被人骂作骚货，骂作狐狸精，不管怎么委屈受辱，其实她心里，总有一个角落藏着暗暗的欢喜。

因为，这样的责骂，说明她足够漂亮，可以让男人为之神魂颠倒。

所以，褒姒也好，妲己也好，赵飞燕也好，乃至金庸笔下的南兰、陈圆圆，虽让男人失了方寸丢了江山，以致遭人唾骂，但作为传统意义上的好女人，若有机会，也无不想成为这样的红颜祸水的。

若是女孩子被骂作笨蛋，傻瓜，充其量也不过是个爱称。胸怀天下的陈家洛为什么会喜欢天真呆傻的香香公主？矮诸葛徐天宏为什么会喜欢冲动莽撞的俏李逵周绮？这些男人乐于叫女人“傻丫头”，就好似旧时教姨太太读书写字的老爷，在宠溺的称谓中自有一种成就感。

女人不怕别人说自己贱，也不怕别人说自己蠢，那么她们怕的是什么？

大多数女人，最害怕的，大概就是别人嫌弃自己不漂亮了。但偏偏那是她们最没有办法的事。

如果她们爱的人嫌弃她们蠢笨或者心坏或者出身不好，她们可以多读书学习，或是改过向善，或是修炼高雅的气质。或者，她们可以执迷不悟地做“傻丫头”或是“妖女”，任由世人白眼，却和良人爱得死去活来。

可是，如果被所爱的人嫌弃容貌，她们是真的没有法子。这最不是她们的错，她们却最无可奈何。

若说是袁紫衣珠玉在前，程灵素与胡斐相遇得太晚，那么为什么有霍青桐在前，陈家洛还是爱上了香香公主？若说是男人天生犯贱，一定要执着于难以得到的那个人，否则一定耿耿意难平，那么为什么李沅芷“千山万水，苦随君行”终是有了结果？

程灵素啊程灵素，只是因为你不漂亮。

如果说再有一个原因，就是跟陈家洛不喜欢霍青桐的原因一样——她太聪明，太能干，让他惭愧。但霍青桐好歹得到过陈家洛的心，不似程灵素，因为容貌平平，而自始至终被爱情拒于门外。

其实袁紫衣也没有漂亮到哪儿去，比起金庸笔下的天姿国色，实在不值一提。到《雪山飞狐》里，看到苗若兰和胡斐对答一番之后，胡斐心心念念的都是那位美丽的苗姑娘，更是令人感慨——十年生死两茫茫，不思量，他却早已忘了。若是苗若兰再死了，他是不是还可以再隐居个十年八载，又遇上个钦慕大英雄的美女，再心动一次？

我知道《雪山飞狐》写得比《飞狐外传》要早，所以胡斐这般突兀的变心，也不能怪他。但无论怎么说，我始终有些受不了金庸最热衷于描写的老夫少妻以及丑夫美妻形象——在“飞狐”系列里，先是田归农、苗人凤配南兰，再是刘鹤真配那位“仲萍”，还有福康安和马春花的年龄差也不小，更还有胡一刀和胡夫人，甚至胡斐和苗若兰……为什么男人可以老可以丑，甚至可以坏，但女人无论才智如何，都一定要年轻漂亮?

记得有人分析过，女作家通常喜欢写灰姑娘遇上王子的故事，男作家自然也喜欢写穷小子得到千金俏小姐的故事。因为每个人都希望自己是那个遇到天上掉馅饼的人。而金庸又是出了名的大男人主义，所以他的故事里，无论男人怎样不堪都好，能以女子形象正面出场的角色，鲜有不漂亮的。

凭程灵素其人，单有绝妙的才智和端正的品行，却没有一张美丽的脸，注定成为不了主角。

我在想，程灵素一定有一刻是最开心的。那是在一间小小的石屋里，她问他："如果我和马姑娘只能救一个，你救谁？"胡斐答道:"救马姑娘,我与你同死。"就算是出于结义兄妹之谊，那一瞬，也足以让她一生喜悦。

她生来冰雪聪明，把一切看得太透彻，把每件事算得太清楚，所以死的时候是凄然而无憾的。她亲手奉上了自己的生命，奉上了她所有的温度，终于换来胡斐深情的凝眸，他终于不再把她当作"二妹"，而是坦然认同了"情郎"这一说法。

像这样，用自己的性命换来一个眼神，到底值不值得?

如果胡斐多对她用些心思，如果他把揣测袁紫衣的精力，放十分之一在程灵素身上，他一早就会明白她的心意。可他不是不懂，而是不愿意懂。他要和她做兄妹，要在她赌气说走的时候提出送别而不是挽留。她只是一个善良聪慧的奇女子，就像风四娘之于萧十一郎，每一次分别，他对她从来都没有难过，没有不舍。

甚至，每一次程灵素对胡斐掏心掏肺，例如告诉他，自己小时候照镜子被姐姐骂作“丑八怪”；例如她为了他而为苗人凤解毒疗伤——每一次都换来胡斐的负面猜疑。

若说胡斐其人天生木讷，可他为什么肯为袁紫衣花那么多心思？就连袁紫衣公然与他敌对，他也总希望把对方往好的方面想。

所以说，任何时候，都不存在真正不懂你的男人，而只存在不珍惜你的男人。真正喜欢你的人，遇上任何坏事，都会在心里情不自禁地为你开脱。

若说你喜欢的人时常误解你、时常解读不了你的信息，其实说到底，只因他根本不愿意花心思揣测你，只因在他心里，你根本不值得他来揣测。你从来也不是他魂牵梦萦的影子，他从来没有把你的名字写在日程里，所以他根本不在乎你喜欢什么讨厌什么，什么时候被伤到了自尊。只因对他而言，你不过是鸡肋罢了。

曾经在一档整容真人秀的节目里看到一个女孩子，主持人问她为什么会有整容的念头，她说，她以前喜欢一个男孩子，后来听到那个男孩子对别人评价她：“那个女的，脸太方了吧？”所以她想整容，磨成漂亮的瓜子脸。

当时我就在想，为一个嫌弃你容貌的男人而伤心伤身，值不值得？

显然程灵素没有去想这个问题，或者说，根本不在乎这个问题。他的误解，他的嫌弃，他的划清界限，都不能动摇她心里的爱情。她爱他爱到，因为他的不爱，而觉得活在这个世上也再没有意义。“或许，她知道胡斐不爱自己，干脆用情郎的毒血毒死了自己。”

很凑巧的是，金庸笔下的夫妻之间都以“大哥”、“妹子”相称。如骆冰对文泰来，胡夫人对胡一刀……后来苗若兰的一句“大哥”更是让胡斐感动得无以复加。程灵素和胡斐义结兄妹，她怀着不足为外人道的心情，一路上唤了他那么多遍的“大哥”，心里难免会有甜蜜的窃喜吧。

可是，当她知道袁紫衣是友非敌，她便清楚了解，自己再无可能比袁紫衣离胡斐更近。

她的第一反应是一心成全，而不似赵敏周芷若般恨不得将情敌毁掉。到了最后她以死谢爱，才终于住进了胡斐的心里。胡一刀墓前对圆性远望而不追的伤心人胡斐，十年后的虬髯满面的雪山飞狐，好歹都在心里为程灵素留下了一席之地。

也只是一席之地罢了。

总觉得谢安琪的那首《钟无艳》应该送给程灵素。“其实我怕你总夸奖高估我坚忍，其实更怕你只懂得欣赏我品行，无人及我用字绝重拾了你信心，无人问我可甘心演这伟大化身。”

不甘心也没有办法，他会同情你，会怀念你，可是他永远也不会爱你。他在理性上将你放在重要的位置，可他的情感却不会为你悸动。谁叫你聪明善良，可是偏偏不漂亮?

“我甘于当副车，也是快乐着唏嘘。彼此这么了解，难怪注定似兄妹一对。”

就算未得到他的允许，她也毅然决定含笑饮下冬天的雪水，就这样执迷不悟地爱下去。

如果只是过客

——评《射雕英雄传》

【华筝：公主琵琶幽怨多】

蒙古草原那亘古不变的呼呼风声，唱着飒爽英姿，唱着万丈豪情，亦在漆黑的夜里唱着无边的落寞。

即便是千里共婵娟，却不知千里外的襄阳城是否风雨大作。

华筝只能默默地仰望着星空，与心中的人永世不得相见。

他奋不顾身地从豹口中救下她，当成吉思汗问他想要什么赏赐，他只是说："求大汗不要把华筝嫁给都史。"他只是傻，只是不希望她嫁给坏人受苦。她却怦然心动，试探着问他："不嫁都史，那么我嫁给谁？"郭靖傻傻地摇头："我不知道。"

她只是一味地痴心不改，从小时候，从第一眼就认定了他。他反应迟钝，自幼便从未对她动情，乃至把两人的婚姻之约当作痛苦不堪的责任。

英姿飒爽的华筝俨然是另一个李文秀。

"如果你深深爱着的人，却深深地爱上了别人，有什么法子？"

就算李文秀少年时不用江南女子的心思去揣度哈萨克人的习俗，就算她一直和苏普腻在一起，当阿曼长得亭亭玉立，又对苏普情根深种，李文秀也未必留得住这个少年的心。

想通了这一层，便没必要替李文秀不值。同样，即使是有了婚姻之约，即使她的良人坚定地接过了金刀，承诺要做她的驸马，最后他要变心，她也一样没有法子。

原著里华筝最出彩的便是那一段誓言。

华筝缓缓地道："你不用这么说，你知道我是永远想嫁给你的。你去找她罢，找十年，找二十年，只要我活着，我总是在这草原上等你。"

郭靖心情激动，说道："是的，找十年，找二十年，我总是要去找她。找十年，找二十年，我总时时刻刻记得你在这草原上等我。"

华筝跃起身来，投入他的怀里，放声大哭。郭靖轻轻抱着她，眼圈儿也自红了。两人相偎相倚，更不说话，均知事已如此，若再多言，徒惹伤心。

后来黄蓉真的平安无恙，郭靖却没有再回来。他对拖雷说："你叫华筝妹子多多保重，另嫁他人，勿以我为念。"拖雷却是最了解华筝的："华筝妹子是永远不肯另嫁别人的。我瞧她定会南下找你，那时我自当派人护送。"

郭靖却终是不愿她来。

她也终是没有来。

即便是如此，我们也相信，她永远是想嫁给他的。寒风凛冽的营帐或是金碧辉煌的行宫，对她来说都只是一间了无生趣的牢笼。十年，二十年，只要她活着，就会一直等下去。

不知当她哥哥的兵马令得他战死襄阳的时候，她还在等么？她听到这个消息，又当如何？

愿得长巧笑，携手同车归。纵使有千般心愿，她亦没有机会与他白首偕老，抑或是共赴黄泉。她与他青梅竹马十几年，却比不上那如江南燕儿般娇俏可人的黄蓉与他相识一时一刻。

故事叫做《射雕英雄传》，那两只白雕都是她从小养到大，满以为是至真至贵的定情信物，却被他随手送了人。而她自己，却连那白雕都不如，明明是青梅竹马的小恋人，却成了他心里的负担，连寥寥的几次出场都是乏善可陈。

如果她爱上的不是木讷老实的郭靖，而是自负的陈家洛，也许这光景会大不相同。但她即便不输给黄蓉的聪明能干，也未必能胜过她的倾国容色。

看来真的是没有法子了。

她不是周芷若或者赵敏，并不愿意用手段或者强权来使郭靖就范。

惟有远赴西域，痴痴地等上一生一世，明明心知将与心爱之人老死不相往来，却还是给出最好的祝福。

“愿君善自珍重，福寿无极。”

【欧阳克：春风不解风情】

在明霞岛上，黄蓉设了机关压断欧阳克的双腿，涨潮之时他还险些送了命。黄蓉迫于欧阳锋的压力，想尽法子救他，欧阳克当时双腿残废，已存必死之心，却对黄蓉莞尔：“我是活不成的了，但见到你出力救我，我是死也欢喜。”

从来都缺乏同情心，对欧阳克更是满怀杀意的黄蓉，此时也不由得心下愧疚：

“你不用谢我。这是我布下的机关，你知道么？”

欧阳克低声道：“别这么大声，给叔叔听到了，他可放你不过。我早知道啦，死在你的手里，我一点也不怨。”

世上有几个人能做到对存心害死自己的人毫无怨恨，反倒事事维护？

欧阳克面对穆念慈和程瑶迦，虽然用了手段，但并未用强。只因他自诩风流俊雅，绝世武功，只觉得“时候一久，再贞烈的女子也会倾心，若是用武动蛮，未免有失白驼山少主的身份了”。

他生平唯一想用强的女人，却是一世难求的小妖女黄蓉。赵王府邸，桃花岛上，她笑靥如花，却每每只为了暗算他。他兀自神魂颠倒，可却就是没法子得到她。

就连他的死，也是为了黄蓉。

如果不是敏锐地听到了她的声音，他怎会不好好躺着休息，非要挣扎着爬出来？

如果不是想让她心乱弃下郭靖，他怎么拖着伤病的身子，硬要调戏程瑶迦和穆念慈？

可她实在是太不解风情。

甚至在他死在杨康手中的时候，她还与郭靖一同感到欣慰，半分怅然都没有。甚至在她重伤被段皇爷诊治的时候，噩梦之中，她仍觉得欧阳克是要来害她的。甚至在许久以后与洪七公重逢，说起明霞岛的经历，洪七公执意称之为“压鬼岛”，黄蓉还笑答：“反正现在那欧阳克半点不假的成了鬼了。”

这俏生生的解语花蓉儿，只知道对靖哥哥倾心相许，只知道出谋划策，只知道化解危机，却从来都不解男人的柔情。

许多人都在问，这样完美的黄蓉怎么会对傻乎乎地郭靖死心塌地?

在我看来，答案是，黄蓉其人终是情窦未开。

她爱郭靖憨厚老实，待她诚恳，又处处护着她，让她既在他面前有无可比拟的成就感，又可以贪婪地享受他的呵护。

豆蔻年华的黄蓉其实不懂诗词曲赋与国家大事，她所说的字字句句都是学黄药师的模样。“家学渊源”之说自然不假，但要说她自己胸中的韬略，却只是寥寥。因而她贪玩好胜，只是喜欢郭靖憨直正义，却没能如情窦初开的少女般，对文采风流又潇洒俊逸的欧阳克怦然心动。

如果不是在金庸笔下，欧阳克不会如此草率结局。

首先他一定是很俊美的。欧阳锋是西域人，且不论他嫂子是哪里人吧，看欧阳锋长得那么有异域风情，而欧阳克却俨然是一名中原贵公子，想来他多半是混血——结合了父亲的高大和母亲的秀美，想不好看也难。其次，他的文才风度，恐怕在整个故事里仅次于黄药师。

可惜金庸让他跟着西毒欧阳锋，练的是极不雅的蛤蟆功，还常常领着一大群蛇。但这位公子终日白衣翩然，在夜晚便超然出群，武器也竟是一把折扇，足以与黄药师的玉箫相媲美，加之其对黄蓉从头到尾只有痴念而无丝毫加害之心，身处孤岛却丝毫不顾自己安危，只愿与美人相伴……这样的翩然风度实在是令人神往。

只因金庸太在意“侠义”这一概念，却不知，许多的女子都不顾那么多，爱的只是那浊世翩翩佳公子绽开于唇畔的悠然一笑。

如果遇上欧阳克，不必做黄蓉，只要做他身后那无数个白衣女子当中的一名就好。起码与他拥有过倾心相待的时光，无论文才武功都可以被他执手相教，还可以默默站在他身后，在适当的时间站出来，为讨他的欢心而去抢一匹汗血宝马，为令他愉悦而捉来各地的美女供他享用，甚至为他而死。

我想那些白衣女子都是无怨无悔。

只愿在这潇洒俊逸的翩翩公子心中，占据一个小小的角落。

【段皇爷：西风多少恨】

四张机，鸳鸯织就欲双飞，可怜未老头先白。

这样美的词，这样晶莹的泪，这样一夜白头的执念，竟然不是为了他。

东邪西毒，南帝北丐，他是大名鼎鼎的南帝段皇爷。他富有大理国土，万千臣民，他身怀倜傥风度，绝世武功，可最想要的，他偏偏得不到。

若说对瑛姑的用情，老顽童周伯通恐怕及不上段皇爷半分。

周伯通闯下大祸，便弃下她不理，远远地逃走，只盼终身不再见到她。他任由瑛姑为他生下孩子，又在寂寂深宫里独自抚养，又在孩子逝世之后自怨自艾、心怀怨毒，却仍心心念念着要去桃花岛救他出来。

而段皇爷却为瑛姑弃了皇位不要，剃度出家，还追随她到了黑沼旁，年复一年日复一日地照料着她的饮食起居。他任由她恨他，任由她用最卑鄙的手段置他于死地，却引颈就戮，丝毫无悔。

而周伯通，即便在中了蛇毒自忖必死的瞬间，他好歹是想起了她。但终其一生，周伯通带给瑛姑的，实在是以灾难居多，偏偏瑛姑甘之如饴。

看来，情之一物，实在是没有道理可讲。

最后，在华山论剑之时，段皇爷收了害了瑛姑一世的裘千仞出家，自此携着渔樵耕读飘然而去，再不理会那所谓“武功天下第一”的名号。而瑛姑却执着不悔地追着周伯通，逐渐消失在众人的视线里。

段皇爷真的能够淡然微笑，拂袖而去吗?

这些年来他心里无时无刻不念着那美丽温婉的刘贵妃，即便在梦里，也要与她相会。她对他从来只有怨恨，乃至后来有了愧疚，却未尝存过半分的情意。

他故作坦荡地将刘贵妃赐给周伯通，说些“女人如衣服”的言论，不过是希望把她看得轻一点。可无论怎样矫饰，他也终究心知自己做不到。

春波碧草，晓寒深处，相对浴红衣。

虽说千年修得共枕眠，但他前世终是少为她回眸了那么几次，才换来此生这束手无策的擦肩而过。

【穆念慈：如果没有你】

《射雕英雄传》中的痴人，又何止于斯？

那完颜洪烈纵然是坏人，他也爱了包惜弱一生一世。即便后来远赴牛家村，望着那一草一木，仍是心念着自己那从未将心交出来的挂名王妃。他因为爱她，而将杨康当作亲子——纵使对方中了蛇毒，人人不敢靠近，他仍想张臂抱他。

那梅若华投在黄药师门下，总算将他那魏晋遗风之中的痴学来了几分。是以她十几年来抱着陈玄风胸前的那块皮肉舍不得放开，还自我陶醉地当作是抱着最心爱的人。是以她在以为大仇得报的关头，不由得想起当年在桃花岛上与那粗眉大眼的师兄的拥抱。是以她本可以安然度过余生，却因黄药师的一时意气而赶赴牛家村，终至护师殒命，却是含笑九泉。

穆念慈与杨康总算是真心相爱了吧。想当初，情窦初开的穆姑娘在灯下挥舞着衣袖含笑陶醉，令人不由得心颤。她是在最好的年华遇上了一位翩翩公子，便似飞蛾扑火般倾尽了一颗心。他起先只是挑逗好玩，后来感念于她的情根深种，竟然也从此爱得一发不可收拾。

虽然相爱，价值观的差异也决定了他们只能如火花般短暂碰撞。可就算千难万险，就算千错万错，相遇相知的瞬间，哪怕是为对方伤心落泪的时刻，恐怕也是美好得不可方物。

阅读的时候，我一直期待着穆念慈出现在铁枪庙中，很想听杨康说那一句："你总是原谅我。"很想看看人之将死、其言也善的杨康，面对他生平为数不多的爱过的人，会说出怎样的话。可惜原著中并没有这样的场景，中了蛇毒的杨康只是疯狂地痛苦了一阵，便寂然死去。而他身故后的穆念慈则是独自抚养杨过，不愿再向儿子提起关于他的只言片语。

夜阑人静独对豆大灯光与顽劣孩童的岁月，又让穆念慈怎么熬过来？观乎多年后，气焰嚣张的大小姐郭芙是如何侮辱穷酸乞儿杨过——想来哪怕到了中年，温驯贤良如穆念慈，在智计无双的黄蓉面前只会更加显得贱若尘埃吧。金庸安排她早逝，倒也是一种慈悲。

83版TVB电视剧里的杨康，极是长身玉立，风度翩翩。彼时的苗侨伟面如冠玉，风流潇洒，演出杨康之后几乎令得万人空巷，声势甚至压倒了扮演第一男主角郭靖的黄日华。然而时隔多年，再出现在荧屏上的苗侨伟已是人到中年，容颜刚毅，再不似从前风流俊秀。

年华竟是这样残酷无声地流走了。

那一年笑靥如花的蓉儿翁美玲，也在最绚烂的年华香消玉殒。在她的蓉儿大红大紫之际，她本人却在一怒之下，为了使俊美的男友悔恨终身而自己了断了生命。多年后时光将昔日红颜美少年变成了大腹便便的中年大叔，却早已伤不了阿翁分毫。

原来在岁月这个小偷面前，我们人人都只能当过客。有时戛然而止可以是一种极致的壮美，而留在原地的人，反倒要历经更为焦灼的考验。好似华筝之于郭靖，欧阳克之于黄蓉，段智兴之于瑛姑，杨康之于穆念慈，兜兜转转，都只是飞蛾扑火的那一瞬，燃烧之后便是沉寂，再无交集。

但是，对方的人生并不因此停滞不前——或者当对方垂垂老矣沏茶追忆往昔的时候，青春岁月里的那些笑和泪，爱和恨，短暂交集过的故人，都可以成为清晰明媚的影像，然后换来，一声叹息。

如果最初没有那场相遇，是不是便不会这样遗憾?

但是即便是如果，也还是要如现在这般，在那个人的生命里，做一个偏执的过客。

君指南山松柏树

——评《神雕侠侣》

【完颜萍：请叫我“跑龙套的”】

《神雕侠侣》里面的龙套妹实不在少数，有跑得欢畅淋漓的，如耿直爽快的耶律燕；也有跑得吃力不讨好的，如心地不坏却下场凄惨的洪凌波；更有跑得莫名其妙的，这自然就数完颜萍了。

我到了故事最后仍然分不太清武家那两兄弟，虽然知道敦儒稳重、修文灵活，但也只是透过郭芙视角留下的模模糊糊的一个概念。也难怪古天乐版的电视剧里，傅明宪的郭芙直接称武家两兄弟为“边个边个”，既表现出她的刁蛮任性不体贴，也表现出武家那两兄弟的存在感有多么微弱。

至于完颜萍这一身世凄苦而又坚贞不屈的美貌女子，她存在的意义，好像只是为了演示一套铁掌给杨过看，外加将耶律兄妹的性格突显出来。

这个角色的发挥本应不止于此。耶律齐为了救她甘愿赔上性命，耶律燕笑称完颜萍是她“未来嫂嫂”；杨过爱她眼中的凄苦之色，只央求她允许自己吻一吻她的双目，她那一刻不是不怦然心动的，后来也甘愿陪杨过一起涉险，可然后就没有然后了。

为什么金庸可以把耶律齐舍命救她归结为“侠义心肠”？

为什么完颜萍见到比杨过差得那么远的武修文，会霎时间将杨过忘得一干二净，一转眼就做了武夫人？

任何一个男人，看到这样一个小鹿般楚楚可怜的女孩子出现在自己面前，能不生怜爱吗？杨过生性风流，作为王孙公子的耶律齐也自不是一心专情之人，他们对完颜萍皆有好感，怎么到后来就这么不了了之了？

完颜姑娘被耶律齐那样的少年英侠救过性命，又在那样封建的宋代被风流的杨过再三亲吻，怎么后来会对平庸愚钝的武修文一见倾心，委身下嫁呢。

怪只怪，她只是个跑龙套的。

这个故事框架太大，主角的戏份尚且演不完，谁有空来关心你？

就连你是如何对武修文动的心，腼腆如斯的女子又是如何转变为与男子欢笑嬉闹的开朗少女，也没有人在意。

也许，在明月皎皎的静夜里，完颜萍会忽然对自己枕边的男子产生一些陌生而疏离的厌恶感。她会转头望向夜空，想一想那个不顾生死从她手里夺下匕首的男子，再想一想那个俊美如玉而热情似火的，曾用力亲吻她的男子。然后回过头来，一声叹息。

那些人，自然都是不会惦着她的。

谁叫她只是个跑龙套的呢？

演完了少得可怜的戏，就只有默默下场歇息的份儿，连怨都怨不得一句。

【林朝英：惟有楼前流水，应念我，终日凝眸】

东邪西毒，南帝北丐，中神通。这当中，武功要推中神通王重阳最强。

但全真派所有的武功，却尽皆比不过林朝英的一部《玉女心经》。

如花美眷，却将一生的青春岁月都消耗在那清冷死寂的活死人墓里，后来由其徒孙扬名天下的“玉女素心剑法”，竟然只是来自她聊以遣怀的幻想。

我想起《情深深雨蒙蒙》的如萍说过一段话，大意是：“男人的心里有一个世界，女人只能占据一个小小的角落。而女人的心里，只有一个男人，那个男人就是她的全世界。”

王重阳心里装了太多东西，家国天下，金戈铁马——对于乱世里的男儿来说，爱情是奢侈品。

她这一辈子都在幻想，都在等待，可是永远都等不到。她以旷世奇才，创出了一套另辟蹊径的武功，足以克制威震天下的全真教。可她又刻意避开了武功里一切伤人的地方，只求克敌制胜，却舍不得伤害对方分毫。

纵使失望的泪水已经凝结成冰，胸腔里的那一点温暖的火焰，仍然在为他熊熊燃烧。

古墓里的林朝英，或许就像琼瑶笔下的夏雨荷：“等了一辈子，盼了一辈子，想了一辈子，怨了一辈子，但终究要感激上苍，给了我这个可等、可盼、可想、可怨的人。否则生命将会像是一口枯井，了无生趣。”

在那不见天日的古墓里，一日日流逝的生命，比起枯井来，又好了多少呢？

她百无聊赖，创出的那一招“亭亭如盖”——女子假意跌倒，男子不顾性命来护住她，这才产生了令人意想不到的威力。

虽然王重阳从来都没有和她一起练习过那套“玉女素心剑法”。

但这一片至诚的心，即便是埋藏得再绝望，于她，也是欢喜的吧。

【瑛姑：待浮花浪蕊都尽，伴君幽独】

书中对瑛姑的描写，当真让人心酸又心动。

郭襄见她脸上似乎隐隐浮过一层红晕，心中大奇：“这么老了，居然还会害羞？”

原本冷漠而对人对事丝毫不留情面的瑛姑，在提到周伯通的时候，又哭又笑的，就像是一个纯真的少女。

想来，也惟有爱情，才能有这样永葆青春的神奇力量。

若干年前，中年貌美的瑛姑尚且在华山之巅对周伯通穷追不舍，到了如今，满头白发面目苍老，再无丝毫昔日美貌的瑛姑，依然在提到周伯通时脉脉含羞。

是因为真的足够爱他吧。

别人误闯她住的地方，她尚要对方赔上性命。可周伯通累了她一世，她也只是想天天见着他，便即从心底里欢喜起来。

在他面前，她没有年龄，没有身份，只依旧是几十年前那个情窦初开的少女，一颦一笑，都只为了他。

我们到这里才知道，原来，她当年在华山论剑时，终是没能追到他。

她等了这么多年，等来他那一句：“瑛姑，咱们所生的孩儿，头顶心是一个旋儿呢，还是两个旋儿？”

虽然荒诞无稽，却足以让她在心爱之人面前，将这么多年的委屈尽数发泄出来。

最后一灯大师、周伯通和瑛姑相邻而居，与百花玉蜂相伴。瑛姑日日夜夜都可以见着自己最爱和最爱自己的人，隐居于一片世外桃源之中，心底亦再不会有一丝怨悔和寂寥了吧。

之前为你吃过的千般苦楚都可以既往不咎，只求此时此刻，等到风景都看透，我们终于携手，同看细水长流。

【裘千尺：为君一日恩，误妾百年身】

看《射雕英雄传》的时候，每每见到裘千丈被人戏耍得狼狈不堪就觉得好笑，后来黄蓉一个托大，伤在了裘千仞的铁掌上，因而引出了段皇爷和瑛姑的一段旧事，还有黄蓉应对渔樵耕读的连珠妙语，不得不说是神来之笔。

而《神雕侠侣》中居然又冒出个裘千尺，而且一开始的出场便是极其阴森可怖的“地底老妇”，手脚筋脉尽断，只有靠嘴吞吐的枣核功。

起先裘千尺只是蛮横无理，恩将仇报，与公孙止一样逼人家成婚，又逼人家杀人，让人觉得她和公孙止真是十足的天生一对。到后来绝情谷覆灭在一场大火之中，裘千尺设计公孙止，终于与之同归于尽，只让人倒吸一口凉气。

公孙止这一形象固然卑鄙无耻，可以把对己恩重如山的妻子弃入地底，为了活命而刺死真心相爱的柔儿，又为了一时色欲而想要害死自己的亲生女儿……但裘千尺的形象，从头到尾也未让人可怜，只是可怕而已。

我只是在想，当年裘千尺误入绝情谷，与公孙止相识相知，将他平庸的武功调教得出类拔萃，而后诞下玉雪可爱的公孙绿萼——他们之间不是没有旖旎甜蜜的时光的啊。那“尺姐姐”的称呼，亦体现出了昔日年少俊美的公孙止对她是如何依恋。只不过跋扈恶毒的女子遇上了阴险毒辣的男子，两相算计，同归于尽，也是他们必然走向的宿命，任谁都没有办法左右。

也许公孙止从头至尾只是在利用她。可是我确定，裘千尺是真心爱过公孙止的。

在《飞狐外传》里，南兰抛下丈夫苗人凤，与田归农私奔，这柔弱女子心里对亲生女儿有一百个舍不得，但她却狠了心不回头看女儿一眼。这是为什么？因为苗若兰是苗人凤的女儿，是她不爱的人的女儿。

从开始到最后，裘千尺一直都是真心疼爱她和公孙止的女儿，而那公孙老儿却随意就可以叫女儿去送死。

王家卫的电影《东邪西毒》里面说："任何人都可以变得狠毒，只要你尝试过什么叫做嫉妒。"

其实一开始的裘千尺并不是那么坏，她只是爱上一个男人，她只是希望自己的丈夫能够对自己一心一意，甚至，她还动过放柔儿一条生路的念头。她之所以毁掉所有的绝情丹，也只是因为嫉妒——有多嫉妒，就是有多爱。

可惜她打从一开始就爱错了人。

在地底下的那么多年，她是靠着怎样的力量生存下来的呢？

昔日花容月貌的少女，在那么多年的摧残下，早已变成了令人生怖的秃顶老妇。她之所以在那样恶劣的环境下生存下来，是因为总在恨着公孙止，总在渴盼着大仇得报的那一天。

可是，真正不爱了，也就只剩下心淡了。而倘若你还在恨着，你便还在爱着。尺姐姐，这个道理，你又知不知道呢？

她对胞兄裘千仞大喊："你回来！"勘破世情的裘千仞只回了她一句："你叫我回来，我还叫你回来呢。"

她只怔怔了一下，却未明白其中深意。

其实她又何尝不想回去？曾经的青春年华，花容月貌，情窦初开，更有那么长的在兄长膝下受到庇佑的无忧无虑的日子。

但是，谁又能回得去呢？

如果让她回去重来一次，她在闯进绝情谷的那一刻，在见到相貌俊美而风度翩翩的公孙止的那一刻，应该还是没办法不心动吧。

哪怕明知那一刻的心动会让她万劫不复，她也还是没有办法。

【黄蓉：昔日芙蓉花，今成断肠草】

很多“射雕迷”都接受不了《神雕侠侣》里的蓉儿，金庸自己却做出了解释：“她的心早已分作了两半，一半给了丈夫，一半给了孩子。”

所以蓉儿早已不是《射雕英雄传》里那朵俏生生的解语花，而是一名全心顾家的中年妇人。昔日里她对世俗礼法都不放在眼里，认为即便郭靖娶了华筝，她也嫁了旁人，他们还可以相爱，与他人无关——这一席话只听得旁人都倒吸一口凉气，她和黄药师却觉得理所当然。

而到了后来，她自己对杨过娶小龙女并没有什么意见，只因拘泥于礼法的丈夫执意不许，她便也用尽心思劝小龙女离开杨过。

当一个女人将自己的一生与一个男人绑在了一起，以他的喜怒哀乐为自己的喜怒哀乐，她便再也没有了自己。此时黄蓉不再是黄蓉，而是“郭伯母”。即使她嫁的是其他任何人，等到诞下孩儿家庭稳固，善于筹谋的黄蓉，恐怕都同样会牺牲掉自己，全心全意为丈夫和家庭打算。

这样的黄蓉，就连黄药师也颇为不喜。虽然书中没有明言，但从黄药师一次次地对他们避而不见，乃至后来郭襄寿辰上，连话都不跟黄蓉说上两句便飘然而去，足以得见。

贾宝玉曾说过："女孩儿未出嫁，是颗无价的宝珠；出了嫁，不知怎么就变出许多的不好的毛病来，虽是颗珠子，却没有光彩宝色，是颗死珠了；再老了，更变的不是珠子，竟是鱼眼睛了。"

又说："这些人只一嫁了汉子，染了男人的气味，就这样混账起来，比男人更可杀了！"

其实蓉儿依旧是蓉儿，她依旧智计无双，聪明绝顶，满腹经纶。那些小心眼记仇的毛病，"射雕"里都体现了出来。只不过"射雕"里我们觉得她少女可爱，"神雕"里成了妇人，再如此就是可恶了。

张爱玲说："你还年轻么？不要紧，过两年就老了。"这句话只每每让人无限惆怅。

没有人能够永远年轻，但永远都有人年轻。一个女孩子，一旦不年轻了，你做的什么都不再可爱了，你小心眼记仇都是可憎的，你稳重端庄做事得体却是理所应当。

其实蓉儿还是那样可爱的蓉儿，她并没有变，她只是长大了，就失去读者的宠爱了。

那些因为她年纪大了就不再爱她的人，又有几个是有资格爱她的呢？

大概也只有靖哥哥了吧。

我这才相信，聪明绝顶的蓉儿是真的没有选错人。不论她是孕中暴躁，又或是护女心切算计了丈夫，郭靖始终是付之一笑，疼爱不减。除了憨厚老实的靖哥哥，还有谁能做到这样数十年如一日？只怕当时那甘愿为蓉儿死的欧阳克，倘若真的得到了黄蓉，等她年长色衰，等她全心全意依附在自己身上，他也未必会如此珍惜。

哪怕全天下都在指责她的不是，有靖哥哥一人与她执手偕老，蓉儿应该也就心满意足了吧！

【李莫愁：痴男怨女，可怜风月债难偿】

故事的开头，便是由李莫愁寻仇的血手印，而一步步引人入胜。

其实整本书都没有将陆展元和何沅君的那段爱情说明白，只是疯了一个武三通，误了一个李莫愁，这作为罪魁祸首的两个人，却如胡一刀和胡夫人一样，一个早死一个殉情，只留下两座令人又爱又恨的墓穴。

生则同襟也就罢了，以武三通和李莫愁爱之深，却叫他们死不能同穴。

观乎李莫愁的言行，她与陆展元确然是有过一段两情相悦的时光的，只是有一日陆展元说话忽然变了语气，客套疏离地称她“李姑娘”，并邀她来喝喜酒，她只觉得五雷轰顶，生无可恋。

男人要变心，多少匹马都是拉不回来的。

偏偏陆展元又没有对何沅君始乱终弃，再也没有回头找过李莫愁。这一颗心，终于在等待的过程中僵冷成灰。

令江湖中人闻风丧胆的赤练仙子李莫愁，空负绝世美貌，却做了一辈子的处女。直至最后，她还是死在情花的毒上。

裘千尺也叮嘱过女儿，服下半颗解药，终身不再动情爱的念头，这毒便没有什么碍的。偏偏在火光之中，李莫愁见到年少英俊的杨过和美丽娇艳的小龙女，只觉得依稀便是昔日的陆展元和她自己。一颗心里埋藏了那么多年没有发泄出来的柔情和怨恨，终于再也按捺不住。

同样是等不到最爱的人，林朝英选择了沉默，公孙绿萼选择了牺牲，而李莫愁选择的是怨念。许多人说李莫愁就像是翻版的梅超风，其实她哪里有若华姐姐命好？梅超风只不过是为了练功才伤害人命，而李莫愁是货真价实的心狠手辣。梅超风在山洞里想打死郭靖，想到的是那粗眉大眼的二师兄对她的种种温存，而李莫愁中了情花的毒痛不欲生，想到的却是自己的青春年华，如玉娇颜，如何被陆展元辜负得痛彻心扉。

陈玄风终其一生都对梅超风一心一意，哪怕最后身死，也还惦念着他的贼婆娘能不能好好活着。除此之外，梅超风更有师弟陆乘风、师妹黄蓉，还有从不嫌她年长目盲、只待她如昔日红颜的师父黄药师。直至她死去，还有大把的人想念着她，而她死去，亦不过是终于得以和死去多年的陈玄风相会，凄苦之中却有无尽甜蜜。

但李莫愁却是彻彻底底的遇人不淑，那陆展元竟然将他们昔日定情的锦帕，留给弟弟当作保命的灵符。我不知道陆展元怎么开得了口，竟在自己所有的亲友面前，将昔日的恋人称为“女魔头”。他分明是知道她有多爱她，知道即便是时隔多年，他们昔日的温存仍足以令得她手下留情……偏偏他却不愿意眷顾。

我很喜欢古天乐版电视剧的改编，多年后李莫愁上门寻衅的并非什么陆立鼎，而正是陆展元夫妇，而陆展元心情复杂地将锦帕收在怀里，在树林里唤的一声声“愁妹”，更是让人心旌摇曳。

那么多年了，李莫愁仍是唤他陆郎。

什么何沅君，什么殉情，什么来世再做夫妇，一句句一声声，都是抽在李莫愁心头的利鞭。

若他不是这样维护着何沅君，或许他一家人还可以幸免于难。偏偏他要拼死护着何沅君，这不是往李莫愁心头扎刀子，又是什么？陆展元只把她当作仇家，当作女魔头，甚至连当年的定情信物都叮嘱弟妹拿来保命……这样的男人，哪里有半点值得她爱？哪里有半点值得惦记的？

李莫愁绝不是丧心病狂的坏女人，她甚至可以放过陆无双，还教她武功，到后来甚至对小郭襄百般体贴，甘愿以命相护。

如此善良的女人，只不过是那男人不愿爱她，这才将她千般万般的柔情都变作了仇恨。只因没了他，她才觉得，渺万里层云，千山暮雪，只影向谁去？她将元好问的《摸鱼儿》念上再多遍，却也抵挡不了心字成灰的悲哀。

电视剧里，雪里的李莫愁初遇陆展元的情节拍得很萌：一袭浅色衫裙，乌黑小辫，纯真活泼得就似是初出桃花岛的蓉儿。只可惜她没有蓉儿的好运，情窦初开便遇人不淑。我至今仍然记得另一版陈红的李莫愁，在临死之前，她对杀害自己的人微笑着说了一句："谢谢你，帮我……脱离苦海。"

她真的脱离苦海了吗？

梅超风死后终于得以和陈玄风相聚。而她，即便是到了另一个世界，仍要眼睁睁地看着陆展元与何沅君执手偕老，泪水空落了一地，指责的话全部梗在喉头，这场爱情终于还是没有她的份。

相思相望不相亲，天为谁春？

【陆无双：我没有说谎，是爱情说谎】

最初遇上杨过，并不是陆无双所想。

她甚至一味地躲开他，弃下他，甚至为了摆脱他而不惜痛下杀手，偏偏他涎皮赖脸地跟着她，又是仗义相助又是迭声"媳妇儿"地乱叫，甚至还和衣同眠……这叫一个少女如何不动心？

原本小小年纪便心狠手辣的陆无双，也是在遇上杨过之后，才慢慢变得天真活泼。

曾经的他骑着高头大马，在锣鼓声中阔步前行。而她端坐在轿子里，穿着大红色的新娘喜服，容颜娇美。

虽是为了躲避李莫愁的追杀，但那样的场景，恐怕是既忐忑不安，又甜蜜羞涩的吧。

这样一位俊朗风流的少年，莫名其妙地从天而降，口口声声唤着她“媳妇儿”，又是舍命相救，又是无论如何都要跟着她走。当时的陆无双披着红盖头端坐在轿中，听着外面吹吹打打的热闹，会不会有那么一瞬，产生一种错觉，好像自己只是凡俗女子，从未踏足江湖，这一刻亦只是满心欢喜地跟着良人去拜天地？

她眼睁睁看着他从一位少年英侠逐渐长成有担当的大侠，亦见识到了他的聪明勇敢和善良深情，一颗心陷得不能再深，偏偏他却开口说要结拜成兄妹。

那时的她便一句话都说不出来。

其实从他娶了妻到再次相见，她意识到以后再不能听到他叫“媳妇儿”的那一刻开始，那朵绚丽的爱情花朵便在一次次地经受着风刀霜剑。

偏偏它不肯枯萎。

修炼玉女心经，终身不嫁，甚至多年以后还要为他的事而奔忙牵挂，那也罢了吧。

她只是刁蛮任性的陆家大小姐，偏偏不及郭芙的好命，仅仅余下刁蛮的性子，却没了刁蛮的资本。武功不够好，心肠不够狠，在最危急的时候只想到要把保命的锦帕交给杨过，希望他和自己天人般的表姐长相厮守，幸福快乐。面对这样的无双妹妹，杨过却要用兄妹名分击碎她最后一点美好的幻想。

她没有说谎，是爱情说谎，它带他来，骗她说，渴望的有可能有希望。

到了最后，作为微不足道的三妹，只是受了伤，只是执手话别，甚至连一句像样的描写都没有。我想，如果给无双一个机会，她亦只能说："请你做个幸福的新郎。"

我的心事，请你，全遗忘。

【公孙绿萼：今日何日兮，得与王子同舟】

绿萼姑娘的第一次近距离镜头，便是由杨过的眼里见识她的美貌。

"杨过见那少女约莫十七八岁年纪，肤色娇嫩，晶莹雪白，眼神清澈，嘴边有粒小小黑痣，容貌甚美。"

如果是初入江湖的杨过遇上她，不知道这一刻，会不会想要亲吻她嘴边那粒小小的黑痣呢？

据说女子脸上的小痣，是因为前世比恋人死得更早，对方的泪水落在脸上，便留到下一世的印记。

这样晶莹美丽的公孙姑娘，整张脸都是那样白皙，惟有嘴边的小小黑痣，叫人如何能不动心？

连杨过中了情花之刺后，见到公孙绿萼的娇美体态，亦不由得牵动了毒发：

那女郎见他连连挥动手指，微感不快，嗔道："我跟你说话，你却去思念你的意中人。"

杨过道："冤枉啊冤枉，我为你手指疼痛，你却来怪我。"那女郎满脸飞红，突然发足急奔。

这是一向循规蹈矩、心如止水的公孙绿萼，有生以来的第一次，也是唯一的一次心动。她恐怕是土象星座的女子，不轻易改变，一旦认定了便要固执下去，多少匹马也拉不回来。

有了这样一个两小无猜的清晨，头一遭听一个青年男子称赞自己的美貌，而又不惜词句地逗她展颜。自此，她便为他违抗父亲，甚至除衫证明清白，跪地恳求解药，也是甘愿。而后，她又在地底深渊里被中毒颇深的杨过倾心救护——虽说她遭逢大难都是因为他，但那一刻就那样被他搂在怀里保护着，好像周遭再危险可怖也不必害怕，她总是和他在一起的。这样生死相依的温暖，更是叫她无法不沉沦。

到最后，二女共侍一夫的梦想也无望地破灭，她却仍为他的一句夸赞而欣喜了好半天。

其实公孙绿萼这一辈子拥有的实在是少得可怜。年幼时便被父亲剥夺了母爱，而后父爱也烟消云散，父亲总是像防贼一样提防着她，到后来甚至不惜一次次推她去死……到最后她牺牲性命，为杨过换来救命的半颗绝情丹，却被杨过弃若敝履般地抛下了山崖。

杨过的理由是，他要和小龙女同生共死。

又有谁还惦记着绿萼呢?

就连她的身子也毁在了绝情谷的大火之中，杨过本来还想去救，后来见火势太大，便作罢了。

原来，就连死后，她亦没有资格，获得他落在颊上的一颗垂怜的泪水。

这叫她来世对镜自照时，情何以堪呢?

或者来世她不再投胎为人，而只是做一朵小小的花，静静地开在山崖边上，刮风下雨时便默然望天。在那半颗绝情丹被毫不珍惜地抛下山崖的那一刻，谁也不会见到，山崖边那朵小小的绿萼，早已悄然落泪。

【程英：一面盛开如锦，一面落英缤纷】

程英实在是“神雕”里最让我喜爱的女子。

初见他时，她便一直带着僵尸般的面具，举止娴雅，言行得体，一路尽心帮助着他，没有半分的逾矩。

后来是在石阵里，她又见得他舍身救人，而后身受重伤，意识浑噩，昏迷之中只对她又抱又亲，嘴里唤着“姑姑”。

她明知他唤的并不是他，却仍忍不住心动。

这比起公孙绿萼情窦初开的飞蛾扑火，又更加无可奈何。

程英是清楚明白地知道对方心里的人不是自己，却仍然控制不住内心的悸动。所谓情之一物，穿肠蚀骨，却偏偏没有法子。

我曾在一部短篇里写过一个情节：风流成性的男主角在看电影的时候抓住了女主角的手，很久都不松开。后来他却解释说，他当时错以为那是扶手。一向矜持内敛又事事认真的女主角没办法不生气，但也没办法说什么责怪的话，心默默地冷了半截。

写完那个故事，重新去看，我才明白，为什么我写的时候，会下意识地觉得女主角会那样气愤难当。

只因为女孩子是永远不会主动的。对方抓住你的手，你没有挣开，没有躲避，就已经代表你接受了。后来男主角竟然装疯卖傻地搪塞过去，女主角自然心里难受。

那么，杨过在意识不清醒的情况下对程英又抱又亲，程英却没有丝毫反感，而只是温言安慰……这在礼教大防的宋代，又是多少句“我愿意”都比不上的深情呢？

明明知道他想的不是她，却还是忍不住要幻想。以至于，他昏迷的时候，她坐在窗边一遍遍地挥毫写字，笔笔小心，划划留意，却一张一张地撕了扔掉。

杨过在此情此景下依旧忍不住油嘴滑舌：“似你这等俊雅的人品，书法也定然俊雅的。姊姊，你写的字给我瞧瞧，好不好？”

程英只是笑着谦辞。

后来，杨过终于还是按捺不住好奇，耍了个小心机，看到了程英的字。

“既见君子，云胡不喜。”

一遍一遍，一张一张。

杨过接连掷线收线，粘回来十多张碎纸片，但见纸上颠来倒去写的就只这八个字。细想其中深意，不由得痴了。

而后她在屋外吹箫，却翻来覆去也都是《淇奥》里的那一句：“有匪君子，如切如磋，如琢如磨。”

其实他意气用事又记仇，哪里有她说的这么好？只是她这一刻眼里心里尽是他，她恬淡地过了那么多年，总觉得自己终于遇上了良人，心里如何能不欢喜？

尽管相聚日短，但她定然永世不会忘记，他执住她的手，说要共赴黄泉的那一刻。

即便后来小龙女中毒失踪，杨过心神不定，几欲自尽，细心的黄蓉却看出了端倪，对程英说：“师妹，他似乎还肯听你说话。”当时，除了年幼的郭襄和香消玉殒的公孙绿萼，杨过的红颜知己和前辈师父几乎尽皆在绝情谷里。但翻来覆去，杨过肯听的，也只有一个程英。

倘若没有小龙女，杨过一定一定会爱上程英。温柔和顺又善解人意，内心里更是自有一副韧性，明辨是非，却善良谦逊——这样兰心蕙质的女子，谁能不喜欢？比起小龙女的近乎于脑残的天真，程英的和顺才是真正地讨人喜欢。

当公孙止抢了世间仅有的半颗绝情丹，站在悬崖绝壁上的时候，所有人都知道杨过命悬一线，愿意为他冒险一试的人竟然比比皆是。

武三通先是要上去，轻功绝妙的程英却已抢先跃上了石壁。

她身法好快，一纵身便踏上了石梁。哪知她快杨过更快，程英但觉腰间一紧，身子已被杨过的袍袖缠住，给他拉回，耳边听杨过说道："我值得什么，何苦如此？"程英一张俏脸涨得绯红，说不出话来。

我值得什么，何苦如此？

杨郎啊杨郎，你当真不知你在她心里，是什么都值得的吗？

十六年后，一直与表妹相依为命而再不动男女之情的程英，再出场时依旧是娇脸凝脂，眉黛鬓青，宛然仍是十多年前的好女儿颜色，一开口却是自怜自伤的低吟："问花花不语，为谁落？为谁开？为谁断肠？半随流水，半入尘埃。"

一枕青楼好梦，又教风雨惊回。这一生最惊心动魄的一次风雨，却给了她最由衷的喜悦。既见君子，云胡不喜，她一开始就以一颗七窍玲珑心，洞晓了这故事的脉络，却不动声色，任其沉沦。她不是不害怕分离，却始终发自内心地渴求那一次倾心的相遇。

古天乐版电视剧里的程英由张可颐扮演，一袭青衫，眉目恬淡，陆无双摘下她面具的那一刻，杨过惊为天人的眼神掩映着她绝美的容色，确然是风华绝代。几年以后，张可颐扮演的安茜姑姑固然是冷静自持，而那一股深入骨髓的恬淡却已透出了悲哀的味道来。不知是角色的气质融入了演员，还是演员本身的气场恰恰完美诠释了这个角色。

同样一个张可颐，同样的如玉容颜，却在几年的岁月间，由江湖上忧伤的青衫少女程英，变作了宫廷里身世悲凉的安茜姑姑。这眉眼间的磊落哀愁，却已不知不觉地深深蔓了开来。

那么，十六年间的程英姑娘，又是多少次吟诗奏曲，多少次吹箫望月，多少次长吁短叹？昔日里的那一点怦然心动的温存，早已从结拜兄妹的那一刻起、从他不辞而别的那一刻起，便化作了悲哀，深深地浸入了骨髓当中。

杨过不辞而别的时候，陆无双心痛哽咽，程英只是淡淡道：“三妹，你瞧这些白云散了又聚，聚了又散，人生离合，亦复如斯。你又何必烦恼？”她话虽如此说，却也忍不住流下泪来。

这便是程英。就连她叫惯了的表妹，也为了迁就他的要求，而改口称作了“三妹”。

而她的大哥，她的君子……

在以后那些风雨如晦的日子里，她吹奏的洞箫，她写下的诗句，永远都只能存在于他身后那些见不得光的阴影里，兀自盛开如锦，再静静地落英缤纷。

【郭芙：但凡未得到，但凡是过去，总是最登对】

很多人都说，倘若郭芙和郭襄颠倒过来，那么整个故事就没有小龙女什么事儿了。

芙妹，如花美貌，显赫身世，桃花岛和襄阳城的小公主，郭大侠和黄帮主的千金，好像世间一切都任她予取予求。

武敦儒和武修文两兄弟对她痴心一片，她两个都想要，又两个都不太想要。起先人人都以为她是花心，后来才渐渐发现，只因她是被宠坏的千金小姐，便由此养成了贪婪的性子，武氏兄弟喜欢她时她不以为意，只让他们处处哄着，两兄弟移情别恋了，她也不觉得怅然若失。

很多人讨厌郭芙，说她既愚蠢且蛮横，就连作者金庸也把她列入了自己最不喜欢的人物之中。

可是她偏偏运气好，没了武氏兄弟之后，立马遇上了个长身玉立的耶律齐，一见钟情，事事包容，十六年如一日地敬她爱她。

看她十六年后不惜为丈夫屈尊向杨过磕头的情形，也可以知道她对丈夫一样是情深义重。

就连她自己也没发觉有什么不妥。

故事里的十六年仿佛是转瞬即逝，那陡然出现的风陵渡口，那中年美妇和文秀少女的出场，恐怕让许多人都摸不清头脑了。当路人谈论起神雕大侠的时候，郭襄听得入了迷，郭芙却早已知道一切似的，只一味地挖苦讽刺，说杨过并没有什么了不起。

后来证明，就连黄蓉也不太了解这位神雕大侠，郭靖更连神雕侠的名头都不知道。而惟有郭芙，从一开始就知道得清清楚楚，却埋在心里，谁也不告诉。

因为她只要提到杨过，必然会受到父亲的重责。就好像她每一回想起杨过，心里都不太好受一样。

她只以为自己是讨厌杨过，甚至骗过了所有人，也骗过了她自己那么多年。

大胜关英雄大会上，杨过断然向郭靖拒婚，与小龙女携手而去。这样的拒婚，对于羞怯温和的公孙绿萼尚且是足以羞愤而死的侮辱，那么这对于骄傲如许的郭芙来说，该是多大的难堪?

可书中偏偏不提郭芙的反应。

直到最后，当杨过向她还礼，说起：“芙妹，咱俩一起长大，虽然常闹别扭，其实情若兄妹。只要你此后不再讨厌我、恨我，我就心满意足了。”一切的一切，才如电光火石，在脑中炸开。

“我难道讨厌他么？武氏兄弟一直拼命地想讨我欢喜，可是他却从来不理我。只要他稍微顺着我一点儿，我便为他死了，也所甘愿。我为什么老是这般没来由地恨他？只因为我暗暗想着他，念着他，但他竟没半点将我放在心上？”

却原来，她这一辈子的骄纵任性、无理取闹，尽是为了他。在所有人都高兴的时候，她却无端端地着恼，亦皆是因为内心缺失了最重要的那一点温暖。

金庸说：“她从来要什么便有什么，但真正要得最热切的，却无法得到。”

原来又是一个李文秀。江南再好，也比不过那北边的荒漠，有一个勇敢善良的少年苏普。

其实她斩杨过的时候本来是急怒攻心，想杀死他，最后也只斩下了他一条手臂，便惊慌失措地去叫父母来补过。而杨过恨不得斩她一条手臂来报仇的时候，终是下不了手，最后也只是弄曲了她的长剑。一向有仇必报的杨过，却一次次地护了郭芙的周全，动机如何，连他自己也不明白。

其实只因他们的内在太过相似，明明相互都有好感，却就是骄傲地不肯承认，一定要等对方有所反应。

倘若郭芙稍稍减去几分蠢笨蛮横，她根本不必学郭襄那样的体贴可人，便足够赢得杨过的一颗心，哪里还有小龙女什么事呢？

只是可惜没有这样的假设。

人在少年，梦中不觉，醒后要归去。

很喜欢傅明宪的郭芙，少年时的粉红衫裙，中年时着的是张扬的大红色，两个小辫子，一双忽闪忽闪的大眼睛，将她的纯真和刁蛮演绎得淋漓尽致。最喜欢杨过在桃花岛上换了整齐的衣服出来，郭芙惊为天人的花痴表情。这里面的芙妹从头到尾就是明恋着杨过，对大小武弃若敝履，只是杨过嫌她刁蛮任性，不愿珍惜。

许多年后独自站在海涛之中跟着神雕练习重剑的杨过，可曾记得，某年某月，他曾与一名粉红衫裙的娇美少女并肩坐在船头，看花看水，看鱼看天。如果岁月一直这样静谧地推演下去，如果他少去几分骄傲，也许这一生的苦难漂泊，也再无从说起。

【郭襄：华丽的冒险，旅行的意义】

“我的意中人是绝世的大英雄，有一天他会在一个万众瞩目的情况下出现，身披金甲圣衣，脚踏七彩祥云来娶我。”

郭襄和杨过，委实缘分非浅。

她亦是十六年来唯一一个让杨过再度打开心扉的女子。

倘若那只雌雕先驮了杨过上去，再撞上山石殉情，这个故事又会怎样呢？

郭襄是唯一的一个呼声比小龙女还高的女人，让人几乎忘了，其实她扮演的是第三者的角色。

杨过对同生共死的程英和陆无双只有愧疚，对结下仇怨的郭芙甚至还有些怨念，对公孙绿萼好似早已忘得干净了——可他对于郭襄，却是真的有些喜欢。甚至在矜持自守十六年后，见到郭襄，想的却是：“我若真有这么一个善解人意的小妹妹为伴，浪荡江湖，却也减少几分寂寞。”

他怕是早已忘了，自己有的是善解人意的妹妹。这个小妹妹只不过是足够年轻，足够新鲜。

所以，如果杨过真的和郭襄在一起，鄙夷他的人一定不在少数。

而对于郭襄来说呢？

一开始在风陵渡口跟着西山一窟鬼去闯荡，只是为了一睹大侠的风采。开始见杨过戴着面具，只道他生得难看，而后来在他摘下面具的那一刹那，却不由得惊为天人。

这场探索，足可称为华丽的冒险。

而相聚日短，她“但觉此时此情，心满意足，只盼时光便此停住，永不再流，但内心深处，却也知此事决不能够”。

其实郭襄恐怕是这书中女子当中，拥有得最多的了。

她甫一出世，便令江湖中人闻风丧胆的赤练仙子李莫愁悉心照料，甚至甘愿为她牺牲。杨过也是为了她而被郭芙误会，赔上了一条右臂。而还有一个来抢她的金轮国师，在许多年怙恶不悛之后，却对她比亲父更加慈爱，教授武功，照顾起居，甚至为她身死无悔。看到那句“好，好，我终于救了你……”的时候，我忍不住热泪盈眶了。郭襄啊郭襄，你是要有多好的运气，遇上这样多的贵人？

而纵观杨过所有的红颜知己，也惟有她得了那惊世骇俗的三件生日礼物。烟花绚烂，夜空明亮，整座襄阳城都在羡慕着她的风光，十六岁的少女不可能不陷入爱情。

那三件惊天动地的生日礼物一送出，再也没有人记得，其实那一天，也是她那个老实木讷的弟弟郭破虏的生日。

她后来被蒙古人所擒，杨过亦奋不顾身地前来相救。曾有那么一刻，杨过想过要和她一起死，让小龙女在这世上好好保重——即使郭襄并不知道，但这样的深情厚谊，早已远远超越了程英等人所拥有的一切，足以让她缅怀一生。

到了最后，他的离开终是为她阐明了这场旅行的意义。

她也终于明白：“便是贵为帝王，也未必能事事如意。”

杨过和小龙女都想为她排忧解难，可是有些问题是谁也解决不了。

杨过不知道，小郭襄是他娘穆念慈在这世间唯一的知音：“她既喜欢了杨叔叔，杨叔叔便有千般不是，她也要喜欢到底。”

在郭襄心目中，杨过直至最后也是完美如天人的。她未见过他的落魄潦倒，或许打从一开始，喜欢的便是自己最美好的遐想。

但倘或杨过如杨康一般，浑身上下有千般不是，执着如小东邪，亦会一生一世地惦念着吧。

【小龙女：如果一个蠢女人足够漂亮，那么她的运气总不会太差】

我真心觉得《神雕侠侣》的书名可以改为《小龙女出走记》。

同样是蠢，郭芙又蠢又凶，就是草包，惹了无数人讨厌；而小龙女又蠢又温柔，读者个个把她捧在手心里怜爱得跟宝贝似的。

如果一个人的愚蠢导致了她自身的悲剧，那么说到底也是咎由自取，旁人确实不需要再去多加指责。

是不是因为她美丽善良，所以她的脑残行为就可以被原谅？是不是因为她从小生长在古墓里，不经世事，所以她再怎么误解身边的人都是理所应当，再怎么找虐都会惹人怜爱？

看到她冲上重阳宫去打退蒙古人那一段，我是真心无力了。

明明只是去找强暴她的男人算账，可她一路上一有动手的机会就走神，等人家跑了又继续追……到了重阳宫上，她老人家又不分青红皂白地乱打，弄得人家蒙古人都摸不着头脑。最经典的是，这极品的脑残妹又碰上了极品的脑残叔叔丘处机——同样是不分青红皂白，一出关就把她当敌人打。

想起当年丘处机怎么把江南七怪打得七零八落，又是怎么害得李萍阿姨沦落大漠的，在这里我便不由得佩服他和小龙女这珠联璧合的一遇。

天底下还有比这更为天造地设的冤家吗？

如果十五岁的蓉儿见了小龙女，也一定会拍手叫好："靖哥哥，我们把这女子捉了去，给那牛鼻子道长丘处机当老婆好不好？他们俩真是绝配！"

最让人哭笑不得的是，这位武功高强的龙姑娘，和这位珠联璧合的丘道长打到一半，居然又走神了。

她发现自己好像看到了杨过。她又激动了。又像当年毅然嫁给公孙止的时候看到杨过一样，她马上就不淡定了。

然后她老人家就不动了。

全真七子和金轮法王的攻势一下子全都落在她身上。

那一刻，我是真心想为她鼓掌。

如果她当场吐血而死也就算了，偏偏杨过这小子又从天而降，把她救走，偏偏他还在拜堂成亲后想出了疗伤的方法。

后面什么李莫愁闯古墓，说到底也是因为杨过闲着没事去把小郭襄抢了过来。什么筋脉逆行，郭芙鲁莽发银针……我真没觉得郭芙有太大的过错，这一切悲剧，归根结底都是来自于小龙女的脑残和杨过的小心眼。

为什么靖哥哥和蓉儿的故事就让人看得那么舒畅？性格决定命运啊。

最让人无语凝噎的是，龙姑娘为了自己的爱郎能够保住性命，在绝情谷上一跃而下，决心了断自己的性命——就连这种九死一生的举动，居然都能让她碰巧找到治疗体内奇毒的草药，居然像裘千尺一样，在那地底下活了下来。

当然，人家是美女，自然不能摔出什么损伤，也不能靠吃枣来度日。所以那地底下是一片寒冰，还有闲逸的小木屋，一桌一椅都是仿照古墓的摆设，底下的树皮还能织成衣裳。

多么小资，多有情调啊。

一切都准备好了，就等着神雕大侠纵身一跃了。

最神奇的是，她每次一见到杨过就浓情蜜意，一离开杨过就心如死灰情绪不起波澜，因此住在哪里都像是住在古墓里一样，容颜不老，青春永驻。

杨过所有的红颜知己在见到小龙女的时候都自惭形秽，只觉得世上唯有小龙女才能配得上杨过。杨过每次在心里评价某个女子，都会有这么一句：“容貌还算不错，但比起我姑姑就差得远了。”

我想说，倘若小龙女不是那么美丽呢？

那么，杨过从终南山下来，在对陆无双产生情欲的时候，不会那么快地扼杀掉。在见到程英的容颜时，也不会仅仅是惊艳而已。

如果小龙女不够美，杨过一定会喜欢程英的。我想，他会说：“这程姑娘的举止言行娴雅得体，简直跟姑姑如出一辙，而容貌甚至还比姑姑美上几分。我今时今日才算知道一见钟情是何滋味，她说‘既见君子，云胡不喜’，我也要回一句‘有美一人，婉如清扬’了。这些日子相处下来，她让我身心舒畅，竟比古墓里还自在些。想来我对姑姑也只是师徒之情，日后见了她，我自当舍命相护，而程姑娘……我自当与她同生共死，不分彼此才是。”想到这里，整颗心里都溢满了欢喜。

即使没有程英，在十六年后遇到了郭襄，杨过也该豁然开朗，不再惦记前事。书中为了突出女主角的完美，在描写其他女子的时候，总要加上几分缺憾：如陆无双心狠手辣，程英资质平平，郭芙鲁莽愚钝……

小龙女只不过是恰好有了艳冠群芳的美貌，又有一颗逆来顺受的善良的心，这才牢牢地抓住了杨过——不止杨过，还有那个悲剧的不知该叫尹志平还是甄志丙的道士。

那个道士同样是爱她的容貌气质，因此才做出逾矩的行为。甚至撑着最后一口气，仍要奔到她面前来求她杀了他：“龙姑娘我在这儿……”

他的爱情一点都不比其他人逊色，同样都是那样哀婉，那样绝望。

如果不是真爱，又怎么会如此甘之如饴？

可惜也是痴心错付了。

小龙女从头到尾都在哀叹着自己命苦，她竟然不知道，她的命运尽是她那拖泥带水的性格决定的。好在她有一副绝世的美貌，而作者还偏爱到让她无论多少岁都保持着少女的容颜和心境，到最后她以少女之姿与心爱之人终成眷属，动也不动便打败了无数个优秀聪慧的女子，她的运气实在是不坏了。

这样的女人只能存在于小说里。生活中，男人想找一个不介意你花心，只求最后与你厮守的、逆来顺受的绝色美人；女人想数十年如一日地保持着完全打破姐弟恋的单纯头脑和年轻容颜，还有一个英俊潇洒的年轻男人对自己死心塌地，自己不费吹灰之力就让所有比自己年轻的情敌输得心甘情愿——天底下哪有这样好的事？

【杨过：只有成功人士才有资格谈尊严】

本书的男主角杨过，他爹是十恶不赦的杨康，他娘是委曲求全的穆念慈，故事一开头他又阴差阳错地认了曾经作恶多端的欧阳锋作义父……这与桃花岛主的女儿、蒙古大汗的金刀驸马，那等的光荣出身，岂可同日而语？

他一开始看到郭芙的绝世美貌，其实是动了心的，可郭芙却一脸的轻蔑和嫌弃，这让他的自尊心受了极大的伤害，心里的柔情也都深埋了起来。后来在桃花岛上被大小武欺负，被黄蓉像防贼一样地只教些四书五经，又被柯镇恶赶走，接着还在全真教被赵志敬和鹿清笃等人欺负得浑身是伤……这一切，在杨过小小的心灵里，都留下了不可磨灭的伤痕。

后来终于遇上真心对自己好的孙婆婆和小龙女，这叫他怎么能不感激涕零？

作为牧师一般存在的孙婆婆，对小龙女留下遗言：“我要你照顾他一生一世。”然后又附在杨过耳边，轻声道：“你也

照顾她一生一世。”

对于饱受伤害的杨过来说，这样温柔而和蔼的请求，他没有不应允的份儿。

他之所以这么依恋古墓，也是因为他在古墓里，第一次找到了自己的尊严。

等到了后来，他有了几分功夫，出了古墓，依旧被洪凌波鄙视、被陆无双嫌弃，还弄得郭芙宁死也不愿嫁给他。再到后来，他练成了天下无双的剑法，成为了名扬四海的神雕大侠，什么少林寺的大师啊，江湖上的大盗啊，宋人也好蒙古人也好，个个都对他崇拜得跟什么似的。昔日里对他总有几分嫌隙的柯镇恶，在被他无礼相待之后，仍忍不住夸赞他的义举。而昔日嫌弃他的郭芙的胞妹郭襄，在他面前更是一口一句“大哥哥”，叫得他心里甜得跟什么似的。

如果郭芙十六岁的时候遇到的是神雕大侠，而不是穷困潦倒的杨过，难道她还会趾高气扬地宁死不嫁?

到最后全天下都对神雕大侠敬若神明，杨过却仍惦念着从前在潦倒时唯一对他好的小龙女。与其说这是刻骨铭心的爱情，倒不如说这是一种发自内心的感恩。

全天下的人都会在你成功之后对你青眼有加，可你真正应该感激的，是那些在你一事无成的时候，也未曾给过你白眼的人。

后来的杨过也不再脆弱自卑、易受伤害了，因为他再不会看到鄙夷的眼神。

一个人在成功之前，确实不应该过分地强调尊严。在这个捧高踩低的世界上，这早已是一条必须接受的定理。

让他一生为你画眉

——评《倚天屠龙记》

【何足道：那些悄无声息的前辈】

提笔为“倚天”写评，却不知从何说起。

这本书开头的郭襄与何足道翩然邂逅山水间，郭二小姐轻奏一曲：“考槃在涧，硕人之宽，独寐寤言，永矢勿谖。”顿时赢得这位昆仑三圣的青睐，文才武功比其母差上一大截，更无法与外公东邪媲美的襄儿，就这样成了何足道在尘世间唯一的知音。

以为他们会有发展，但仔细想想，也知道不可能。金庸从来都喜爱偏执女子，如金牛座的李文秀，明知江南那样地好，却一点儿也不想要。

何足道确是超凡脱俗、举世无双的奇男子，然而这一切又怎么比得上郭二小姐在情窦初开的十六岁，遇上的三根金针和一场烟花？

她心头早已千百遍地想过了：“其实，我便是找到了他，那又怎地？还不是重添相思，徒增烦恼？他所以悄然远引，也还不是为了我好？但明知那是镜花水月一场空，我却又不能不想，不能不找。”

她在四十岁那年大彻大悟，出家创建峨嵋派，然而她是想明白了吗？抑或，只不过是转换了一种等待的姿态。

郭二小姐四十岁的时候，那位半生都在自己折腾自己的老女人龙姑娘，多半已经不在人世。而他呢？他现在过着怎样的生活？这时的郭襄，只不过是长大了懂事了，得不到的，索性埋在心底。出家，是昭告天下，自己已经不再想——正如她离家出走那般，把自己的追求告诉所有人。

与杨过有关的人都有着极强的表演欲，一举一动都要弄得举世皆知，观乎后来每次出场都要一群人配乐伴舞的杨氏后人黄衫女，更是夸张之极。

不过这不重要了，就算峨嵋创派祖师的身份骗得过全天下的人，那绝望的恋慕早已成了与自身紧密相连的习惯，即使用利刃也无法割断。

而那位翩然游离在山水间的昆仑三圣何足道，只好继续空山抚琴、与已对弈，叹着“清水白石何离离”。一晃，那么多年就这样过去了。但是起码，曾几何时，他所求的那个知音，到底还是来了。

年迈的张三丰也默默想了郭二小姐一生一世，最后他以百岁高龄仍保持着童子身，以至于成了武学一代宗师。虽则世间罕有敌手，但站在高处，想起那段自己连遇到少林寺入门弟子也要仓皇逃走的时光，心底未尝不是既酸涩，又幸福。

【张翠山：倘若你没好下场】

《倚天屠龙记》的确是金庸笔下的第一部奇书。在这里面，我终于看到了男人对女人的尊重和珍爱。不似自私自利的陈家洛和鲁莽武夫胡斐，我第一次看到有男人这样为女人牺牲，何况这人还是这般的谦谦君子，温润如玉。

武当五侠，容貌清秀俊美，悟性奇高，张三丰挚爱的徒儿。他是“铁划银钩”张翠山。

殷素素一开始就注意到了他，说是怀揣目的也好，居心叵测也罢，忽远忽近的调笑之中，妙龄少女的芳心就这样尽付与君。想那碧纱灯下，淡绿衣衫，美貌少女望天沉吟：“抱膝船头，思见嘉宾，微风波动，惘焉若醒。”二十出头的翩翩佳公子张翠山，没道理不心动。

张翠山的反应实在可爱：张翠山见她清丽不可方物，为此容光所逼，登觉自惭，不敢再说什么，转身跃上江岸，发足往来路奔回。奔出十余丈，斗然停步，心道：“张翠山啊张翠山，你昂藏七尺，男儿汉大丈夫，纵横江湖，无所畏惧，今日却怕起一个年轻姑娘来？”

后来张翠山和谢逊比拼掌力，黑暗之中，殷素素迟迟不愿发暗器相助。这位善良的五哥只道她怕误伤了自己，后来却听得她自己承认：“假如那时我伤了他，咱二人逃回陆地，你便不愿跟我在一起了。”

犹如后来赵敏咬伤张无忌的手，还硬要留下一个永恒的疤痕。他们姓张的一家人修养都这样好，张翠山听到这话竟是胸口一热，而张无忌也是感动不已。

殷素素只为了自己的一心恋慕，便甘愿赔上五哥和她二人的性命，陪谢逊踏上那福祸未卜的路程。十年的野人生活，因为有了亲密无间的爱情和肝胆相照的友情，倒也不算寂寥。殷素素算是求仁得仁，而身上背负着太多责任和期待的武当五侠张翠山，却是彻头彻尾的为爱牺牲。

谢逊出身魔教，倒是十分欣赏他那位鹰兄的女儿，只道：“殷姑娘，你比这个假仁假义的张相公，可合我心意多了。”

殷素素道：“我和你都是恶人，将来都没好下场。”

这时，张翠山低声道：“倘若你没好下场，我也跟你一起没好下场。”

他们后来有了誓言：“天上地下，人间海底，我俩都要在一起。”名门正派的张翠山，在说出这句话的时候，就决心与殷素素一同背负她从前的那些杀孽，与她一同承担罪责。他心知自己也许要拼却一生声名力气，却也心甘情愿。原来这便是让人思之欲狂的爱情。

未料到一语成谶，张翠山最终真是死在了自己的誓言上。

许多人说，折断俞岱岩手脚的并非殷素素，而张翠山所要做的应当是弥补而不是偿命，他愤而自尽，未免太过迂腐了些。

其实仔细想想，逻辑最不通顺的地方，莫过于十年前的张翠山已然知道，殷素素便是昔日将俞岱岩托镖之人，却一厢情愿地认为这位殷姑娘是热心相助，而当时的俞三侠也对她感激不已。缘何过了十年，恩人便成了罪人？俞岱岩躺了十年想明白这个道理原是不难，而重履中土的张翠山，本已在义兄与妻子昔日做下的孽的压迫下不堪重负，此事的揭穿，其实不过是压死骆驼的最后一根稻草。

怪就怪殷素素返璞归真，竟然坦然承认罪责，实在是太天真。

这十年他们躲在那世外的冰火岛，原本可以不理这些凡尘俗事，只活在当下。

可回到了中原武林，上有恩重如山的师父，身边还有情同手足的兄弟，外面则是虎视眈眈的武林人士。各种滋扰层出不穷，这样下去只会为武当派树立无穷无尽的敌人。单纯善良如五哥，他已然游离了太久，再也回归不了这样的角色。明知再也逃离不了，只好以死相谢。

TVB 版电视剧的改编，倒更容易让人理解些：昔日殷素素色诱张翠山，不过是为了得到俞岱岩的下落。而后俞岱岩中毒受伤，殷素素却一直瞒着张翠山。后来五哥知道真相，这一刻的晴天霹雳，才衬得起那一句：“你骗得我好苦！”

临终的殷素素，终于回归了小妖女的本色。一句话骗得少林寺几十年受无尽滋扰，也骗得武林人士露出了贪婪的真面目。她看穿了丈夫自刎谢罪的本相，所以她以这样决绝的方式为丈夫复仇。聪明如殷素素，她知道，再次相见时，他一定不会再怪责她。

无论如何，他们拥有过那样亲密无间的十年，没有俗世纷争打扰，只携手在那荒岛上，生儿育女，谈天说地，坐看潮起潮落，云展云舒。

天上地下，人间海底，只要能够在一起，不管是生或是死，其实都不那么重要了。

【杨不悔：这个世上唯一的你】

杨不悔的那段著名的告白，是全书第一次勾到我泪点的地方。

故事还要从纪晓芙开始说起。

记得第一次看到纪晓芙和杨逍的故事，是小学的时候看到的 TVB 黎姿版电视剧。荧屏里，滕丽名的纪晓芙俏丽娇羞，莫家尧的殷梨亭青涩可爱，而张兆辉的杨逍却是风姿翩然宛若神人。

令我印象犹深的是，剧中杨逍装死、骗纪晓芙嚼碎人参以嘴相喂的时候，我盯着杨逍苍白的俊脸，一颗心也是怦怦乱跳。后来纪晓芙苦恼着推杨逍，说“你死了我怎么办”的时候，杨逍忽然张开双臂将她搂在怀里，狡黠地笑道：“你终于肯说了？”

杨逍说，他对她是“一见难忘，再见倾情，三见几乎连命都没有了”。还有他思来想去，终于确信了的那句承诺：“我可以确定，你是我杨逍的最后一个女人。”

这样的一段情，这样玉树临风的浊世翩翩佳公子，那青涩少年殷梨亭如何比得上？

可惜的是纪晓芙如张翠山一般，身上背负了太多太多。名门正派与魔教之人坠入爱河，通常没有好下场。因为世上没有几个人洒脱如赵敏，明知父兄反对，亦敢对自己的爱情负责：**“那时我嫁魔随魔，只好跟着你这小魔头，自己也做个小魔婆了。”**

纪晓芙一个女人，背叛师门，四处流浪，却又不敢明目张胆地投奔情郎。试想当时，在礼教大防的思想深入人心的宋朝，当她以未婚闺女的身份诞下女儿，她的身心承受着多大的煎熬?

然而，她却给女儿取名为“不悔”。

杨不悔。我纪晓芙此生挚爱杨逍，虽则粉身碎骨，却终是无怨无悔。

所幸杨逍的心也与她一样。当听到她死讯的时候，杨逍顿时昏倒在地，兀自不醒。面对何太冲和班淑娴的攻击，若不是张无忌冲穴相助，他便就此丢了性命。

后来过了许多年，在峨嵋派弟子提及纪晓芙的时候，他仍是恻然悲痛，默默无言。而他也兑现了自己的那一句话——风流潇洒如光明左使杨逍，十余年来孑然一身将女儿抚养长大，只因他曾说过，纪晓芙是他此生最后一个女人。

书里对纪晓芙和杨逍的描写实在太少，这些台词也皆是电视剧添上去的，但不能不承认皆是锦上添花。

过了十余年，在面对昔日情敌殷梨亭的时候，杨逍连毕生挚爱的女儿也愿意拱手相让。与其说是对殷六侠心存愧疚，倒不如说是不忍心看到第二个纪晓芙为爱神伤。

优柔寡断如殷梨亭，当年与纪晓芙本就接触不深，只不过是有了婚约。多少年来，纪晓芙的模样已经成了心中的幻象，殊不知他想着的念着的，只不过是心里虚拟的那个她。

所以他对杨不悔的爱慕，不能说是假的，也不能说是自私地把她当作了其母的替身。其实殷梨亭根本没有认真爱过纪晓芙，与杨不悔的结合，也只是偿了他多年来的夙愿。

杨不悔明知张无忌少年时为自己付出了多少，对自己几次舍命相救。而她许多年来也一直惦记着这位无忌哥哥，以至于一听声音便脱口相认。然而令张无忌诧异的是，这次重逢以后，杨不悔明显对他冷淡疏离，连话都说不到几句，倒叫他摸不着头脑。

女孩子于情窦初开的时候，很自然地会把自己遇到的适龄异性作为幻象爱情的对象。而忠厚老实如张无忌，并没有办法满足杨不悔的想象——偏执洒脱的光明左使的女儿，又怎会甘心爱上一个如此优柔寡断举棋不定的懦夫？

她躲着张无忌，不过是遵从了自己的心，也试图断绝那些长辈们的玩笑。

后来她第一次跟张无忌掏心掏肺地说话，已是在爱上殷梨亭以后。那一段诚挚的表白，我反反复复看了好多遍，都忍不住热泪盈眶。

杨不悔抢着道："我不是蓦地动念，便答应了他，我一路上已想了很久很久。不但他离不开我，我也离不开他，要是他伤重不治，我也活不成了。跟他在一起的时候，他这么怔怔地瞧着我，我比什么都喜欢。无忌哥哥，我小时候什么事都跟你说，我要吃个烧饼，便跟你说；在路上见到个糖人儿好玩，也跟你说。那时候咱们没钱买不起，你半夜里去偷了来给我，你还记得么？"

张无忌想起当日和她携手西行的情景，两小相依为命，不禁有些心酸，低声道：“我记得。”

杨不悔按着他手背，说道：“你给了我那个糖人儿，我舍不得吃，可是拿在手里走路，太阳晒着晒着，糖人儿融啦，我伤心得什么似的，哭着不肯停。你说再给我找一个，可是从此再也找不到那样的糖人儿了。你虽然后来买了更大更好的糖人儿给我，我也不要了，反而惹得我又大哭了一场。那时你很着恼，骂我不听话，是不是？”

小时候的张无忌不明白，可心思细腻如杨不悔，却已经懂得——那最喜欢的糖人儿，世上只有一个。

大概是在杨逍身边长大，杨不悔与她那位出身名门的母亲的柔弱个性截然不同：“我的脾气很执拗，殷六叔是我第一个喜欢的糖人儿，我再也不喜欢第二个了。”

在这段爱情里，殷梨亭最初的动机已然不重要，关键是，满身邪气的杨不悔终于寻到了自己的真爱。看到女儿出嫁，杨逍大概会想到当年的纪晓芙吧？如果当年她也可以这样执拗，或许现在，他也不必这般落寞地独自伫立，过尽飞鸿字字愁。无论怎样思念，那外表娇美内心刚烈的纪姑娘，也再回不到他的身边。

她留给他的最后一句话是“不悔”，而他用一生向她兑现自己把她当作毕生归宿的承诺。

纵使身处这繁华盛世，俊美翩然如杨逍，也是取次花丛懒回顾，半缘明教半缘卿。因为他也深深地明白，那个此生最爱的糖人儿，在这世上，再也没有第二个了。

【周芷若：云雨巫山枉断肠】

在张无忌的四位红颜里面，他最爱的或许是赵敏，金庸最爱的是小昭，而我最爱的却是蛛儿。戏份最多却一直不太讨人喜欢的，就要属周芷若周姑娘了。

许多人说张无忌是顾家的巨蟹男，而赵敏是心机沉重的天蝎女。我不敢断定其他人的星座，但蛛儿一定是我们火象星座的——射手女稍嫌被动，因而她不是狮子，便是白羊。

水克火，直率如殷离，根本就不会爱上张无忌这样温柔敦厚的人。

那汉水舟中的周芷若是张无忌的床前明月光，而绿柳山庄那灿若梨花的元朝郡主赵敏，便是他胸口的那颗鲜艳明媚的朱砂痣。

豆瓣上有篇评论，说周芷若的存在就好像赵灵儿之于李逍遥，少年时相遇，早已是命中注定。而后李逍遥固然会去追逐林月如那般新鲜的悸动，但赵灵儿早已成了他的一部分。这两个人，一个张扬浓艳，是生命全部的快乐，而另一个默然无语，却已是你的生命。同理，就如阿珂与双儿，韦小宝一直追着阿珂跑，但他却离不开双儿。

这段评论写得那样细腻，让我看了也颇为认同。但狮子女的本性使然，玩仙剑的时候我就更喜欢林月如，后来在电视剧里看到柔弱可怜的刘亦菲更是毫无好感。而在这本书中，开始时那温柔忠厚的周芷若，对我来说，自然也远远不如诡计多端的敏敏来得娇艳动人。

可是，如果拿了两件玩物在手里，纵使其中一件更加可爱，如果可以的话，想来任谁也舍不得为了这一件，就轻易放下了另外一件。

玩物不会出声，女人却向来最擅长为了男人而勾心斗角。

荒岛上那一场偷天换日的污蔑，恐怕是温婉怯懦的周芷若此生头一回做出这般大胆出格的行为。周姑娘倒真是不出手则已，一出手就甩了小妖女赵敏十万八千里，真应了那句“闷声狗咬死人”。

其实我最不明白一点，便是谢逊在荒岛上就知道真相，却为什么要一直瞒着张无忌？以他和张无忌联手，绝对不必忌惮一个周芷若。既然早知她盗走屠龙刀，还知道她在食物里下了十香软筋散，暴戾如金毛狮王谢逊，当晚便可结果了她的小命，又何必弄出那么多误会来？

而且，倘若周芷若真的那般心狠手辣，为什么要放赵敏活着逃出去？一刀杀了岂不干净？即使她下不了手杀人，像对蛛儿那样，在赵敏脸上划个十道八道的伤痕，又有何难？

像这些作者为了丰富剧情的刻意安排，我们也只能勉强接受罢了。

其实说到底，周芷若所做的一切，并不是出于师命，也并非发了那个毒誓以后惴惴难安，而只是受不了自己心爱的男人对其他女人这样好。嫉妒，往往是毁掉一个人的最佳利器。

在灵蛇岛上，她要扮演侠义为怀的峨嵋掌门人，要扮演温柔可人的芷若妹妹，所以她抱着受伤的赵敏逃进逃出，四女同舟，有说有笑，没有显现出一丝怨怼。她是这样温和内敛，偏偏那赵姑娘还那样大胆告白，甚至不惜以死明志。

谢逊叹道："你出全力相救无忌，当然很好，可是又何必拼命，又何必拼命？"赵敏道："他……他……"说到此处，顿了一顿，心中迟疑下面这句话是否该说，终于忍不住哽咽道："他……谁叫他这般情致缠绵的……抱着……抱着殷姑娘。我是不想活了！"说完这句话，已是泪下如雨。

小淫贼张无忌的情话仿佛不假思索，脱口而出——他情不自禁，伸过手去握住了她手，嘴唇凑到她耳边，低声道："下次无论如何不可以再这样了。"

此时的周芷若正处于师命与毒誓的内心挣扎之中，偏偏内心的爱慕就是无法抑制。见到这样的一幕，叫她如何能忍?

若是一直那样温柔大度下去，她永远也斗不过赵敏这个小妖女。既不能像小昭那样远赴异邦，让张无忌一生思念，亦不能像蛛儿那样决然而去。想来，也只能落得个二女共侍一夫的下场。

想那灭绝师太何等孤傲，又对她何等器重——这样的师恩，叫她如何能在这条路上继续走下去?

其实凭借周芷若在张无忌心目中的地位，若不是她做了那样多的孽，张无忌最后的选择并非易事。而她素手裂红裳，欲毙赵敏于掌下，是因为她已经强大起来，再不需要委屈地唯唯诺诺地去追逐自己想要的那一点好处。得之我幸，失之我命，但是决不可以这般受人凌辱。

我不喜欢周芷若这样心机沉重的女人，但说到赵敏，除了聪明一些，对张无忌爱得更深一些，她的心狠手辣未必比周芷若逊色。

水象星座的男人大都被动，最后他跟哪个女人在一起，并不是他选择了对方，而是那女人坚定不移地选择了他。

闷骚如周芷若，最适合她的男人决计不会是优柔寡断的张郎，倒应当是那个不惜为她欺师灭祖的武当师兄宋青书。

香港电影版的《倚天屠龙记》将原著改编得几近面目全非，令我印象最深的是那一段无忌与朱元璋私底下的对话，让我陡然发觉主角并非个个都是侠义为怀，起码李连杰扮演的张无忌就是一个玩弄权术的高手——倘若张无忌当真有这个杀伐决断的心机与本事，那么电影里他喜欢的周芷若也不会弃他如敝履，一心与宋师兄暗送秋波了。

其实我很喜欢 TVB 版电视剧的那个结局：周芷若走火入魔，终于忘记了前尘往事，遇到张无忌也可以天真无邪地微笑唤一声“无忌哥哥”，然后携了宋青书的手，浪迹江湖，天涯相伴。

书中说宋青书夜窥峨嵋女侠居所，这实在是够猥琐。而暗算七师叔莫声谷，也做得太过。豆瓣上有朋友分析说，这不过是为了将主角张无忌提高到另一个境界，让他负手看宋青书的这场小丑戏。爱情这样珍贵的东西，只有主角才配拥有——凭你宋青书如何面如冠玉、风度翩翩，因为你是配角，所以你表现的不是爱情，而是情欲。

我更希望故事没有这样不堪，而是周芷若终于懂得怜取眼前人，并且将自己得不到的东西彻底地忘记。独自一人空负峨嵋掌门之位，却每晚暗自惦记着那个不知是不是在想着自己的张郎……与其这样地寂寞绝望，倒不如选择那个爱她爱到连命都可以不要的男人，携手共度漫漫余生，安心做一对凡俗夫妇。

【张无忌：君骑白马傍垂杨】

许多人都已看出，这场感情里最大的输家，便是赵敏。

照理说，她的确是四女当中最出众的一个，也的确是张无忌最喜欢的那个。我看到知乎上有人说，为什么张无忌知道赵敏杀死他表妹时怒不可遏，执意要手刃妖女；可是当他知道真凶是周芷若时反而淡然了很多，甚至想到要理解她和原谅她？原因只在于，张无忌对赵敏有着欲罢不能的爱慕。倘若赵敏杀了他表妹，他的道德感和责任心就不允许他再和她在一起了，这对他来说真是莫大的折磨。但如果凶手是周芷若，这正好给了他一个负心的借口，岂不快哉？

即便在张无忌认定赵敏是凶手的时候，他仍然舍不得杀她，甚至生怕她被义父谢逊伤害。这总是让我想到被砍掉手臂的杨过追踪郭芙到城外，一心想折断她的手臂报复，可到底是下不了手，只是弄曲了她的长剑。须知比起老实敦厚的张无忌，杨过可是个不折不扣的睚眦必报的主儿——所以我始终觉得，杨过下不了手伤害郭芙，与张无忌不忍心杀赵敏是同一个原因。

这个原因无关侠义，无关同情心，只是因为我喜欢你。

诚然，如前文所言，赵敏艳冠群芳聪明绝顶，而且还情深一片，张无忌在所有女子当中最喜欢的无疑是她。

然而她赢得了张无忌，却永远只占据他四分之一的心——波斯的小昭，西域的蛛儿，峨嵋的周芷若，都将会是他心上永久的记忆。她在张无忌大婚之前质问他：“**你自己手背上的伤疤也去不了，能除去我心上的伤疤么？**”同理，无论她多么努力，也抹不掉他心上的另外三个女子。

男人总是幻想得那样好，他的女人不仅美丽聪慧，而且要出身高贵，更要爱他爱到放弃荣华富贵，拼着被全天下人指责，也决意不要了那郡主的身份，弃了疼她爱她的父兄，毅然决然地与君同行。

在金庸笔下，天真无邪的官家小姐李沅芷这样做也就罢了，心狠手辣的妖女赵敏，却又是这样。

凭借赵敏的那点儿武功，加上她在中原武林树的敌人——她抛下一切投奔张无忌，除了这个男人，她还能拥有什么资本呢？

到了最后，周芷若是冷眼旁观，小昭是含泪离场，蛛儿却是毫不珍惜地决然而去。惟有这位当朝郡主，以尊贵身份、天人之姿，拼着性命不要，也要跟着他，而他只不过是半推半就……这样乞讨来的爱情，还有什么意思？

即便如此了，赵敏还要时时照顾他的心情，一时开玩笑说教主以后会去波斯寻访故人，一时又拿峨嵋派比武的事来跟张无忌调笑。张无忌固然是内心舒坦，而高傲如赵敏，谁又知道她在开这些玩笑的时候，内心是何等滋味?

到最后她提出了第三个要求，却是希望他一生为她画眉。

妆罢低声问夫婿，画眉深浅入时无? 逃离了种种纷争，岁月静好，她满心宁静，再也一无所求——而她的张郎，却在此时为了另一个女人怔怔出神。即使发觉了他的异样，恐怕她也只能笑吟吟地若无其事。

想那时她被他误解追杀，她尚且能笑着享用美味珍馐，虽则吃着吃着就落下泪水，但却能因为他不舍杀她而破涕为笑。女人啊女人，爱到了极处，你的名字就叫做卑微。

小昭的被迫离场，实在是为了救张无忌一干人的性命。她年纪尚幼，对张无忌自然而然地有一种依赖。光明顶上同生共死，灵蛇岛上舍身相救，皆是一个少年时便孤零零替父母来偷武功秘籍的幼女，对那位世上对她最好的人，所做出的报答。

小昭是一个融入了生活点滴中的质朴女孩，也是男人最神往的存在。她以紫衫龙王独女之尊，愿意默默地为张教主穿衣梳头，甘心做一个低贱的小丫鬟来伺候喜欢的男人。她眼看着他有了周姑娘赵姑娘，却不怨不恨，心甘情愿地侍立在他身后。到了最后参商永隔的诀别，也不过是获得了一个没有下文的亲吻，脸颊晕红，委屈的泪水就此落下。

说卑微狼狈，倒也算不上，毕竟华服美饰全身而退，是一个十分潇洒的姿态。

在这一点上，我无疑最欣赏蛛儿。她想着他的时候，拼了性命也要追寻和保护跟他有关的一切，而她真正放下的时候，也可以做到毅然决然。

她为了让自己强大，便练了毁容的千蛛万毒手。若不是把容貌变得这样难看，张无忌也许在重逢一开始便会对她怦然心动了，周芷若那些人都成了后话。后来她遭逢暗算，淤血散尽，端丽的容貌重现眼前，正是以美貌“爱妻”身份出来插一脚的好时机。然而她却不爱了，连张无忌为她立的墓碑——那一句“爱妻蛛儿殷离之墓”，都被她毫不珍惜地嬉笑打闹着砸了个粉碎。

最后张无忌又是伤感又是留恋，却也只能默默看着她消失在黑暗之中。

他知道殷离这一生，永远会记着蝴蝶谷中那个一身狠劲的少年，她是要去找寻他。她自然找不到，但也可以说，她早已寻到了，因为那个少年早就藏在她的心底。真正的人、真正的事，往往不及心中所想的那么好。

与其抛家弃业，永伴君侧，却永远只占据着那颗四分之一的心，倒不如这样骄傲地转身离去。她发现自己爱的并不是他，手背上的伤疤是去不掉的，但心里的伤原来早已愈合。也许以后她会遇上一个与蝴蝶谷中的张无忌一样的男子，对她又打又骂，吵吵闹闹，可偏偏就拨动了她心底那根弦。

到那时候，她还会愿意为那人散尽自己的武功，也会娇嗔地骂上一句“你这狠心短命的小鬼”……在说到“短命”那两个字的时候，还要像林妹妹那样，心疼地掩住了口，终究还是舍不得。

爱情好比是没有标准答案的习题，并不是做得越完美，分数就越高。例如蛛儿，她偏偏不喜欢温柔对待她的阿牛哥，偏偏就是惦记着那个事事跟她拧着来的小冤家。传说中“最懂金庸”的 TVB 监制李添胜，就在黎姿版的电视剧《倚天屠龙记》中，不断让蛛儿端详成年后憨厚温和的张无忌，一遍遍地说：“不对，你不是他。如果你是他，我怎么可能没有感觉呢？”

小时候只当做是电视剧拖沓的废文赘笔，当作是这姑娘毫无意义的神神叨叨，直到读了书再回去看，才明白话里的滋味。

曾阿牛永远不可能是蝴蝶谷中的张无忌，只因他给不了她那样激烈的感觉。试问有几个姑娘可以在选择爱情的时候，如此大胆地把感觉放在第一位？试问金庸笔下，又有几个女子，可以如此不珍惜男主角的爱怜？相比起卑微蜷缩在他身侧求着他画眉的当朝绍敏郡主，倒还是灵蛇岛上那个古灵精怪的小姑娘阿离，更加自由自在，令人神往。

最重要的是，她已放下了他，而他，却一生一世也不会忘记。

世间开满金波旬

——评《连城诀》

【丁典：若共你多情小姐同鸳帐】

来读《连城诀》，只因我同学一句“窃以为丁典和凌霜华的爱情是金庸笔下最凄美的，没有之一”，于是放下《倚天屠龙记》便从图书馆借走了《连城诀》。明知金庸的作品是越长越精彩，结果却要从这简短的故事里一探究竟。

所谓最凄美的爱情，我读的时候，只冷笑着想到了这一句话：“若共你多情小姐同鸳帐，怎舍得你叠被铺床？”

出处自不必说，丁典对凌霜华的爱情也同样像极了张生和崔莺莺，不过是从落魄书生换做了江湖草莽。纵使书生有高中的一天，而丁大侠也有神功盖世的日子，中国人对于出身门第这一点囿于成见，却是亘古不变。

与《西厢记》更相似的一点，便是这官家小姐的身边，都有一位慧黠的丫鬟。更有意思的是，她们的名字都取得那样甘做绿叶：一名红娘，一名菊友。

红娘一词，早成了媒人的代称，却不知其与《西厢记》是谁成就了谁？而金庸对凌小姐的评价是“人淡如菊”，她的丫鬟，便顺理成章地叫了“菊友”。

丁典对于和凌霜华的初遇，印象是这样的：

当我观赏完毕，将出花园时，说道：“这菊花会也算是十分难得了，就可惜没绿菊。”忽听得一个小姑娘的声音在我背后说道："小姐，这人倒知道绿菊花，我们家里的'春水碧波'、'绿玉如意'，平常人哪里轻易见得了？"我回过头来，只见一个清秀绝俗的少女正在观赏菊花，穿一身嫩黄衫子，当真是人淡如菊，我一生之中，从未见过这般雅致清丽的姑娘。她身旁跟着一个十四五岁的丫鬟。

看到这里，只能摇头叹息。男人啊，凭你盖世英雄，见义勇为，到底就是男人。

后来丁典按捺不住内心相思，直找到了凌府外面，出来见他的却又是那精灵古怪的小丫鬟菊友。

天快黑了，我还是没想到要离开，忽然间，旁边小门中出来一个少女，悄步走到我身边，轻声说道："傻瓜，你在这里还不走？小姐请你回家去罢！"我一看，正是凌小姐身边的那个丫头。我心中怦怦乱跳，结结巴巴地道："你……你说什么？"

这丫鬟是要多么机灵可爱，还和小姐赌了东道。凌小姐信不过丁典的痴心，猜他立时便走，偏偏菊友就相信他不会走，硬是赢来了两个银指环。那站在府外的江湖豪侠，却压根儿不知道，在这个时候对他最有信心的人，是那个如草木般不起眼的丫鬟。

菊友只是慧黠地朝丁典笑："我出来瞧了你好几次，你始终没见到我，你灵魂儿也不见了，是不是？"

说得多么自然而然。

我出来瞧了你好几次，你眼里始终没有我。

丁典深知即便自己说出连城诀的秘密，凌退思也不会放过他，只因他是江湖草莽，与凌霜华结合会辱了他凌家的门楣。

在丁典心里，一定是痛恨这出身的成见了？

可他眼里，同样也只见得到那美貌富贵的凌小姐，却始终看不到那个机灵可爱的菊友。

从来都是菊友在跟他对话，跟他交流。是她在身后的一句俏皮的话，才令得他回过头去。又是她出府相迎，他才从站在府外痴痴守望，变作了小姐的座上嘉宾。

直到后来他受冤入狱，仍是菊友来看他。

菊友瞧了我一会，怔怔地流下泪来。那狱卒连打手势，命她快走。菊友见到铁槛外的庭院中长得有一朵小雏菊，便去采了来，隔着铁槛递了给我，伸手指着远处高楼上的窗槛。

到了这里，他还是不懂。一个娇柔弱小的女孩子被人以尖刀抵住背心，却只是怔怔地望着他流泪，他却不明白。那女子不顾所有的恐惧，却伸手去采一株雏菊与他相伴，甚至因了这片刻的浪漫而送了性命，他却仍是懵然。

此后他乖了许多，生怕凌退思连自己的女儿也要加害。原来他的一举一动都只是为了保护那个美貌小姐，却将那个为他惨死的丫鬟，一早抛在了脑后。

从丁典零星的叙述当中，我依稀可以想象到那样的情景：矜持高贵的官家小姐始终躲在帘后，带着三分娇羞、七分好奇，看着那在府外徘徊的英伟男子。却是那个慧黠的丫鬟，又是出言相激，又是出府相迎，这才让小姐和那男子相识相知。其实他们两个说的话那样少，甚至有很长一段时间，他只是朝她放在窗台上的花发痴。我总在想，千金小姐不至于凡事亲力亲为吧？又或者，连换花盆的动作，都是小丫鬟代劳。

惊鸿一瞥，魂不守舍。凌霜华是如崔莺莺般爱上那样新奇的冒险，而丁典呢？他爱的是她美丽的容貌，还是高贵的出身？

而这一切真正的始作俑者菊友，忙忙碌碌做了这样多，却又是为了什么？莫不是那日在赏花时，她便瞥见了这英伟的身影，芳心萌动，却不得不矜持自若。待得这男人离开时叹了那一句，她便知机不可失，忙脆生生说了一句话，吸引他回过头来。

明知自己相貌平庸，出身微贱，只好盼自家小姐的绝世容光能吸引住他，让自己也有机会再见此人几面。

后来奔波在二人之间穿针引线，又怂恿小姐与这江湖草莽结交，所求的也不过是那一句："若共你多情小姐同鸳帐，怎舍得你叠被铺床？"想当初宝玉对紫鹃说了这一句话，黛玉满心不快，却不知紫鹃又作何想法？紫鹃试莽玉那一段，若不是为了日后陪着林姑娘侍奉这秀美多情的宝二爷，却又是为何？

菊友所求的，也不过是一个陪嫁丫鬟，所能获得的一点小小的垂怜。从小，微贱的出身便教会了她不要太贪婪，哪怕他的目光完完全全地落在美貌的小姐身上，偶尔的一瞥，或是在府外央求时唤的那一句"姊姊"，都足够让她甘之如饴。

可惜直到死后那么多年，他都没有明白，就连提到她的时候，也仅仅是以"那丫鬟"来不屑代称。

那一日在狱中落了那样多的泪，偏偏尖刀抵在背上，叫她一句话也说不出口。我想，即便是可以说话，她也只会像华筝那样，强自淡然地说上一句：“愿君善自珍重。”

比起凌小姐那样惊天动地的殉情合葬，作为一个姿色平庸的丫鬟，她所能做的，只是守着自己的一点心事，默默地凋零，再静静地被遗忘。

爱若难以放进手里，何不将这双手放进心里？

若是知道，自己的死，令得他几乎一辈子不再相信一个人——恐怕菊友直到灰飞烟灭的那一刻，还要卑微地笑着落泪吧。

【狄云：如果连信任都做不到】

其实狄云这一生的跌宕起伏，故事里的每一桩惨剧，就是由于种种的不信任造成的。

青梅竹马的戚芳和狄云本以为可以平静地白首偕老，无奈出了一起栽赃的案子，偏生戚芳问也不问，就相信了自己忠厚老实的狄师哥是那样阴险狡诈的坏人。多年以后，从监狱里出来的狄云，在万家柴房里和戚芳相认，后来万圭找来算账，他不假思索便认定是师妹负心薄幸出卖了他。

这样看来，可不可以说他之前的悲剧是咎由自取？因为，如果受冤的是他师妹，他也同样会不给对方解释的机会，便一心认定心中猜想的便是事实。

再后来，狄云为营救水笙做了那么多事，水笙仍把他想得污秽不堪，处处防着他的侵犯。戚芳为了救丈夫万圭，低声下气地去找吴坎骗取解药，偏生万圭也不调查清楚，就一心认定自己的妻子红杏出墙，与师弟通奸。

狄云被从柴房的打斗中营救到小舟上，身上还有可做盘缠的金银首饰。任何人一看就知道是戚芳所为，无奈这男人只想着师妹如何出卖他，却又对首饰的来历想不出个所以然来。看到这里，只觉得再次印证了“性格决定命运”这一理论，他从前所经受的种种磨难，都不过是智商和性格所导致的必然。这样的人看得读者气闷，却也是生活中最常见的存在。

那血刀老祖一出现，我便知他是要将一身本事传给狄云，然后惨死。果然一切不出所料，这坏人坏得酣畅淋漓，做每一件事都从心所欲，无比的痛快——倒比那些名门正派的好人强了太多。他与狄云非亲非故，仅凭一件衣裳、一本武功秘籍，就相信了此人是自己的徒孙。他为救此人才惹下种种祸端，虽则后来所经历的一切，也是他先前罪孽的报应，但看血刀老祖大战落花流水的时候，我一直坚定地希望坏人得胜。只因他虽是坏人，却是第一个未经一点怀疑试探，就对主角信任无疑的人。

狄云本不该抱着那么多的侠义之念，对于一个被冤枉了一世的人来说，有什么比真诚的信任更加珍贵?

正因为没有信任，戚芳和狄云这样相爱却被迫分开。万圭耍尽手段得到了这个妻子，最终不仅留不住她的心，还丧心病狂地将她手刃。还有汪啸风和水笙，原本天造地设的金童玉女，水笙历尽劫难仍是处子之身，偏偏那男人不肯相信，便生生失去了此生挚爱。

如果不相信，那么又何必在一起？

连信任都没有的人，根本不配拥有爱情。也难怪，命运会将他们手里那一点少得可怜的幸福，尽数夺去。

【汪啸风：天下表哥一般黑】

每次金庸笔下出现一个翩然玉立的年轻公子，却又不是主角，那么此人多半没好下场。

我看到的第一个这样的人，是《飞狐外传》里的商宝震。当然，他不仅帅得不够，而且分量也不够。后来出现了一个福康安，便兵不血刃地赢走了他倾心爱慕的心上人。

其实《飞狐外传》开头的马春花和徐铮，像极了《连城诀》开头的戚芳和狄云。好在戚芳没有那样的眼高于顶，倒更像个朴素的农家姑娘。

万圭也像极了商宝震，只不过品性更恶劣一些。

除此之外，欧阳克，宋青书，无不是惊艳出场，然后带着低劣人品惨淡死去的。而以“表哥”身份出现的佳公子更是大把，《倚天屠龙记》里享齐人之福的卫璧，《天龙八部》的慕容复……这些人都有一个共同的特点，就是，他们都有一个和正牌男主角纠缠不清的，堪称绝色美女的表妹。

《连城诀》里的汪啸风，又是这样一个注定没好下场的悲情表哥。

其实我真的不相信，多年携手相伴行走江湖的“铃剑双侠”，会因为短短半年的分别，而连内心的默契都尽数失去。书中提到女子的贞操，这无疑是旧时男人最介意的东西。若真是如此，这男人也委实没有其他的选择——哪怕他洞房花烛夜知道了真相，武林人士永无止尽的嘲笑，对于那个名节大过天的时代，也是无法容忍的事情。

书中对于花铁干的塑造实在是太突兀。宁愿作者加一段文字，交代花铁干从年轻时便是跟着其他三位结义兄弟闯江湖，自己胆小怕事碌碌无为，而此次追击血刀老祖也只是想捡个现成便宜，名声大噪——有了这样的铺垫，他后来的行为还说得过去。否则，一个行侠仗义一辈子的人，短短几个小时的惊吓就让他放弃操守跪地求饶，从此变得卑鄙龌龊……这也太扯了些。

尤其到了最后，戚长发师兄弟去寻宝，莫名其妙地，花铁干、汪啸风，乃至凌退思都来凑这个热闹，一下子全都毒死，故事圆满大结局——这情节，速度快得不像话。

其实凭借这三人的身份，大可不必亲自出马。尤其那阴险狡诈的凌退思，他知道在棺木上涂着毒药，却怎的死在了同样的手法上？何况堂堂知府大人，完全没必要亲自动手抢夺。而汪啸风家境优渥，兼之武功人品了得，又怎会忽然变得这样贪婪可憎？这样的结局，不得不说，实在是草率。

但如若不然，这故事便又要延伸出几本书——万震山、言达平、戚长发师兄弟，还有万圭和一干江湖人士，因抢夺珠宝惨死以后，狄云葬了师妹，郁郁四处游荡，偶遇花铁干与汪啸风相斗，才知花铁干做贼心虚，想要害死水笙，却被汪啸风拦下。水笙默默听着汪啸风虽保护自己，但对贞操一事犹疑不定，委实伤心难过，不辞而别。狄云见汪啸风危在旦夕，乔装以后伸手相助，经历一番周折，终于揭露了当时的真相，花铁干受人唾弃，不得好死。

之后，汪啸风移情别恋，另娶佳人。狄云斥其不义，自揭身份，汪啸风却不愿相信此事，况已心有所属。狄云惦记着那位水姑娘的安危，又想起从前相处的种种好处，决心四处寻找。待他来到荆州城，见凌退思迫害百姓，为祸苍生，甚至将连城诀的宝藏洗了干净，做不义用途。他想起大哥的嘱托和凌姑娘的惨死，一时难以忍受，又经历一番周折，终于手刃恶人。

至此，便也心累，又经过师妹和师父的坟，拜别丁大哥和凌姑娘，种下绿菊，决心退隐江湖。这时他带着小空心菜回到雪谷，方才见到一直等在那里的水笙。

这样上上下下地折腾一遍，故事才算前后均匀，不至于草草收尾，也为他与水笙的相爱做下了铺垫。

但是这样一来，连城诀恐怕也要拖个四册书才能结束了。

其实汪啸风此人与水笙之前的情愫，实在是不必点出来。我们只需要知道，跟美貌表妹玩暧昧的英俊表哥，通常是没有好结果的——因为这个惊为天人的表妹，一定要留给我们命运多舛的主角。哪怕主角只是把她当替补。任凭你再怎么俊美优雅也没用，谁叫你是人家表哥？

身为英俊潇洒的表哥，一出生就占尽好处，还和那美人两小无猜了那么多年——这么好的开头，注定不会有好下场。

若是生在《连城诀》里，不能做美女，戚芳、水笙、凌霜华个个命苦；不能做大侠，丁典、狄云时时倒霉；不能做佳公子，万圭、汪啸风，再怎么英俊潇洒，都早已注定了什么也得不到。

那么，要做就做那一株金波旬花吧，形若荷花，姿态瑰丽，芳香动人，让我们的丁大侠即便是死也那样幸福。

而时光迢递到如今，这个世上，早已遍地都是那醉人的金黄花瓣，无处不是粉饰太平的娇艳灿烂，无处不是摄人心魄的邪恶馨香。

只怨那众生太美

——评《天龙八部》

【段誉：亲爱的那不是爱情】

《天龙八部》一书开头，不似电视剧的沉重豪迈，以萧峰身世或壮举作为序曲，而是直接用清俊秀美的青年公子段誉来开场。

段誉一直被大众公认为和陈家洛同属于双鱼座——的确，优柔寡断、多愁善感，实在是十足的双鱼男特质。直到刀白凤为保儿子性命，叫段延庆去看段誉颈中金牌上的生辰八字，我才诧异地发现这一句“**大理保定二年癸亥十一月廿三日生**”。推算到公历，他的生日应当是 12 月 26 日。

却原来，这位段郎竟是摩羯男。

摩羯座属于土象，是出了名的木讷无趣，保守好静，却有股不达目的誓不罢休的固执。

在段郎身上，这一点似乎体现到了极致。

开篇时他与钟灵大闹无量剑，瓜子一块儿吃、刀剑一齐挨，倒是颇有几分两小无猜的美好。钟灵是“**庚申年二月初五丑时女**”，推算到公历就是 3 月 21 日，正是白羊座的第一天。火象星座的女子，遇上土象星座的男子，倒说不上遇到克星。只不过，若是动了心，这一路可有得烦了。

果然，这位横冲直撞的钟姑娘，被磨磨唧唧的段公子折腾得落入敌手，自己差点儿被活埋，却给了段公子撞见神仙姐姐和木婉清两大美女的机会。

木婉清这姑娘很有意思，“长年戴了面幕，不许别人见容貌，倘若有人见到了，如不杀他，便得嫁他”。

这样一位自幼生长在少根筋的娘亲秦红棉身边的烈性美少女，从冷若冰霜到柔情婉转，只因恰好遇上了那命中的魔星。

长在宫廷里、见惯美女的段郎，在见到木姑娘的容貌时，也不由得失了方寸。

段誉登时全身一震，眼前所见，如新月清晖，如花树堆雪，一张脸秀丽绝俗，只是过于苍白，没半点血色，想是她长时面幕蒙脸之故，两片薄薄的嘴唇，也是血色极淡，段誉但觉她楚楚可怜，娇柔婉转，哪里是一个杀人不眨眼的女魔头？

全身一震。

在见到形容尚小的钟灵的时候，段誉是没有震的。

后来见到娇柔的阿碧和俏丽的阿朱，他也只是微笑欣赏，心中还暗暗拿她们与婉妹作比较，自知弗如。

除了木婉清之外，段誉也只为他的神仙姐姐“震”过了。

可惜这位木姑娘生不逢时，一片芳心，偏偏又所托非人。

那段公子中了阴阳和合散之后，与天人一般的木婉清同关在小石屋里，两个人浑身燥热，木婉清娇声相求，他出于礼法道德竭力与体内情欲相抗之际，脑子里突然冒出了这样的念头：“那石洞中的神仙姊姊比婉妹美丽十倍，我若要娶妻，只有娶得那位神仙姊姊这才不枉了。”

男人爱美女本没有错，可是因一位素昧平生的美女而嫌弃起眼前人来，恐怕就是人品上有所缺憾了。

后来的木婉清随母亲秦红棉黯然离去，一路上不知掉了多少泪，叹了多少气。而段郎被鸠摩智掳去江南，一路上欣欣然游山玩水看美女，旅行搭讪两不误，好不舒坦。见到王语嫣的时候更是魂魄为之所夺，想起钟灵、木婉清，也不过觉得自己这些感情及不上王语嫣对慕容复的万一，只觉得立时为王姑娘而死都是甘愿的。他对王语嫣是仁至义尽了，但对婉妹却是十足地负心薄幸。

这位王姑娘又是段家的血脉，一身优柔寡断和多愁善感，倒是和段誉十足相像。唯一值得称道的一点，便是她的移动海量电子书功能，只可惜她又常常不知进退，抢了表哥的风头还在那里自以为是。

有人分析说，段誉喜欢的根本不是王语嫣，而是看了神仙姐姐的裸体图象之后难以忘怀，就好比现在的宅男们忽然在生活中见到了苍井空，惊艳和迷恋可能是有的，要说是爱情却未必见得。

又有人说，段誉只不过是心理不平衡——从小被人捧在手心里的世子小王爷，到了这江南来，听着每个人口口声声崇拜那慕容公子，而将自己弃若敝履，内心自然是不甘的，因而更想要证明自己。那包不同每每恶语相向固然是过分，只不过这猥琐大叔的反应，自不必太放在心上；而阿朱、阿碧质朴单纯，在待客之道上也没有亏欠段誉之处。最伤害段誉自尊心的，倒还是那位不谙世事的王姑娘。

石洞中那位神仙姐姐对段誉那样好，又是传授武功秘籍，又是以春宫图象督促，直让段誉觉得自己和这位神仙姐姐好似成了一家人。而眼前的王姑娘，口中心中所念的，却只有一个表哥。凭他段誉怎么出生入死，怎么舍生救她，她偏偏不假辞色。

女人的骄傲，虽然是对男人自尊心的践踏，但也未尝不是对热情的加倍催生剂。

段誉陡然见到王语嫣的反应很夸张：“登时眼前一黑，耳中作响，嘴里发苦，全身生热。”看到这里，我只觉得情之一物，还真是有意思。可惜说到底，这样的痴恋只能说得上是“情”，仅仅是为那副皮囊动了心，到底不能算是什么高尚的感情。

那王姑娘满腹渊博武学，在段誉面前娓娓道来，段誉也不知是也不是，听得心不在焉，只怔怔看着她的面容点头赞许。

这位王美女好歹还是有几分才华的，但是，男人爱的，却只是她那张脸。

后来王语嫣于井底幡然悔悟，毅然投入段郎的怀抱，并从那刻起就不再对表哥挂怀。段誉喜不自胜，只觉得终老于井底也是人生乐事。后来在西夏皇宫里招亲，他一刻也不能不见王语嫣，匆匆答了问题便心急火燎地要出去。

云鬓半偏新睡觉，花冠不整下堂来。

说起来，这王语嫣与表哥相对十余年，那慕容公子却不曾为这绝色美女心动过，内心不过是觉得顺理成章娶了她并不吃亏，有时还会觉得她黏人很烦——这到底是乃兄对妹的怜惜占了上风，而惊艳或爱慕都是说不上的。

女人的迷人从来都是靠一股风情，就好比那媚艳入骨的马夫人康敏，纵使人品那样不端，一样有大把读者公认其为“天龙第一佳人”。而这王语嫣枉自遗传了一副好皮囊，却生了那般木讷的头脑，记得下书上的千言万语，却没有一点正面的情商可言。这等容貌配上这副才情委实可惜，慕容复不爱她也是因为太了解，而段誉的痴恋，却只是把她当作一块幕布，投映出心中幻想多时的神仙姐姐。

所以最后段公子抱得美人归，心满意足，却不见得会有好的结果。自古美人如名将，不许人间见白头。这位王姑娘倒不是古墓派的，自然谈不上驻颜有术，大抵过个几十年就要红颜变鸡皮了。等到那时，不爱武学的段皇爷也再难从她这部电子书身上发现什么吸引力，全副身心即便不被刚烈真诚又具风情的木婉清勾去，也要分给那位不是十分在意他的灵儿妹妹。

反正最后袭了王位，后宫佳丽唾手可得，凭段郎的定性，自不是一心一意一生一世的主儿。至于年少时的这一段痴心追逐，可说是惑于美色，亦可说是出于不甘，却断然不是如他自己所想的那般真心实意。

倒枉费了婉妹的一片真心与千般伤感，只可惜那段郎当时实在太年轻，想要的，并不是爱情。

【萧峰：闭起双眼你最挂念谁】

据说，世间最令人肝肠寸断的事，是整个世间的人都给了你青眼，唯独那个人，给你白眼。

那么萧峰人生中最浪漫的事，莫过于举世给他白眼之际，有那么一个人愿意给他青眼。

萧峰叹了口气，说道：“这些刀头上挣命的勾当，我的确过得厌了。在塞外草原中驰马放鹰，纵犬逐兔，从此无牵无挂，当真开心得多。阿朱，我在塞外，你来瞧我不瞧？”

阿朱脸上一红，低声道：“我不是说‘放牧’么？你驰马打猎，我便放牛放羊。”说到这里，将头低了下去。

塞上牛羊空许约。

简简单单的七个字，反复咀嚼，竟是欲罢不能。

阿朱这姑娘一出场就非同凡响，几番乔装改扮惟妙惟肖，整得那身怀绝技的番僧鸠摩智无可奈何，又引得书呆子段郎颇为心折，连连称赞她与阿碧一活泼一娴静，真真儿的各有千秋。有这样的奇女子做侍婢，也难怪那慕容公子眼高于顶，对绝色美女王语嫣丝毫不假辞色。

与段誉乔装成“南慕容北乔峰”深入西夏一品堂救走丐帮帮众，又孤身潜入少林寺偷盗易筋经，足见其慧黠可爱。

而后被玄慈方丈的掌力震伤，日日夜夜以萧峰的体温续命，又于聚贤庄一役上亲见萧峰为己豁出性命，以至于千里奔驰到雁门关外等着他，又于武林人士群起追杀之际毅然伴在君侧。那萧峰固然迟钝，对康敏那等风情万种的女子都视而不见，阿朱也没想出什么聪明的法子，便捧着一颗赤诚的少女真心，陪他刀山火海地走下去。

那场羞涩的告白，于萧峰而言，无疑相当于五月的晴天闪了电：“便跟着你杀人放火，打家劫舍，也永不后悔。跟着你吃尽千般苦楚，万种熬煎，也是欢欢喜喜。”

文中言道：萧峰纵声长笑，四周山谷鸣响，他想到阿朱说“一同抵受患难屈辱、艰险困苦”，她明知前途满是荆棘，却也甘受无悔，心中感激，虽满脸笑容，腮边却滚下了两行泪水。

正所谓喜极而泣。如果故事在这个地方终止，那样多的冤屈误会未曾解清，还有那样多的勾心斗角和残酷杀戮，英雄气概终究敌不过卑鄙心思。大英雄放弃梦想隐退山林，骑马打猎，放牛放羊，未尝不是一个温暖的收梢。

阿朱的死虽然可以理解成为爱牺牲，但怎么看也觉得有些牵强。

“我翻来覆去，思量了很久很久，大哥，我多么想能陪你一辈子，可是那怎么能够？”

纵观整部“天龙”，众生万相，繁花似锦，可爱的女子却是寥寥。王姑娘失之木讷，阿紫坏在残暴，木姑娘所爱非人，钟灵和西夏公主戏份极少，最可爱的倒是阿朱、阿碧这一对姐妹花儿。这俩人一个跟了南慕容，一个从了北乔峰。阿碧到了结局处得了一抹孤绝恬淡，而阿朱则是以生命谱写出最壮美的爱情。

正如萧峰所说，她大可以不用死，而是软语温存劝萧峰暂时打消念头，又或是仔细查探事情真相再动手。可任凭她再慧黠聪颖，到底还是个十几岁的无邪少女。到了那风情万种又心机深沉的马夫人康敏面前，一举一动都被牢牢算计，又有陡然而至的父女情分高高在上，岂容得她再做思量？

这样一位奇女子，不止得到了一生一次的完美爱情，还令得不解风情的乔帮主兼萧大王，为她赔上了一生一世。

如果萧峰在小镜湖畔就为阿朱殉情，没有后来的沉冤得雪，没有三兄弟结义，没有少林寺大战，没有辽国的南院大王，这个故事会简单很多也轻松很多。少了那么多的豪气干云，同时也少了那么多的扼腕叹息。

可是阿朱怕他轻生，又偏偏叮嘱了他一条，好好照看阿紫。她复又让阿紫好好照看他。

萧峰这样武功盖世又心思缜密的大英雄，在旁人眼里自是顶天立地无往而不胜的。但在爱他的女人眼里，他不过是个处处需要照看的孩子。古灵精怪的阿紫见到姐夫如此痛苦悔恨，也第一次体会到了一种类似于爱情的东西。萧峰只道阿紫是在情窦初开之际与自己朝夕相对，才生出了一份“满是孩子气的痴心”，却不知这世间痴心人，共有的东西，皆是这一份横冲直撞不管不顾的孩子气。

后来耶律洪基说要赐给萧峰千万汉人美女来弥补他的缺憾，萧峰不过是一丝苦笑，心道：“我既误杀阿朱，此生终不再娶。阿朱就是阿朱，四海列国，千秋万载，就只一个阿朱。”

看到此处不由得叹叹，这片痴心与杨不悔那“世间唯一的糖人儿”理论，可说是绝无二致。

纵使她连个正式的闺名都没有；纵使她颠沛半生，陪在他身边亦不过是寥寥数日；纵使他盖世英雄，该当拥有的是这整片天地。

他却没有办法再享用这天地之间的一丝一毫，只因这世上，再也没有了那唯一的她。

后来萧峰在马夫人屋外，在西夏皇宫里，在大辽的草原上，那么多地方，那么多无关紧要的风景里，他总是忍不住想起她，随即内心恻恻，难以平静。后来阿紫嫉妒得难以自持：“我早知在你心中，一千个我也及不上一个她，一万个活着的阿紫，也及不上一个不在人世的阿朱。”

古灵精怪自私自利的阿紫，竟恨不得当日也被姐夫一掌打死，让姐夫像惦记姐姐这般惦记着自己。

其实这声“姐夫”叫得委实冤枉，阿朱与萧峰相伴数日，把太多美好定在了未来，而有生之年竟是连个细致缠绵的吻都未曾有过。说到萧峰这已过而立之年的盖世英雄搞不好还是处子之身，倒是令人哑然失笑。

萧峰却偏偏乐意阿紫这般唤她，也是因了这个暧昧的称呼，而一次又一次将这个居心叵测的小姨子收留在身边，并以她为动力，坚持着活下去。

到故事的最后，萧大王分明是重权在握，兼之美人在侧，万民景仰，可他出于良心的自责和英雄气概，毅然选择以死相谢。

其实倒不是被英雄气概蒙蔽了私欲，只是自从阿朱在他怀里断气的那一刻开始，萧峰的人生早已再没了意义。后来的他从来不曾真正活着，这样决然而逝，倒叫人为他松了一口气。

有生之年，未能让心爱的女人陪他度过一日安宁时光。而后独自在这世间跌跌撞撞，无论何处的风景和声音，都汇成了她的模样。只是这一回自戕于雁门关外，他心安理得，心满意足。因为他终于可以确定，再次睁开眼的时候，心中最挂念的那个人，一定会出现在身边。

【阿紫：最后一个心愿是学会高飞】

游少爷对阿紫姑娘的迷恋，公认是整个故事里最滑稽好笑的，偏偏又是最绝望的。

如果小丑在流泪，你会不会觉得他是在搞笑？

张纪中版电视剧《天龙八部》的阿紫，选择了年轻貌美的陈好来扮演。那忽闪忽闪的大眼睛和宜嗔宜喜的神情，倒让这个原本残忍可憎的小姑娘，被演绎得古灵精怪，漂亮可爱。而无论哪个版本的游坦之，选择的都是名不见经传的男演员。任何人都是有气场可言的，阿紫姑娘气场太强势，而游少爷那般懦弱无用，大抵是天蝎女遇到巨蟹男，就好似赵敏和张无忌。

但同是女方把男方牢牢掌握在手心里，游坦之与阿紫之间，却可悲得没有一丝两情相悦的爱情。

游坦之原本是聚贤庄里，被长辈仆从捧在手心里的少爷，父亲与叔父在当地声名显赫，自己文不成武不就，浑浑噩噩过了十多年，却也是锦衣玉食，无忧无虑。萧峰为救阿朱的一场厮杀，激死了他那冥顽不灵的父亲和叔父，血染聚贤庄，使得他从此成了无依无靠的孤儿。

血海深仇，这四个字一点儿也不夸张。

纵使萧峰的立场再义薄云天，再无可奈何，他终究是害了游坦之的一生。

游坦之复仇未遂，被萧峰饶了一命，独自留在原地竟是怔怔出了神：

一想到阿紫的形貌，胸口莫名其妙的一热，跟着脸上也热烘烘的，只想：“不知什么时候，能再见到这脸色苍白、纤弱秀美的小姑娘。”

后来阿紫派人把游坦之抓回去，烙上铁头套，又是喂狮子又是吸收毒物。她叫他“铁丑”，连真名都不屑知道，对他的生死更是从来都不挂怀。而那可怜可悲的游坦之，偏偏还时时刻刻心生欢喜地幻想着，那阿紫姑娘什么时候再叫他去鞭打一顿?

在卑微的爱情里，付出和收获从来都不是对等的。

到后来游坦之为了阿紫屈从于全冠清，又于天下英雄面前拜丁春秋为师，只是因为不忍看到心爱的女人损伤分毫。连萧峰、段誉都无不为他的似海深情而动容，天下英雄尽皆咋舌，偏偏那阿紫姑娘无动于衷，满脑子只有她的姐夫。

游坦之在萧峰面前从来都是自卑的，以至于趁着王语嫣坠崖之际，要挟虚竹放自己带着阿紫离去。

如果他从此携着阿紫归隐山林，半胁迫半怜爱地与她做一对世俗夫妇，那么这男人的品德委实不够高尚，但说到他曾受过的苦楚，这般痴心所为也无可厚非。

偏偏他又不忍心看到阿紫眼盲，辗转颠沛，终于还是来到了缥缈峰灵鹫宫。

以眼换眼，牺牲自己的光明世界，让心爱的女人恢复健全。他一定猜到了所有的结局，他知道她会见到他丑陋的脸，知道她会嫌弃会厌恶会弃他而去，知道自己从此以后再也听不到一声娇柔依赖的“庄大哥”，知道自己的牺牲会让这么多天来的幸福假象都成为泡影……可是偏偏，他就是不忍心看到她有一丝不适，不忍心放弃一丝治愈她的希望。

到最后他又瞎又瘸，一张脸因灼烫和撕扯而丑陋可怖，一切无疑都是因为阿紫的冷漠和残忍。

可是连他自己都没有一丝埋怨，其他人又怎么有资格替他不值?

他为了保护阿紫，向丁春秋磕过头，向全冠清磕过头，在虚竹面前自戕，在萧峰面前忍辱，在天下英雄面前颜面尽失。萧峰也感动于这位游君的痴心，一次次要求阿紫去照顾游坦之一生一世。

大英雄萧峰的原则就是这么简单：欠人的就要还，看到苍生有难就该挺身而出。

所以他看不到如花似玉的马夫人，看不到痴心一片的小阿紫，他的英雄主义毁了他自己的一生，却左右不了阿紫分毫。

这位歹毒古怪的小姑娘一直都有自己的原则。她对别人可以残忍自私暴虐冷漠，可是她一生认定了一个人，就没有打算放下。

这样自私自利的女孩，都会因为永远取代不了姐姐的地位而泪流满面，萧峰却以为那只是孩子气。

四海列国，千秋万载，就只有一个阿朱。在阿紫眼里，普天之下又何尝不是只有一个萧大王？

到最后的阿紫依旧冷漠残忍，游坦之依旧唯唯诺诺。

他盲着双眼，瘸着双足，胁迫乌老大带他走下回环曲折的缥缈峰，跋涉了千里万里，到辽国来听阿紫的声音。他竟是从来没有奢望过自己可以配得上她，只愿意一辈子当她的奴仆。

游坦之道："阿紫姑娘，你很好吗？没人欺侮姑娘吧？"一张丑脸之上，现出了又是喜悦，又是关切的神色。

阿紫道："有人欺侮我了，你怎么办？"游坦之忙道："是谁得罪了姑娘？姑娘快跟我说，我去跟他拼命。"阿紫冷笑一声，指着身边众人，说道："他们个个都欺侮了我，你一股脑儿将他们都杀了吧！"

游坦之道："是。"问乌老大道："老乌，是些什么人得罪了姑娘？"乌老大道："人多得很，你杀不了的。"游坦之道："杀不了也要杀，谁教他们得罪了阿紫姑娘。"

阿紫怒道："我现下和姊夫在一起，此后永远不会分离了。你给我走得远远的，我再也不要见你。"

游坦之伤心欲绝，道："你……你再也不要见我……"阿紫高声道："啊，是了，我的眼睛是你给我的，姊夫说我欠了你的恩情，要我好好待你。我可偏不喜欢。"

这一句话多像李文秀的"很好很好，偏不喜欢"，可是画面却是那样触目惊心。

剜目坠崖，以死殉情。

小时候看到TVB版电视剧里的这一幕，我吓得惊呼出声，并第一次理解到了“殉情”的意义。以身相殉的是情而不是人，萧峰到死也不明白阿紫有多爱他，正如阿紫到死也不曾珍惜过游坦之。那个人，本不值得为之付出生命，但是为了爱情，怎样都是值得。

雁门关外的豪杰尽皆目不忍睹，年长的便想起，数十年前萧峰之母也正是葬身于这片深崖之下。

这个时候，天上飞过的是归家的大雁。

记得阿紫问过萧峰：“姊夫，你看这许多大雁，为什么排成了队向南飞去？”

萧峰答曰：“天快冷了，大雁怕冷，到南方避寒。”

阿紫道：“到了春天，它们为甚又飞回来？每年一来一去，岂不辛苦得很？它们要是怕冷，索性留在南方，便不用回来了。”

萧峰想了想，摇头笑道：“我也不知它们为什么不怕辛苦，想来这些雁儿生于北方，留恋故乡之故。”

这一刻雁儿们尽皆回到了故乡，就连最小的这头身子不大的雁儿，也跟着她的爹爹妈妈姐姐姐夫，又飞了回去。她笨拙迟钝，武功不精，她自私冷漠，品德不佳，但是她认定了一个人，他在的地方，就是她的家乡。

阿紫携着萧峰的尸身坠入万丈深渊，她拼尽全身的力气也绝不会放手。而游坦之紧随其后，独自跳下悬崖，只因他要的并不是做她的唯一的爱人，而只是默默跟在她身后，替她挡住任何欺侮她的人事物。

莫说相公痴，更有痴似相公者。

其实这个残酷的结局未尝不是一种圆满。阿紫终于可以和姐夫永不分离，而游坦之也欢欢喜喜地追逐在了他心爱的阿紫姑娘身后。我宁愿相信他们不是绝望地自尽，而是以生命作为双翼，携着此生最深刻的爱情，去完成一个展翅高飞的心愿。

【叶二娘：零落成泥碾作尘】

整个故事里着墨最少的一段爱情，却是令我最感动得难以自拔的。

叶二娘的出场颇为阴森可怖，温言软语地哄着怀中一个孩儿，却到了晚上就要扼死。每一天扼死一个不谙世事的孩童，这样的恶人，的确可以称得上是“无恶不作”，比起只会叫嚣耍闹却单纯得令人捧腹的南海鳄神，确实不可同日而语。

玄慈方丈从来都是德高望重的少林僧人，一身武功出神入化，内力深厚之极，隔着镜子的误伤，都险些让小阿朱魂归阎罗。

小和尚虚竹长相丑陋，而叶二娘曾经美丽端庄，所以玄慈方丈虽然是宝相庄严，但恐怕算不得如何英俊潇洒。

叶二娘自己坦陈，当日是受人指使去引诱了玄慈方丈，诞下孩儿之后为了不拖累他，决定独自抚养，却不料被萧远山抢了去，由此悔恨一生，成了专杀孩童的大恶人。

后来真相揭开，玄慈方丈如萧峰般，是个极端英雄主义者，为了维护少林寺清誉，他甘愿先受杖责，而后自绝筋脉。

他为一已色欲主动承担罪责，对得起少林，更对得起天下英雄，却惟独对不起他近在咫尺的昔日爱侣和私生孩儿。

他甘受杖责的那一段，读来让人心颤。

堪堪又打了四十余杖，玄慈支持不住，撑在地下的双手一软，脸孔触到尘土。叶二娘哭叫：“此事须怪不得方丈，都是我不好！是我受人之欺，故意去引诱方丈。这……这……余下的棍子，由我来受吧！”

一面哭叫，一面奔将前去，要伏在玄慈身上，代他受杖。

玄慈左手一指点出，嗤的一声轻响，已封住了她穴道，微笑道：“痴人，你又非佛门女尼，勘不破爱欲，何罪之有？”叶二娘呆在当地，动弹不得，只是泪水簌簌而下。

这样的一点穴，一微笑，将怜惜爱意含蓄地表达到了极致。

明明知道这女人是有所图谋才接近自己，却偏生按捺不住情欲的纠缠，又让她因自己而受了这么多年的苦。

从他决定以死谢罪的那一刻开始，他就也决定将所有罪责背负上身，替她洗清这么多年的苦难和不平。

出家之人勘不破爱欲，便是大罪了。

玄慈自责自悔，深知自己对不住妻儿，对不住少林清誉，也知道此刻的天伦共聚并不是命运的仁慈，而是昔日孽障的清算。

如果不是在这样大的故事里，放在我这样的小女儿家笔下，或许会是一个缠绵悱恻的爱情故事。

温文尔雅的少林高僧，为情所困的江湖女子，步步为营的接近，无可奈何的痴缠，分离半生，各自漂泊，重见之日也是携手同归之时。

这样的殉情，足够壮美激烈，也让人觉得温暖。

无论是那些隐秘从前，还是那些看不到的以后，都留给其他人慢慢猜想。眼看着儿子已然长大成人，武功卓绝，纷扰武林再无可以挂怀之事。

便让她依偎在他的怀里，在天下英雄的见证之下，把埋藏了半生的爱情放到阳光下，翩然起舞吧。

【无崖子：今生已过也】

天山童姥的那一段，据传最初是由倪匡代写，却平白为这个武侠故事增色不少。

倪大师随手编排的八荒六合唯我独尊功，以三六九为期进行返老还童，令得无崖子与李秋水都无可奈何地陪着童姥一起老了好几十岁，李秋水和王夫人也都成了晚婚晚育的典范。

我第一次知道这一段复杂的三角关系，是在一部叫做《天龙八部之天山童姥》的电影里。张敏的阿紫，林文龙的虚竹，尽皆成了配角。而这样捧出来的主角则是倾国倾城的两位天后级巨星——巩俐扮演天山童姥，林青霞扮演李秋水。

至今记得电影里多了一个李沧海，乃是无崖子的真爱，也是书中一直没有给出确切姓名的“李秋水小妹子”。

电影里说李秋水和李沧海是孪生姊妹，却一个毒辣一个温婉，性情迥异之极。

无崖子遇上了师姐巫行云和师妹李秋水，几番痴缠偏偏不为所动，一颗心尽皆系在小师妹李沧海身上。而后这般简单心愿亦得不到满足，万般无奈于无量山下各自分离，玉璧月华边男女共舞逍遥派剑法，也成了永恒的回忆。

据说李沧海诞下阿萝以后就怆然离世，而巫行云练成八荒六合唯我独尊功之后号为天山童姥，与练成小无相功的李秋水斗了大半辈子，终是得不到无崖子的一丝牵念。

电影说得牵强，却比书中更近人情。否则李秋水既为无崖子诞下孩儿，又何必巴巴地与一尊玉像吃醋，以致毁了自己一生幸福？书中既未交代那李家小妹子的下落，这两方待遇的悬殊也委实太委屈了天山童姥。

电影为天山童姥取的这个名字十分好笑，巫行云？眼看着巩俐和林青霞来来回回地念叨着那一句“曾经沧海难为水，除却巫山不是云”，恐怕“李沧海”一名也是从这句诗而来的吧。

到了结局处，巩俐与林青霞相视而笑，缓缓念出了一句“人生如雾亦如电”，似是大彻大悟。我反反复复地倒带，才听清了后面的那一句：“缘生缘灭还自在。”

不拘韵律，不讲格式，随心所欲地吟出这样两句，倒也不亵渎了震古烁今的逍遥派的名头。

只是无崖子未免艳福太好了些，有温婉可人的李沧海，更有童姥和秋水妹这般的奇女子为自己斗了一生一世。难得的是她们从未怨过他一句，隔了几十年看到那一枚扳指还要羞红双颊，见到那一幅画像，还要醋海生波。

如若没有苏星河，如若没有丁春秋。

没有那些阴谋暗算令得这个旖旎的故事戛然而止，痴缠到最后又会是怎样的结局?

遭遇暗算的无崖子在山洞里枯坐了几十年，俊美容貌空对山间石壁，绝世武功亦难支撑躯体，心心念念的仍是一段仇怨和一段情孽，还惟恐自己的徒弟不够俊美，讨不了昔日爱侣的欢心。

可怜了那从未真正住进他心里的天山童姥和李秋水，一个成了缥缈峰灵鹫宫的尊主，一个做了西夏皇宫的老太妃，庸庸碌碌絮絮叨叨带着不平的怨恨勾心斗角到老到死，原也可过了这一生，带着永不改变的回忆，不再执着。

最害怕的却是，此生已经决心自己度过，却又突然听到他的消息。

【段正淳：此花开尽更无花】

这部书里面笑点不少，其中一处令人忍俊不禁的，便是少林寺大战之际，萧远山出面揭露虚竹的身世。叶二娘当年被一名德高望重的武林前辈骗去了贞操，诞下虚竹之后受尽苦难，而那不负责任的男人却逍遥自在地过他的日子。

当是时，所有人都把目光投向了段正淳。

段正淳被人瞧得窘迫，又内心恻然，一遍遍地想："难道这事儿是我干的？我怎么一点儿也想不起来了？"

真相揭晓之时，犯人却应当是德高望重的玄慈方丈。然而当时站在段正淳身侧的阮星竹，连同其子段誉，还有数名下属，这群最亲近的人都是如此看他，足见段正淳的风流性子实在是内外昭彰。

钟万仇在万劫谷门口漆下了"姓段者入谷杀无赦"，为的是其妻甘宝宝。

秦红棉叫女儿木婉清戴上面幕，只因相信天下男人没一个是好东西。

刀白凤以镇南王妃之尊，委身于倒在路边形同乞丐的段延庆，却是为了报复花心鬼混的丈夫。

康敏弑夫偷汉，多年的心理不平衡，都是因为当年的那一段情伤。

阮星竹留下两把金锁，多年于小镜湖畔思郎盼女，与情郎厮守片刻也是欢欢喜喜。

阿萝创立曼陀山庄，杀尽天下负心人和姓段的，用一生的工夫，去种那永远也种不好的茶花。

想来段誉的际遇也是好笑：他初出江湖，结交一个吃瓜子的漂亮小妹子钟灵，发现是自己妹妹；他在山峰绝顶与婉妹立下婚姻之约，回到家，发现这又是自己妹妹；他被番僧鸠摩智擒到江南，认识了古灵精怪的慕容府侍婢阿朱，其实仍然是自己的妹妹；他迷上神仙姐姐王语嫣，追得死去活来，好不容易抱得美人归了，结果又发现，这位仍然是自己的妹妹……还真是普天之下皆你妹啊，所以说男人花心，最终都是要自食其果的。

到最后，神来之笔终于出现了——原来他母亲因为内心不忿，也曾背夫偷汉，这偷的还不是寻常人，而是身份高贵却遭遇凄惨的延庆太子。这样的身世不仅救了段郎一命，更是将曾经宣告此生无缘的一朵朵桃花，都再次送到了誉儿面前。

刀白凤的遗言很有意思：“这个人和你爹爹虽是同姓同辈，却算不得是什么兄弟。你爹爹的那些女儿，什么木姑娘哪、王姑娘哪、钟姑娘哪，你爱哪一个，便可娶哪个……他们大宋或许不行，什么同姓不婚。咱们大理可不管这么一套，只要不是亲兄妹便是了。这许多姑娘，你便一起都娶了，那也好得很。你……你喜欢不喜欢？”

段誉泪水滚滚而下，哪里还想得喜欢或是不喜欢。

最后刀白凤毅然自尽殉夫，唇边还兀自带着微笑，倒真真儿是个奇女子。无奈她嫁了个花心得冠冕堂皇的丈夫，又生了个懦弱儿子，这一生最疼爱敬重她的倒是路边那个一夕露水情缘的邋遢乞丐。也不知该说是可惜还是可悲。但她自己对这一生，却无疑是心满意足的。

段正淳其人，无疑是男人们的楷模。

他出身高贵，相貌堂堂，风流多情而又非负心薄幸，他对每个女子都真心实意恨不得相伴终老，却又在每个女子身畔都不会停留太久。在慕容复手刃阮星竹的那一刻，段正淳就决心殉情，而后见到秦红棉、甘宝宝一干人等一个个死在面前，他的泪水和痛苦倒一点儿也不是装模作样。

多情而不薄幸，优柔寡断又柔情似水，这位资深段郎倒是十足的双鱼男。

哪怕甘宝宝另嫁他人，她在为他而死的那一刻都是无怨无悔。那秦红棉嘴上说着恨不得将他千刀万剐，一见面却又立马换了一副小女儿姿态。阿萝纵使是立誓杀尽天下负心人和姓段的，然而真正见到段正淳的那一刻，一颗心登时怦怦乱跳，只故作冷漠，哪里还拿得出半分狠心肠?

女人要的真的很少。

尤其是陷入爱情的女人，明知道自己呆傻蠢笨，卑微下贱，却兀自心甘情愿。

如果真的足够爱那个男人，哪怕与千万个女人分享，哪怕要做小伏低，纵使嘴上说着千百个不情愿，心里的卑微窃喜也是无法抑制地喷薄而出。爱上一个男人，就是爱他的全部，连同他的花心都一起爱，也不会觉得委屈。

只可惜刀白凤明白得太晚。

TVB版的电视剧里，慕容复逐个杀死段正淳昔日情人，她们一个个在临死前都回想起年轻时与段郎相知相守的画面，旋即欣然微笑。

却原来，被那男人拖累到这等地步，她们仍然是欢喜的。

秦红棉失身给段正淳那天晚上，便是给他亲了一下面颊，打了他一记耳光，段正淳便嬉皮笑脸道：“修罗刀下死，做鬼也风流。”这十个字，十八年来，在她心头耳边，不知萦回了几千几万遍。十八年后重逢，段正淳又是这句话，竟令得这使修罗刀的刚烈女子又喜又怒，又甜又苦，百感俱至。

甘宝宝嫁给了对她千依百顺的钟万仇，却对这位段郎一刻也未曾忘怀。以至段正淳爬地道进她房间，在她耳边道：“你跟我逃走！我去做小贼、强盗，我不做王爷了！”甘宝宝当即大喜，低声道：“我跟你去做小贼老婆，做强盗老婆。便做一天……也是好的。”

面对马夫人康敏，段正淳则又是一副调情口吻：“我一见到你水汪汪的眼睛，天大的怒气也化为乌有了。小康，你过来，给我闻闻你头上那朵茉莉花香不香？”

这位小康倒是天龙第一奇女子，也是第一个让段正淳明白风流惹祸的主儿。“要是有一件物事我日思夜想，得不到手，偏偏旁人运气好得到了，那么我说什么也得毁了这件物事。”

到最后段正淳倒不能说是被段延庆逼死，亦非被慕容复害死。而是打从一开始，风流债惹得多了，便注定有最后的报应。

男人的风流往往为其魅力增值，倒不似女人，不过多抛几个媚眼，便要被人指责为浪荡。段正淳的红颜们固然是苦了许多年，但作为原配夫人的摆夷女子刀白凤，无疑是当中最可怜的一个。她与段延庆的一段孽缘，作者写得极美，也成全了这位正牌夫人最不同寻常的形象。

突然间，几粒水珠落在字旁的尘土之中，是她的眼泪，还是观音菩萨杨枝洒的甘露？段延庆听人说过，观世音菩萨曾化为女身，普度沉溺在欲海中的众生，那是最慈悲的菩萨。

天龙寺外，菩提树下。化子邋遢，观音长发。

到了生死攸关的时候，已没有什么对与错，没有什么值不值得，只有心甘情愿，义无反顾，甘之如饴。

阮星竹等女子死于慕容复剑下纵然是无力反抗，而本可侥幸得生的阿萝和刀白凤，亦为了情郎甘愿赴死。前头我便说过，她们殉的不是那个人，而是心里的情。天下痴人，都是被自己心里的火烧死的。

这样一位英俊风流的王爷，你明知道他有千般不是，却又能真切感受得到他的一片赤诚爱意。对于这样的人，爱也不是，恨又不忍，最好的法子，恐怕是一开始就躲得远远的了。

既然拥有就是失去的开始，那么便只能紧紧按捺住自己的心。不伸出手去，就不会感受到仅仅握住一缕风的那般失落无奈了。

【慕容复：赏心乐事谁家院】

如果《天龙八部》去掉最后一本，那么这个故事里一定至少会有一个让人心驰神往的男人。

凭我这样的少女心思，虽爱大英雄，却更爱翩翩美少年。

小说的出场和电影不同，但凡人物话里提及，又或是作者旁白提到，便已经算作是某位角色的出场。

这样算来，“姑苏慕容”的出场，比真正的灵魂男主角萧峰，还要早了半册书。

慕容这个姓是由五胡乱华时的鲜卑慕容氏留下，早先我读历史，看到“慕容冲”这个名字的时候，便已兀自心驰神往。这样好听的名字，真真儿不像实际存在过的人，更像是小说的虚构。

这边厢，金大师就为我们虚构了一个慕容复。

年约二十许人，颀长俊美，气度倜傥，浑身贵族气质，身后一众美貌的奇女子痴心尾随，连擅长的武功都是风度翩翩的“斗转星移”。正所谓“以彼之道，还施彼身”，竟是不费一丝力气。俊美的青年公子自然没有使蛮力的，他擅长的是四两拨千斤，借力打力。

从一开始“姑苏慕容”四个字陡现纸上，江南的婉约气质，先祖的贵族气息，便即扑面而来。

那段誉被鸠摩智由大理擒到江南，一路品尽当地美食，游山玩水，苦中作乐，而作为读者又何尝不是陪着他踏上了一段奇妙的旅程？我从小看过电视剧，便知道段誉此行将会遇上王语嫣，但没有料到的是，打动我的倒不是这位天人之姿的美人，而是电视剧里并不太受欢迎的表哥——燕子坞慕容复。

打从一开始，见到阿朱、阿碧为这位“公子爷”津津乐道，连包不同、风波恶那般桀骜不驯的人都俯首甘为孺子牛，我便已对这位慕容公子充满向往。而后阿朱与段誉乔装闯入西夏一品堂，几番惊心动魄。此时众西夏武士竟是中了悲酥清风，让段誉捡了个现成便宜，自己扮作的慕容公子当即坐了实。

那粉墙上龙蛇飞舞般的十六个字：“**以彼之道，还施彼身，迷人毒风，原壁归君。**”慕容公子这般潇洒作风，当即如悲酥清风一般，将我迷得七荤八素。

后来解珍珑棋局之时，慕容公子第一次正面出场，远远掷来棋子，继而翩然出现，直将书呆子段郎毫无悬念地比了下去。

文中由段誉视角望去：“但见那人二十七八岁年纪，身穿淡黄轻衫，腰悬长剑，飘然而来，面目俊美，潇洒闲雅。”

段誉一见之下，身上冷了半截，眼圈一红，险些便要流下泪来，心道：“人道慕容公子是人中龙凤，果然名不虚传。王姑娘对他如此倾慕，也真难怪。唉，我一生一世，命中是注定要受苦受难了。”他心下自怨自艾，自叹自伤，不愿抬头去看王语嫣的神色，但终于忍不住又偷偷瞧了她一眼。只见她容光焕发，似乎全身都要笑了出来，自相识以来，从未见过她如此欢喜。

司马迁在《史记》里写项羽的成名之战，用的全是侧笔，以旁人的“莫敢”、“无不”，来衬托出项羽的威严，效果陡然增加了几倍，令得后世学者皆大赞太史公用笔之妙。在此书中，金大师也是同样借由旁人的语言举止来衬托，倒更将这位“公子爷”的魅力风度表现了出来。

若不是名利之念太重，这位慕容公子，身上倒颇有些魏晋时期的风度。只是魏晋文人原本就是矛盾的存在：一面桀骜不驯不拘礼法，一面又忍不住针砭时弊。

这样的矛盾放在慕容复身上，倒也不差——他既是俊美闲雅的青年公子，却又肩负列祖列宗传下来的梦想。当时是北宋哲宗赵煦时期，太后当权，政治清明，就连北边虎视眈眈的辽国都暂时不敢与宋廷反目，他小小的一个鲜卑慕容氏，又有什么可能兴复大燕？

便是潇洒闲雅与身世枷锁的矛盾存在，生生地毁了这样一位浊世翩翩佳公子。

后来在客栈中与丁春秋斗法，又以武功和应变折服了三十六洞主七十二岛主，这位慕容公子实是光彩照人到了极致。如若没有少林寺大战趁萧峰之危、攻段誉于不备，而后又被萧峰单手一掷；如若没有西夏皇宫井边暗算段誉，逼死王语嫣，败于鸠摩智掌下，又于井底见死不救；如若没有曼陀山庄中讨好舅母、欲杀段誉，复又拜段延庆为父，亲毙包不同……这位慕容公子自然不至于落得如此下场。

但如若不是这样，故事便没有结束的时候，慕容复这个皇帝梦还要一直做下去。

有人说慕容复天性凉薄，不爱手下的四大忠臣，不爱痴心一片的表妹，心里只有荣华富贵。其实这样说就错了，慕容公子对手下有爱护，对表妹有怜惜，甚至对侍婢阿朱、阿碧都是关怀备至，要不然，他怎么能够将那些迥然相异的人心尽收于掌中？

慕容博假死之时连儿子也要瞒过，不过是因为儿子年幼单纯，守不住秘密。

由此可见，慕容公子从来都不是心机沉重、凉薄无情之辈，只可惜他不是主角，才落得如此下场。

记得看过一篇很有意思的恶搞文，当中总结了武侠故事的俗套。作者说，通过角色的名字，就能判断他在故事里的地位。

如果慕容复不是单名一个字，而是叫“慕容覆水”的话，这般潇洒倜傥又拉风的名字，不是男主角的命格才怪。

总之，无论是姑苏慕容之于天龙八部，还是慕容公子之于北宋盛世，都是十足的生不逢时。

作为全书最令人心动的翩翩公子，我实在不忍心看到慕容复沦落到最后那般地步，倒不如把故事停留在原点。姑苏燕子坞，琴韵小筑，听香水榭，两个美貌聪慧、气质脱俗的侍婢，一位文武双全、风流倜傥的佳公子，姑苏慕容名满天下，胸中是万千韬略，背后还守着若许佳人。

其实书中到了最后，并未说明慕容复是如何疯癫的。不过，凭他这样众叛亲离、富贵梦灭，的确也没有其他的出路了。忘记一些事，放下一些事，不再那么清醒，未尝不是找到了灵魂的归宿。

王语嫣知道表哥神智已乱，富贵梦越做越深，不禁凄然。

段誉见到阿碧的神情，怜惜之念大起，只盼招呼她和慕容复同去大理，妥为安顿，却见她瞧着慕容复的眼色中柔情无限，而慕容复也是一副志得意满之态，心中登时一凛：“各有各的缘法，慕容兄与阿碧如此，我觉得他们可怜，其实他们心中，焉知不是心满意足？我又何必多事？”

到最后阿碧神态楚楚却目光温柔地侍立在慕容复身侧，好似他与她从来不曾变过。她永远是替他缝制新衫的琴韵小筑的清丽丫鬟，一口江南软语，一脸温柔神色。而他尽管落魄如斯，众叛亲离，在她眼里却仍是曾经那个潇洒倜傥的公子爷。

若不是这样，凭慕容复野心之大，又怎么装得下一个阿碧？

读慕容复，叹的是他的生不逢时，怜的是他的纯良秉性，慕的是他的倜傥风度，恨的是他的执迷不悟。

可就是这样一个男人，成了《天龙八部》里最亮丽的一道风景。

以彼之道，还施彼身。

如若生对了时候，这样的公子本该有着桃红柳绿的闲逸生活，有着世人艳羡的江湖经历，直到坐拥美人厮守到老，还要微笑着说起少年时光。

只可惜生不逢时，以至于他茕茕孑立于西夏皇宫中，却怎么也想不到自己人生中有过什么最快乐的时候。以至于他最后活在自己幻想的世界里，才能圆得毕生心愿。以至于他空怀着俊美容颜与潇洒风度，空有着万千拥趸与生前身后的美名，却踽踽独行于这人世间，难得地抬头望天，赏心乐事，竟不知何处才是此生的归宿。

若许名士放青山

——评《笑傲江湖》

【岳灵珊：假如让我说下去】

跟绝大多数人一样，《笑傲江湖》最让我感动感慨的一段，便是岳灵珊对林平之的苦恋。

小师妹历来被人诟病的一点，是她的“水性”。令狐冲在思过崖上待了不到一年，他还没下来，岳灵珊的一颗心便转而给了新来的小师弟林平之。连一向开朗可亲的六猴儿都瞧得不顺眼，屡次找小林子的茬儿，只因替大师哥不忿，想提醒这个新人规矩些。

岳灵珊的“变心”，固然是情真意切，但林平之的攀附，从后文看来，倒未必是出自真情了。

当时令狐冲身受重伤，朝不虑夕，小师妹却公然和林平之两小无猜起来，这读来自然让人愤懑。然而即便是在“变心”的前提下，单纯良善的岳灵珊仍然愿意冒天下之大不韪，偷了父亲的《紫霞秘籍》，星夜兼程地回到危机四伏的华山，只为治好这位大师哥的内伤。

而后与嵩山派的人对峙之时，岳灵珊屡次脱口唤出“大师哥”，又想把佩剑抛去借令狐冲御敌，处处显现其天真无邪的可爱品质。

不管大家多不忿儿都好，这小师妹岳灵珊，的的确确是个好姑娘。

仔细看来，小师妹倒不是水性杨花变了心，而是弃下两小无嫌猜的情谊，义无反顾地奔向了命中注定的那份吸引力。

“大师哥和我从小一块儿长大，在我心中，他便是我的亲哥哥一般。我对他敬重亲爱，只当他是兄长，从来没当他是情郎。自从你来到华山之后，我跟你说不出的投缘，只觉一刻不见，心中也是抛不开，放不下，我对你的心意，永永远远也不会变。”

令狐冲自己也知道，他是个浮滑浪子，怎比得上林师弟那份与师父岳不群相似的、不动声色的君子风度?

岳灵珊自小受父母的熏陶，父亲那样的男人恐怕是她最向往和倾慕的了。在俊美的林平之出现之前，潇洒倜傥的大师哥原本与她年貌相当，亦是好的选择。当是时，整座华山只她一个小公主，她是华山派掌门人夫妇的掌上明珠，更是各位师兄师姐捧在手心里的宝贝。

女人一旦爱了，便心甘情愿地卑微下去。

其他人的万般顺从宠爱，亦不及那人似是而非的一抹余光。

到最后，所有真相碎裂在她面前。却原来，谦谦君子般的父亲和情郎，竟全都是笑里藏刀的伪君子。

我原觉得男人最狼狈的时刻，莫过于慕容复在少林寺被段誉的六脉神剑袭击得蓬头垢面，又被萧峰大力一掷远远摔在地上。其时旁观者当中，不仅有慕容公子急切想要收服的天下英雄，更有一心痴恋他的表妹王语嫣。

慕容复羞惭得拔剑自刎，想来也是无颜面对自己的狼狈。

而这林平之，从故事开头那般锦衣华服的玉面少年，满腔热血，赤诚后生，结尾处因练剑自宫而无法与妻子圆房——这般天壤之别，比之风雅脱俗的翩翩公子慕容复，于少林寺大战中一败涂地的狼狈难堪，恐怕是更胜十倍有余。

当时少室山上，王语嫣见到表哥被击败而又出手偷袭，却不似其他人那般惊叹讶异，甚至于鄙夷其为人。她只是心疼表哥，迭声恳求段公子手下留情。

此时的岳灵珊，得知了丈夫不男不女的身体现状，震惊悲伤之余，却亦仍是坚贞不渝：**林平之奇道："咱们？你既已知道我这样了，还愿跟着我？"岳灵珊道："这个自然。平弟，我对你一片心意，始终……始终如一。"**

可是，她不过说了一句"你的身世甚是可怜"，便被他残暴地推下了车，打断了这般深情的一番表白。

此处足见，林平之比慕容复更加无情无义。

也难怪，慕容公子不过是胸怀一统天下的志向，而这位林少爷，却是身负血海深仇，更受不了来自女人的怜悯。

不知道林平之，到底有没有为岳灵珊付出过一丝真心呢？

其时，岳不群还是儒雅高尚的谦谦君子，林平之还是受尽凌辱的落魄贵公子。他诚心诚意地叩头拜师，一上华山便博得了岳灵珊的倾心，二人携手同游，她教他练剑，他教她唱家乡的小曲，这又何曾不是美好的两小无猜？

或许他对岳灵珊的感情，就好似故事开头的岳灵珊对令狐冲。未尝没有过真心实意，但这不过是受到对方热情感化，而产生的一些相似的物理变化。一旦更重视的事情出现在面前，便可以毫不犹豫地抛下这种临时搭建的温暖。

但即便林平之不曾全心全意，于岳灵珊，这俊美少年的一点眷顾已然如此抛不开放不下，更何况举家上下如新妇般的热情款待，复又加上日复一日的耳鬓厮磨？

只可惜故事的终结，却是他拔剑出鞘，刺入了她的胸膛。

那胸膛里盛放的，不是阴谋亦不是怨恨，而是一颗不遗余力地爱着他的心。

躲在一旁的令狐冲和任盈盈冲将出来，却已然迟了一步，救不得岳灵珊的性命。

伤重不治的岳灵珊，只看着令狐冲，喃喃道："大师哥，你陪在我身边，那很好。平弟……平弟，他去了吗？"

令狐冲恨得咬牙切齿，只恨不能立时将林平之千刀万剐。此时，却听得危在旦夕的岳灵珊，声音微弱却又态度坚决地，恳求他答应她最后一个要求。

岳灵珊道："大师哥，我的丈夫……平弟……他……他……瞎了眼睛……很是可怜……你知道么？"令狐冲道："是，我知道。"岳灵珊道："他在这世上，孤苦伶仃，大家都欺侮……欺侮他。大师哥……我死了之后，请你尽力照顾他，别……别让人欺侮了他……"

这一段，金大师渲染得极其细腻，催人泪下。

月光斜照，映在她脸上，只见她目光散乱无神，一对眸子浑不如平时的澄澈明亮，雪白的腮上溅着几滴鲜血，脸上全是求恳的神色。

令狐冲想起过去十余年中，和小师妹在华山各处携手共游，有时她要自己做什么事，脸上也曾露出过这般祈恳的神气，不论这些事多么艰难，多么违反自己的心愿，可从来没拒却过她一次。她此刻的求恳之中，却又充满了哀伤，她明知自己顷刻间便要死去，再也没机会向令狐冲要求什么，这是最后一次的求恳，也是最迫切的一次求恳。

人总是这样贱，且又这样犯贱。

好比林平之明知岳灵珊会对他不离不弃，所以攻击余沧海时，任由青城派的人对妻子大加折辱，只一心进行着自己的复仇大计。好比岳灵珊，明知道这大师哥“能见到她这般开心，不论多大的艰难困苦，也值得为她抵受”，却偏生忍心提出这样为难他的恳求。

临终时的岳灵珊，听得大师哥答应好好照顾林平之，终于开心地唱起了歌。

她仍是如同昔日般，华山绝顶上那个天真无邪的小师妹，总喜欢撅着嘴巴闹别扭，却又很容易被哄得开心。

她唱的是那首福建山歌，“姊妹，上山采茶去”，却是回忆起了昔年与林平之两小无猜、亲密无间的时刻。原来爱情是这样又苦又甜的玩意儿，他伤得她流泪，刺得她流血，却怎样也抹杀不了最初赐予过她的那一点点甜蜜，仍旧能让她在生命的最后时刻微笑着回想起来，满心都是温暖幸福。

小师妹死去的那一刻——

令狐冲心中一沉，似乎整个世界忽然间都死了，想要放声大哭，却又哭不出来。他伸出双手，将岳灵珊的身子抱了起来，轻轻叫道："小师妹，小师妹，你别怕！我抱你到你妈妈那里去，没有人再欺侮你了。"

其实，我们都知道，在令狐冲的爱情里，从头到尾都只有一个岳灵珊。

那任盈盈再美再好再一往情深，却怎么也不是他最想要的。

任盈盈愿意听令狐冲的情话，恨不得一夜之间白头，与他十指相扣，瞬间老去。而令狐冲的世界，却早在岳灵珊死去的那一刻，也跟着死去了。

那可憎的林平之，即便不像初识岳灵珊时那般处处依从，只需他多一点的耐心和仁慈，或许他们的结局也不必这样千疮百孔。

曾经手无缚鸡之力，却胆敢在窗外大喊"以大欺小，好不要脸"，以此救了令狐冲一命的血性少年，后来遇上的灭门之恨、暗算之仇、步步为营的自保和算计，却早已不再是故事开头的那个林少镖头了。

最后的林平之成了残废，被令狐冲以"照顾"的名义，强制幽居在西湖梅庄里，大抵是怨恨终老了。

也不知，他会不会偶尔想起那个雪白肌肤，巧笑倩兮的岳师姐。

如果他不是那么急躁地把她推下车，能够听她把话说完，也许会因为那幸福的眷顾，而稍微融化一些内心的坚冰呢？

【宁中则：故人心尚永，故心人不见】

记得不戒和尚说，世上哪有不吵架的夫妻？

如桃谷六仙那般由小吵到大，却是六兄弟相亲相爱，生死与共。

令狐冲和岳灵珊最无忧无虑的童年时期，以及对于形成三观来说最重要的少年时期，见到的是一对永远不曾吵架的模范夫妻。

岳不群和宁中则这对举案齐眉的夫妻榜样，也在潜移默化当中，为令狐冲他们师兄妹的感情，委实增色了不少。

那被困在西湖梅庄地牢里的任我行，见到自称名叫风二中的令狐冲，说起华山派，他所欣赏的也惟有风清扬老前辈，和“宁中则这个小姑娘”。任我行还感叹她明珠暗投，怎么就嫁了岳不群这个伪君子。

当是时，君子剑岳不群，还是武林同道竞相结交的武学大师，倒少有人对他这般不敬。

都说只有女人才能看出谁是真正的婊子，那么同理，惟有男人看男人，才见得精准毒辣。

可惜的是宁中则这般才貌双全的烈性女侠，真真儿的宝钗蒙尘，所嫁非人。但于她自己，这样多年的耳鬓厮磨，而又于人前人后得足了温存和颜面，倒未必是可惜。

女人陷入爱情，总是容易将对方越看越美好。如鲁迅笔下的涓生和子君，一开始她在他眼里是矜贵的大小姐，而他不过是个住在旅馆里的穷酸文人。后来她暗合双鬟逐君去，他却越看她越不顺眼，更受不了的是她替他照顾着生活起居、做着粗活，却又那样的幸福红润，“竟胖了起来”。

岳不群少年时，大抵也是对这位师妹处处依从，温言款款。待到那般烈性的宁中则被收服之后，他看到的她未必仍如昔日那般完美。但是反过来，他身上再多的不是，在她眼里，却皆成了好。

林平之到最后恨毒了岳不群，但于宁中则，仍是不失尊敬地称一句“师娘”。岳灵珊也曾疑心大师哥偷了林平之的剑谱，而“世上真正信得过他的，只有妈妈一人”。

待人真诚，处事果断，不卑不亢，热血豪迈……这般了不得的女子，终于在最后一次，没能为了道义而狠下心来。

她知道所有的孽都是自己的丈夫做下，却怎么也不忍心动手杀他，只得杀了自己。

岳灵珊曾说：“我爹妈是从来不口角的，你怎么知道？”林平之却冷笑道：“从来不口角？那只是装给外人看看而已。连这种事，岳不群也戴起伪君子的假面具。”

岳不群对宁中则的三分温情、七分敬爱，也好似初上华山的林平之对待岳灵珊那般。

宁中则看似比岳灵珊有眼光，选了个儒雅敦厚的武林名宿，过上的是举案齐眉的闲逸生活。可叹过了十几年安稳日子，终于还是要面对真相被揭开的那一天。

叹的是等闲变却故人心，料不到的是，故人依旧摆出昔日般无懈可击的风度，好似从未改变过那般理直气壮。

事实上，消失陨灭、无影无踪的，只不过是昔日里，那段赤诚为彼此敞开心扉的，倚楼听风雨的少年时光。

【仪琳：风再大又怎样】

整个故事的关系当中，令狐冲最爱的是岳灵珊，为他付出最多的是任盈盈，但最懂他的，却是这位小尼姑仪琳。

故事开头的邂逅，便是那样地摄人心魄。

古灵精怪的小师妹岳灵珊，在客店里左等右等，却等不来大师哥。而后在衡山刘正风的家里，听得恒山派的定逸师太及泰山派的天门道人连声怪责，而后又经得一番解释，才引出了令狐冲挺身从田伯光手下救出小尼姑仪琳的义举。

记得小时候看李亚鹏版《笑傲江湖》的电视剧，起先不喜欢这个单眼皮的男人，但看到他这样一次次遍体鳞伤而又将生死视作等闲，却端的是心驰神往。那满身血污，而又长发飘扬的青年侠士，委实令女人欲罢不能。连智勇双全的圣姑任盈盈尚且对他不能自拔，又何况是如儿童般纯净无邪的小仪琳？

已读了不少金庸，见过段誉之迂腐、杨过之神经、张无忌之软弱、胡斐之粗硬、陈家洛之狭隘……翻来覆去，实在是难得找到一个称心男子。终于有幸在这一部里识得了令狐大少，这样一位潇洒倜傥，而又心胸宽广的奇男子。虽则金老仍为他安排了读书不多及喜欢破口大骂之类的粗俗特点，但单从潇洒来论，金庸笔下的男主角已然无人可出其右。

其实客观来说，仪琳小师妹除了秀丽绝俗、心地善良以外，并没有太多的过人之处。她倒像是萝莉版的小龙女，而又不似小龙女那般喜欢没事找事。唯一超过所有人的，大抵就是她对令狐大哥的这份相知，亦唯有她懂得他每一刻心里最牵挂谁，唯有她知道，他人生中最不可或缺的，莫过于酒和自由。

虽则，若不是因为她，桃谷六仙和不戒和尚也不至于把令狐冲害得那般惨。

但即便令狐冲没有那一身的内伤，他在师父的处心积虑下，被安排上思过崖，又遭逢心爱的小师妹被那林平之夺走，如此折腾，内心的煎熬也好不了多少。反倒没有内伤更使他像个狼狈的弃儿，连个一蹶不振的由头都没有，更没有机会遇上圣姑任盈盈。

这样说来，故事最开头便和令狐冲纠缠不清的这位仪琳小师妹，倒不知算是令狐冲命中的劫，还是缘。

仪琳这一生拥有的那样少，最美的亦不过是衡山城荒郊野外的那一刻独处，情窦初开而难自已。对着流星许愿这般少女情怀的事，竟能在最好的年华，在他身边完成——恐怕从那以后，只要仰望天空，她便只看得到流星了吧。

关于令狐冲的那一点少得可怜却又珍贵如命的记忆，在她心上盘旋来去，憔悴了容颜，拉宽了衣带，令得她痴到不求一点回报，只希望可以有一点自由，可以默默地放逐这种思念。

文中这样说道：

仪琳脸上一红，想起了当日和他在旷野共处的那段时光，便在此时，天际一个流星拖着一条长长的尾巴，闪烁而过。令狐冲道：“你记不记得心中许愿的事？”仪琳低声道：“怎么不记得？”她转过头来，说道，“令狐大哥，这样许愿真的很灵。”令狐冲道：“是么？你许了个什么愿？”

仪琳低头不语，心中想：“我许过几千几百个愿，盼能再见你，终于又见到你了。”

暗恋这回事还真是有意思，其实内心强大到不需要对方做出任何回应，自己仍总是愿意赴汤蹈火。

哪怕只是躺在床上，静静地想起他的一颦一笑，也足以产生一种贯通全身的甜蜜力量。

其实无论有没有得到一个称心如意的结果，能够这样不求回报地喜欢一个人，已然是十分幸运。

这姑娘的可爱之处，还在于她的勇敢。无论是衡山刘正风的金盆洗手大会，抑或是与定静师太遭遇嵩山派暗算的崖下，她每每不顾一切地和师伯师叔辩驳起来，只因不愿听到关于令狐冲的一句坏话。这样乖巧温顺的女孩子，竟胆敢当众削师长的面子——若是换了心胸狭窄的岳不群，暗地里不一定将她恼恨成什么模样。尽管是遇上了仁厚的师长，但也足以表现出伊为意中人焕发出来的强大勇气。

最后仪琳的那一段没有得到回应的告白，感情挚诚，让令狐冲都听得痴了：“我想念令狐大哥，只是忘不了他，我明知道这是不应该的。我是身入空门的女尼，怎可对一个男人念念不忘的日思夜想，何况他还是本门的掌门人？我日日求观音菩萨救我，请菩萨保佑我忘了令狐大哥。今儿早晨念经，念着救苦救难观世音菩萨的名字，我心中又在求菩萨，请菩萨保佑令狐大哥无灾无难，逢凶化吉，保佑他和任家大小姐结成美满良缘，白头偕老，一生一世都快快活活。我忽然想，为什么我求菩萨这样，求菩萨那样，菩萨听着也该烦了。从今而后，我只求菩萨保佑令狐大哥一世快乐逍遥。他最喜欢快乐逍遥，无拘无束，但盼任大小姐将来不要管着他才好。”

连金庸自己也在后记里说，结局处，任盈盈娇柔无限地说，自己一生一世和令狐冲锁在一起——她固然是求仁得仁，而令狐冲的自由天性却再次被束缚住了。

想来令狐冲大抵是射手男，而仪琳则像是巨蟹女，水象星座爱上火象星座，未必能驾驭得了对方。但这付出的感情，却委实是最温柔贴心的浇灌。

结局处对仪琳的交代略嫌草率，只说她哭闹着拒不肯当恒山派掌门人，位置便交给了仪清。至于仪琳，她那对神经兮兮的父母破镜重圆，也不一定再有多大的心思理她——而她向来不是个喜欢麻烦别人的人。她心里的那个人，和另一名女子笑傲江湖去了，她既无郭二小姐那般的勇气和表演欲，大抵是青灯古佛了此残生了罢。

但日日替他祈求上苍赐予福祉，于她，已然是最甘甜的工作。既然连她自己都不觉得苦，旁人又有什么资格替她不值呢？

央视版电视剧《笑傲江湖》，在岳灵珊逝世的时候，忽然响起了苍凉的悲歌。女人的歌声绵长悲凉，余韵悠悠，我听得心旌摇曳，却觉得最后那两句话更适合送给仪琳。

“不在其中不流泪，空山寂寞，年年岁岁。”

【任盈盈：深深爱上一种奉献的哲学】

据说，男人从来不会拒绝送上门来的女人——除非她自己真的太糟糕。

反正感情这回事，吃亏的永远不会是男人。

彼时的洛阳城郊，任盈盈与绿竹翁幽居避世，返影入深林，原是极波澜不惊的日子。

作为万人之上的圣姑，她一贯脾气古怪，而又性情冷漠，从不挂怀旁人好坏。这样呼风唤雨的身份，又恰逢最好的年纪，还生得令人见之忘俗的容貌，偏生又不许人看。

这倒有些像木婉清，同样是妙龄少女遮住娇美容颜，第一个看清她容貌的人，她若不杀他，便得嫁他。

如此虚掷大好青春的圣姑任盈盈，大抵也是寂寞的。

洛阳城郊春色如许，恰三春好处无人见，她又哪里甘心？

这口甜舌滑的浪子令狐冲，委实有一番令人无法抗拒的魅力。而任盈盈一开始喜欢了他，却是由于他将她当作年老婆婆，毫无保留地，向她叙述出了自己对小师妹岳灵珊的苦恋。

话说，为什么世上这么多女人，喜欢上谁不好，单单要抢闺蜜的男友?

想来也是因为，别的男人虚无缥缈，测度不到有几分真心，怎么看怎么都没有安全感。而闺蜜每一次情真意切，甚至带些炫耀色彩的描述，言者无意，却往往令得听者心折——原来这男人对女朋友这样好，如果换了是我，不知他又会怎样呢?

所以说，永远不要轻易在那些有可能成为你情敌的人面前，大赞你伴侣的种种好处。

而令狐冲的魅力，却是来自于他自己满腔真诚的叙述。

坐在帘后的任盈盈，恐怕也禁不住在想：他对他小师妹这般一往情深，不知道如果见了我的真容，会有怎样的发展呢?

女人对爱情就是这般飞蛾扑火，一旦开始胡思乱想了，就很难再停得下来。

这样的心情，暗恋过的女生应该最是懂得。明明不停地告诉自己，他那举动只是寻常，绝非有其他的意图。但偏偏又忍不住翻来覆去地思量，他刚才为什么要看我那一眼？如果我再走近一步，如果我也对他笑一下，他会不会走过来，牵起我的手?

这样的念头一旦停不下来，下一步，便是陷入无边无际的漫长思念了。

任盈盈对令狐冲这般尽心尽力，屡次在生死关头，拼得自己狼狈不堪，豁出性命也只希望求得他的安好。她想起自己在日月神教中再无昔时权柄风光了，却又在转念之间心满意足起来：我已有了冲郎，还要那劳什子的权柄风光作甚?

但是，从令狐冲的视角看她，她永远都是那么高贵美丽，却从来都像是笼罩着一层雾气，缥缈而遥远。

她明明比小师妹美丽聪明、善解人意十倍有余，但他偏偏就是没有办法。

令狐冲对任盈盈的不爱，也是我们这么爱他的原因。

感情原本就不是利益的等价交换，做得到趋利避害的，也便不是真情实意了。好比自家的父母再怎么穷苦无能，但谁也不能抛下不管，出去将那些素昧平生的富翁拜为父母吧?

所以陈家洛见到香香公主便忘了霍青桐，可憎；段誉见到王语嫣便忘了木婉清，可恶；那杨过见到陆无双、程英、公孙绿萼，倒是没有变心，但他心心念念的，亦不过是：我姑姑比她们美丽十倍，当然还是姑姑最好。

令狐冲这样的男人，才是值得为之付出的。

他明知任盈盈的千般好，却就是控制不住自己的心。他一次次地抛下她，厚着脸皮去追着那个将自己弃若敝履的小师妹跑，甚至在与任盈盈同行之时，都忍不住东张西望，想着“不知小师妹会不会到这里来”。只因他是性情中人，像李文秀那般，即便其余的人很好很好，但自己偏不喜欢。

令狐冲说他在这世上只有任盈盈，所以怕与她也生了嫌隙，因此竟按捺住自己，不再追上岳灵珊。

而任盈盈何尝不知道他的心思?

她屡次不顾旁人目光，出手救助岳灵珊，又与他一同驱车，披星戴月地追赶，只说是，不希望他有遗憾。

她明知令狐冲有意被岳灵珊刺伤，又明知他一颗心都随着岳灵珊跑了老远，自己还可以心满意足地依偎着他，想象着二人到年老之时耳聋眼花，仍可以在山村小屋里打情骂俏，默默地，雪白脸颊都为之泛起红云。

最后令狐冲跟盈盈在一起，为的不是自己，而是盈盈。

他只是知道对她无以为报，他可以对她说出那么多好听的情话，可以让天下英雄都以为他对她一往情深——但最难欺骗的，是自己的心。金庸的描写寥寥几笔，却很是细腻：令狐冲见了小师妹，总是口讷神呆，每每词不达意。但“面对盈盈，他马上就聪明起来了”。

所以说永远不要相信那些，在你面前游刃有余的男人。

他进退有据，甜言蜜语不假思索，只因他是在跟你调情，而并非对你动情。

但故事的结局，对任盈盈来说，已经是最不可思议的幸福了。她握住令狐冲的手的时候，“只觉一生之中，实以这一刻光阴最是难得，全身暖烘烘的，一颗心又如在云端飘浮，但愿天长地久，永恒如此”。

令狐冲用调情的口吻跟她说，希望一直叫她“婆婆”，六十年地这样叫下去，叫得她真的成了婆婆。

她便也觉得，如果真的可以这样被他叫一辈子，当真做神仙也不如。

令狐冲没办法对她付出完整的感情，便只好付出完整的自己。而任盈盈在夜晚偷听林平之与岳灵珊对话时，曾自鸣得意地对岳灵珊想着：冲郎过去对你好，现下可是对我最好了。

但愿任盈盈真的可以一直这样相信下去。

九把刀在《那些年，我们一起追的女孩》里说过一句：喜欢对的人，身上会发光。

她最爱的，亦只是那个全心全意爱着他的自己。

其实一个人，为所爱的人做过的，所有可称之为浪漫的事——到头来，感动得最深的人，都只是自己而已。

【曲洋、刘正风：枉入红尘若许年】

如果没有一个意气相投的人与你一起分享，那么几千几万年的时光，自己的存在都只是虚无。

好比剑魔独孤求败，成就了一个风清扬，成就了一个令狐冲，还曾成就过一个神雕大侠杨过，但茫茫苍穹，他既没有真爱相伴，亦没有找到一个棋逢敌手的人，空自老死山中，倒确然是人如其名，乃天下最孤独的人了。

都说人生得一知己死而无憾，又有“相见恨晚”一词。恐怕在真正的知音出现之前，大家都不知道那究竟是何等滋味。

惟有遇上了，才会蓦然发现，从前数十年的人生，因为没有那个人的存在，而根本无足轻重。

往后的时光也只是因为那个人，才会在想象中绽放出不可思议的绚烂。

稳坐衡山派第二把交椅的刘正风，套用金庸的话来说，就是在权力斗争中想要急流引退，却已然卷入纷争，身不由己。

由全书看来，我倒是相当喜欢衡山派掌门人莫大先生，真真儿的大隐隐于市，怀抱胡琴，琴中藏有长剑，出剑迅捷而冷静，为人潇洒不羁，而又深明大义。如果金老真的让他莫名其妙死在了华山派思过崖的山洞里，我相信太多人都不能原谅这个安排。

而出现在令狐冲和任盈盈洞房之夜的，那充满祝福的胡琴声，已然是最飘然如仙人的退场了，倒让人了却一桩遗憾。

莫大先生这般仙风道骨的人，竟成不了师弟刘正风的知己，想来两人并非同类了。

刘正风其人，怎么看还是迂腐了些。而曲洋的戏谑潇洒，加之出手救治令狐冲的不拘小节，倒可以看出其乃是个风流人物。这二人倒并非十分地性子相投，只是一朝成了知音，其他不合的地方都可以尽数忽略不计。

曲洋也委实是个好人，单看他从刘府救走刘正风，伸手发暗器，不仅没淬毒，还惟恐真的伤了人，便足见其慈悲心肠。

只可惜天下之大，左冷禅野心之盛，竟容不下这样一对至交好友的退隐。

不过，临终之前的那一曲笑傲江湖是那般声震旷野，阖目前又为曲谱找到了传人，想来，他二人这一生是再无遗憾的了。

其实相守时日不在深浅，而在于是否将快乐与投契发挥到了极致。

比起寂寥半生、难觅知音的莫大先生和独孤求败，甚至于仙风道骨的华山派前辈风清扬，这刘曲二人已是十分走运。书中倒还有一对这样的人，却是东方不败与杨莲亭。虽则匪夷所思，且这位莲弟的真心十分难测，但东方不败的那一份殒身不恤的爱情，却是真正辉煌灿烂。看他那样羡慕任盈盈的女儿身——恐怕，练成《葵花宝典》之后的东方教主，常自回想起自己过去的须眉时日，亦会觉得从前枉自为人了吧。

我总相信，只有走对了路、遇对了人，才能令得自己全身散发出光彩。

之前经历了那么长那么久无关轻重的铺垫，只因某一时刻的相遇与恍然，才令得自己骤然绽放，从此以后，每天早晨醒来，浑身都充满了力量。

我期待这样的相遇。

否则，岂不是白白在这红尘里，耽了一生的时光?

【令狐冲：我亲爱的偏执狂】

金庸笔下最美的武功是什么?

杨过的美女拳法?

小龙女的玉女心经?

黄蓉的逍遥游掌法?

黄药师的玉箫剑法?

窃以为皆不然。美女剑法颇显小家子气；玉女心经那剥光了练的武功有悖礼法，还让那两个贼道有机可乘；黄蓉一贯不下功夫学武，徒有其表的功夫没有太大的意思；而桃花岛的武功美则美矣，却少了一分人间烟火气，好似只应在世外桃源那样的地方，才得一见。

最美好，又最动人心弦的武功，应当是令狐冲和岳灵珊耳鬓厮磨之时，共创的那一套“冲灵剑法”。

当时少林寺里正邪对峙，令狐冲陡然现身帮助任我行，岳不群便使出了几招冲灵剑法来，顿时扰得他心神不宁、面红如火，独孤九剑全然乱了章法。旁人看到这平庸剑法的威力，只觉得莫名其妙——惟独岳不群、宁中则和令狐冲自己，才知道这当中的奥妙。

后来嵩山大会，当着天下英雄的面，令狐冲和岳灵珊比剑，又完完整整地使了一次冲灵剑法。

青梅如豆，柳叶似眉，雾中初见，雨后乍逢……每一个招式的名字，端的是郎情妾意。岳灵珊少年懵懂也罢了，令狐冲大了她七八岁，自然知道其中意味，也难怪他失恋之后那么久都无法释怀。

那一招石破天惊般的“同生共死”，眼看着两人都要手刃了对方，却不料剑尖在空中相撞，继而剑身弯曲，激出火花来。

即便是使君有妇、罗敷有夫，使出来也还是如昔日般的默契。

那一瞬间，岳灵珊恍惚觉得回到了无忧无虑的过去，自己和大师兄在华山绝顶上四处游玩、共创剑法，从不曾遇上那位俊俏容颜蛇蝎心肠的林君，也没有那许许多多的卑微和委屈。

而令狐冲，亦足以忘记仪琳小师妹和任大小姐的温存，眼里只有一片天地，茫茫天地间只有岳灵珊一人。

这段文字的浪漫令我心折，翻来覆去看了又看，只是唏嘘。

即便岳灵珊知道了大师哥的千般好，终究还是对林平之抛不开放不下。而令狐冲身负绝世美人舍身相救的大恩，却亦无法放低心中留给小师妹的那个位置。

结局处，令狐冲携了任盈盈的手，许下一生一世。最后的文字是任盈盈回眸一笑，娇柔无限。然而如果此时响起背景音乐，我想到的却是陈绮贞的那一句："其实你很悲伤，这很寻常，我亲爱的偏执狂。"

他的世界早在岳灵珊死去的那一刻，便跟着死了。而后，只因身上背负了太多人的恩情和期望，所以不能轻易颓废。

他牵起任盈盈的手，全然是为了她，顶多有半分才是为了自己。

笑傲江湖，如此完美的四个字，竟是金庸笔下最为潇洒圆满的结尾。其实世间哪有那样的完美？纵然是齐眉举案，空对着这一抹超凡脱俗的晶莹雪，到底还是意难平。

其实不止是令狐冲，更有名字潇洒狂放得令人倾慕的任我行、向问天，谁不是为了一个荒谬的执着，不惜成本地自苦？

还有原本已然权势熏天的五岳盟主左冷禅，家庭美满的君子剑岳不群……

那些人不满足现有的东西，想伸手去拿更好的，才落得个凄惨的下场。堂堂五岳剑派，竟而毁在了左冷禅和岳不群清除异己的斗争当中。而好好的日月神教，叫杨莲亭弄得乌烟瘴气，复又成了任我行实现权势梦想的工具。

任我行啊任我行，这样潇洒的名字，不该配上结局处那般不自由的灵魂。

倒是向问天这人聪明冷静，进不骄退不馁，才配得起令狐冲这样的结义兄弟。金老将日月神教教主的位置送了给他，也算是不负此君。

说到底，最是受苦受难却又最是无欲无求的，惟独倒是这男主角令狐冲。

他是金庸笔下最渴望自由、不受原则束缚的男主角，却从开头伤到结尾，一路都是苟延残喘、狼狈不堪，即便是学会了一套了不得的独孤九剑，亦没有靠它称霸武林。人家郭靖成了世人仰慕的郭大侠，张无忌成了万人之上的张教主，表演欲旺盛的杨过更是玩起了退隐，一面又把“神雕大侠”的名号打得十分响亮。

单单令狐冲，做到的最高成就亦无非是个恒山派掌门人，统领着一群尼姑，没来由地被江湖人士笑了好长时间，付出良多却回报甚微，而后索性携美归隐。

即便到了最后，他所牵到的，亦不是他最想要的那个人的手。

心里还是有不甘愿吧？

但即便不甘，复又如何呢？

他既不是利欲熏心的无耻之徒，亦不是得陇望蜀的宵小之辈。这一生能过成这样，得到如此结局，他就算有所遗憾，也还是会笑呵呵地接受，并且让身边的人都比他开心十倍。

他便是这样的人，苦的涩的自己默默咽下，吐出来的每一丝气息，都必然是令人愉悦的。

就让你抱着一盆永远不会开花的仙人掌，独自思量，独自微笑。即使世上的人不懂你，但他们，一定都会喜欢你。

假使我平凡

——评《侠客行》

【谢烟客：何谓孤独】

《侠客行》里的谢烟客，很自然地让我想起了黄药师。

不得不说，其武功路数、行为作风，乃至于孤傲怪异的性格，都与东邪黄岛主颇为相近。

甚至于二人的名字，一烟客一药师，也是如出一辙。

但是谢烟客从头到尾，只得一个亦正亦邪、不痛不痒的“谢先生”、“老伯伯”的形象——这与先养育了俏黄蓉后又点拨了狂杨过，更拥有一批忠心耿耿的弟子的，风姿翩然的一代怪杰黄岛主，命道委实差了太多。

就连两人居住的地方，一个是水声潺潺落英缤纷的桃花岛，而另一个则是荒草丛生背山面海的摩天崖。二者的舒适度相去几何，自是不言而喻。

由此亦可见，女人对男人的影响何其深远。

如若黄岛主没有遇上黄夫人——那位据传叫做“冯蘅”的有过目不忘之才的美貌姑娘，他的桃花岛亦未必可以如此桃红柳绿、逍遥自在。观乎其后来伤残门下弟子的暴虐行为，倘若冯蘅死时没有给他留下美丽聪慧的小千金蓉儿，只恐怕桃花岛，亦早被这个狂人屠戮成了另一个摩天崖了。

倘若“狗杂种”石破天不是个质朴单纯的愣小子，而是一朵俏生生的解语花，自幼命途多舛，被谢烟客携上摩天崖，如婢如仆精心照料他的起居……只恐怕，谢烟客亦不必十几年来沉默不语，独自修炼“碧针清掌”那般无味地孤芳自赏，兴许浪迹半生，晚年倒得了个红颜知己，一如黄药师之于程英。

我倒不由得想起鲁迅的《孤独者》里，“我”踌躇了许久，终于向魏连殳提出了一直以来的疑问：“你为什么老不结婚的呢？”

而魏连殳的反应如何？

他诧异地看着我，过了一会，眼光便移到他自己的膝髁上去了，于是就吸烟，没有回答。

我只蓦地觉得，如果有人胆敢问谢烟客为什么不娶亲，倘若这摩天居士不发怒杀人，恐怕也便是这样的反应。

其实天地茫茫，觅一知己绝非易事。凭黄药师与谢烟客的脾气，自都不是甘心将就之人，那么这苍茫天地间庸庸碌碌的芸芸众生，显然不值得他们委屈自己的脾性、耐心地教之待之。于是冯蘅死后，黄药师养大了蓉儿便独自漂泊不知所踪，谢烟客年轻时与玄铁令的故事令读者不甚了了，但从故事中却可以见得，他这一生终于未能觅得一个笑看云展云舒的伴侣。

哪怕无关风月，仅如曲洋刘正风般肝胆相照的友情，他亦未曾得到。

谢烟客从来都是那样自负过人，以至于在长乐帮总舵见到石中玉，还误以为是贝海石意图利用这“狗杂种”来逼迫他应昔日玄铁令之誓。他总处处把自己当做世界的中心，却不知这大名鼎鼎的玄铁令和它的主人，在这个故事里，不过沦为了一个华丽的陪衬而已。

这一生每遇到一个人，便总疑心对方是为害自己而来，到最后还被迫肩负起“将石中玉教成一个好人”的艰难大任——如此的谢居士，独来独往一辈子，到最后也未能得到灵魂的自由。

我总觉得他像极了鲁迅描写的魏连殳。

倘若谢居士真的到了风烛残年，将自己的一生缩在眼前来看——那样“**亲手造成孤独，又放在嘴里去咀嚼的人的一生**”，也不知道他孤傲自负的心里，会沉淀下多少遗憾。

摩天崖上陡峭寒冷，荒草丛生，远远看去只觉这长身玉立的隐士衣襟飞扬，缥缈不定。

只可惜隔得太远，看不清他那冷漠而神情萧散的眼里，是否会微微闪烁着寂寥而孤清的点点泪光。

【丁珰：何谓爱情】

我一开始真的以为丁珰会喜欢上愣小子石破天。

小时候看了几眼电视剧，依稀记得邓萃雯和梁朝伟的表演。读完书之后特意又翻了视频出来看，电视剧虽然把石清、闵柔夫妇的形象涂画得十分失败，但却把石中玉和丁珰的相遇，填充得丰满可爱了许多。

我看到当年尚未脱去青涩的梁朝伟，借故拖起邓萃雯的手在树林里奔跑，一路上都让人忍俊不禁。

跑到树林深处，绿衫少女丁珰出于羞怯，扇了石中玉一巴掌。哪知石中玉不愠不怒，而是坏笑道：“值得，值得！被打一巴掌，就能牵到这么美的手，实在是值得！姑娘要不要再扇一巴掌？”

玉面郎君，口甜舌滑，最是让人无可奈何。

所以这邪气逼人的小妖女阿珰，总算是抵受不住坏男人的诱惑，自此芳心萌动，不可自拔。

按照狗血电视剧的传统套路，丁珰认错了人，误打误撞地和石破天拜了天地，从此后应当分清善恶，撇下昔日那油嘴滑舌的石郎，好好侍奉身边这忠厚老实的郎君才是。

但我喜欢这故事的一点，却也在于此。

金老没有让这里面出现二男争一女的恶俗桥段，而是让“叮叮当当”这姑娘从头到尾都爱煞了石中玉这个坏男人，而对木讷老实的石破天深恶痛绝。

她责怪石破天的那段对白，十分之有趣：“我宁可你像以前那样活泼调皮，偷人家老婆也好，调戏人家闺女也好，便不爱你这般规规矩矩的。”

女人总爱责怪男人不正经，但如果男人真的听了女人的话，不再使坏、处处正经，那才真是傻瓜行为了。

其实女人在口中怪责男人不正经的时候，心里往往是欢喜的。

倘若身侧男子处处循规蹈矩，说话礼貌大方，那便真要如孟光和梁鸿般举案齐眉的相处，方才配得起这样的举止了。

试问有哪个真心付出爱情的女子，甘心过那般相敬如宾的生活？

因此石破天与阿绣这两块木头的相遇相爱，在我看来，实在是无聊之极。

简单来举例，同样是男人递一件东西给女人——如果是石破天和阿绣，定是男人小心翼翼、规规矩矩地递过东西就算了，女人则温声细语地道一声谢；而倘若换了石中玉和丁珰，男人势必要趁势握住女人的手，唇角轻轻弯成一个戏谑的弧度，含笑吻上她的手背，还要顺便赞美她几句才算大功告成。

故事的结尾颇为草率，许多有意思的人，如丁不三和丁珰的下落，都没能交代清楚。但如若把每个人都往丰满塑造、把故事摊开了写，这又不是一册半的书便可以结束的小说了。作者笔尖未到之处，便只能靠读者用想象来把它填满。

石破天与阿绣往后平平淡淡的小日子自不必说。倘若潇洒狡黠的石中玉真的改掉了品行不端的毛病，哪怕依旧风流成性，丁珰留在他身边，亦必是欢喜的。

当然，丁珰为救石中玉，辣手杀了那如袭人般的解语花大丫鬟侍剑，而又推忠厚的石破天去送死，委实过于残忍了些。但我喜欢她对石破天的不爱——爱情本来就不该因为感动、因为愧疚、因为责任、因为世人的眼光，我向往的爱情，必然要因为欣赏、因为惊艳、因为爱慕、因为心中无时无刻不出现的悸动和欢喜。否则，那还算什么爱情？

记得有人说过，女人看男人，是“不求最好，但求最爱”。

无所谓那男人是好还是坏，是老实正经还是油嘴滑舌，只要能拨动心底那根弦，便值得一路追随下去了。

“明知爱这种男孩子，也许只能如此，但我会成为你最牵挂的一个女子。”

既然是因为怦然心动而追随，那纵使对方有千般不是，纵使这条情路上有万般坎坷，心里总会是甜的。

“原谅我这毫无办法管束的野孩子，连没有幸福都不介意。”

【梅芳姑：何谓相思】

提起相思，总要想起白居易的那一句：“老来多健忘，唯不忘相思。”

关于老来不忘相思的故事，金庸笔下已出现过几对类似的组合。如《天龙八部》里的谭公、谭婆和赵钱孙，又如《书剑恩仇录》里的天山双鹰关明梅、陈正德和天池怪侠袁士霄，皆是少年爱侣未成眷属，女人另择良人之后忿忿半生，但到最后才意识到自己敬爱丈夫多过昔日恋人的故事。

说来也有意思，无论是赵钱孙还是袁士霄，乃至《侠客行》里的丁不四，皆是武林上颇有影响力的名宿了。然而他们既不另娶亦不变心，数十年如一日地纠缠着小儿女时期的那个恋人，直到红颜变鸡皮，苦涩爱慕也成了他人眼里的欢喜闹剧，亦不愿作出改变。

关于史小翠对丁不四的感觉，金老用了一句极精辟的话以蔽之：“隔河景色，看来总比眼前的为美。”

每个人都始终不满于现状，因此不停不停地追逐。其实得到了一直想要的东西未必有多开心，然而最幸福又最有力气的时候，乃是那个期待的过程。

我始终觉得，世上最舒畅的姿势，倒不是拥有，而是满心欢喜地等待着。

到最后史小翠亦不愿踏足碧螺岛上，沾染到哪怕一丝的尘土。也不知如此烈性的女子，负气出走数年仍不愿背弃丈夫丝毫，是因为早已认了命，还是因为心中逐渐滋长不可自抑的那一份温存。

我发现一个很有意思的现象——金庸笔下的老女人，九成都是逻辑混乱、脾气暴躁、残忍嗜杀的。包括《笑傲江湖》里仪琳的母亲、关明梅、谭婆，还有《神雕侠侣》里的裘千尺，《天龙八部》里的天山童姥和李秋水，还有一大批诸如“某某娘”“某某夫人”之类的龙套。为数不多的几个年纪不小却修养极好的女子，如闵柔、宁中则、黄蓉，则都是出身名门、数十年来生活优越的主角，才总算得以善终。

莫不是金庸也信了宝二爷的那一套“女人一旦嫁了人，沾了汉子的气味，珍珠就变成鱼眼睛”的理论，执意认为过了中年的女子，十有八九都是毒蛇猛兽?

总之我是不相信，那些令得一众男子到老还无法忘怀的奇女子，会是那样一副不可理喻的脾性。

且不论史小翠这女子少年时心迹究竟如何，年老时还能如此冲动暴躁的女人，能令得自高自大的雪山派掌门威德先生白自在，与性格乖张的“一日不过四”怪人丁不四，一辈子都为了她而铆足了劲斗争不休，此生此爱也算是不枉了。

虽则丁不四另有了一个情人，但他那是身动心不动，倒算不得背弃了自己的梦中情人。

故事里的关系，穿插得很是巧妙——丁不四当年把持不住肉体，生下的私生女儿梅芳姑，恰是整个故事里一路隐藏着的灵魂女主角。

虽然她戏份极少，但我执意相信，这个非同寻常的奇女子，才是整个故事最打动人心的精髓所在。

结局处，梅芳姑与石清的一番对答，令人感慨万千——

梅芳姑惨然笑道："石清，我早知你心中便只闵柔一人，当年我自毁容貌，便是为此。"

石清喃喃地道："你自毁容貌，却又何苦？"

梅芳姑道："当年我的容貌，和闵柔到底谁美？"

石清伸手握住了妻子的手掌，踌躇半晌，道："二十年前，你是武林中出名的美女，内子容貌虽然不恶，却不及你。"

而后，梅芳姑又问："当年我的武功和闵柔相比，是谁高强？"

石清道："你武功兼修丁梅二家之所长，当时内子未得上清观剑学的真谛，自是逊你一筹。"

梅芳姑又问："然则文学一途，又是谁高？"

石清道："你会做诗填词，咱夫妇识字也是有限，如何比得上你！"

梅芳姑冷笑道："想来针线之巧，烹饪之精，我是不及这位闵家妹子了。"

石清仍是摇头，道："内子一不会补衣，二不会裁衫，连炒鸡蛋也炒不好，如何及得上你千伶百俐的手段？”

这样完美的女子，缘何石清偏偏就是不喜欢，却要对那个温柔平庸的闵师妹爱得死心塌地？

梅芳姑终于问了，只听得石清缓缓道：“梅姑娘，我不知道。你样样比我闵师妹强，不但比她强，比我也强。我和你在一起，自惭形秽，配不上你。”

这样的解释，原是怪极。

好比如今拒绝表白的万能招数，便是发一张好人卡：“你太好了，是我配不上你。”

世上的癞蛤蟆，从来是不惮以吃天鹅肉为荣的。如果对方真如自己心里想的那般好，纵是天差地别的也会义无反顾地冲上去。如罗密欧与朱丽叶那般，都可以不顾两家死仇而真心相爱，这句“我配不上你”能算是什么理由？

石清对梅芳姑的不爱，倒并非令狐冲对任盈盈的疏离感——冲哥只觉得圣姑实在太好，好到挑不出一丝不好，因此虽然牵着她的手并肩而立，却总有种隔着重重云雾看不清她的错觉。

而石清的心情，倒更像是陈家洛之于霍青桐。

对方实在太好，好到让自己心累的程度。与其高攀上那朵遥不可及的天山雪莲，倒不如紧紧握住家门口那片清新可人的小野花。

因此，玄素庄庄主夫妇，“黑白双剑”石清、闵柔数十年来仗剑江湖，默契无极，两人宛如一体，又处处讲理知礼、行侠为善，虽得了好名声与好人缘，但终究不过是一对凡人。

就像ATV电视剧《雪花神剑》热播的时候，很多人都不理解，为什么男主角方兆南就是不喜欢美若神人而又聪慧伶俐的梅绛雪，却单单对朴素单纯的邻家女孩陈玄霜一往情深？其实这也是一样的道理。因为两人的天资质素没有什么差异，所以在一起不会有压力。虽然没有惊喜，但这种完全把对方掌握在手心里的安全感却也难能可贵。

可惜了痴心错付的梅芳姑——她倒颇像那李莫愁，纵使美艳绝伦、文武双全、痴心一片，却爱错了一个凡夫俗子，败给了那完全不在一个等级的平庸女子何沅君。

赤练仙子死前中了情花的毒，昔日的种种温存都涌上心头，然而过去越是温暖，如今便也越是疼痛。

梅芳姑自毁容貌、隐居山间，夺来挚爱之人的亲生孩儿却终究舍不得杀，直至抚养对方长大。带着那颗殷红的守宫砂寂寥半生，却仍看到那个自己爱了一世的男子，携着另一个女人的手，毫不怜惜地挺剑要刺入她的胸膛……

如此地撕心裂肺、伤心绝望，只怕也不亚于中了情花剧毒的李莫愁。

虽说一直都冷淡疏离，但从石破天的品行上看，梅芳姑的教育倒远远比闵柔那庸俗的溺爱要成功得多。

她那番刻在石破天心中的教导，令得书里书外的人都是印象深刻：“狗杂种，你这一生一世，可别去求人家什么。人家心中想给你，你不用求，人家自然会给你；人家不肯的，你便苦苦哀求也是无用，反而惹得人家讨厌。”

这套理论，恐怕也有些自怜自伤的成分在内。但也由此可见，这女子的一颗冰雪聪明的七窍玲珑心。

金庸塑造的一个个完美而寂寥的女子，似乎也是在诉说一个道理：女人，永远不要太聪明，太美好。适当地示弱，适当地笨拙，适当地无能为力，让男子有逞英雄的余地，方才有获得长久爱情的可能。

正如黄蓉天资那般聪颖，哄来了北丐洪七公当师父，偏偏自己只学漂亮的逍遥游掌法，而且还不专心用功，把最好的机会都留给了她的靖哥哥。她道是："你武功学好了，在我身边保护我，不也是一样吗？"

最聪明的女子就是懂得在适当的地方弱下去，亦惟有让对方比你强，对方才有非留在你身边不可的理由。

只可惜明明看透了这个理由，我自己却始终没办法做到。

也罢，假使我平凡，或许可以获得凡夫俗子的垂怜与相守，但却须得如闵柔那般娇怯怯的善解人意，这般委屈天性，委实不是一件易事。

既然做不到楚楚可怜，那么不妨让自己更优秀一点。

虽然注定要被陈家洛与石清那等男子望之重之敬而远之，但既已做到如此洒脱不羁、桀骜不驯，在这茫茫人世间，说不定便可遇上一个孤傲的黄药师，或是自负的谢烟客，从此安然相伴于桃花岛或摩天崖上吟诗作曲。

这般奇遇自然不是凡俗夫妇可以望见的幸福，却必定是他们穷尽一生一世，亦望尘莫及的绚烂绽放。

半面沙砾半面金

——评《碧血剑》

【夏雪宜：半面沙砾半面金】

小时候常喜欢和大人玩一个游戏，即在手心里藏一枚硬币，然后两只手蜷成一模一样的拳头，摆出来让人猜，硬币究竟在哪一只手上。

不管猜多少次，毕竟硬币只有一枚。

好比男人的真心，这一生来来去去，终究只能毫无保留地给出去一次。

例如金蛇郎君夏雪宜，从温仪的讲述里出场时，像极了《连城诀》里痴心不二的江湖豪侠丁典。然而夏郎翩翩少年，情史的记载自然比狭隘的丁大侠大大丰富了些。

但谁又能料到，这痴心美男子的从前，还曾有过一个何红药。

何红药的遭遇，倒与鲁迅先生《墓碣文》中的一段颇为契合：“有一游魂，化为长蛇，口有毒牙。不以啮人，自啮其身，终以殒颠。”

也曾是绮年玉貌，只因一念情动，遇着这“前生的冤孽”，竟而冒天下之大不韪，盗去了本教三大至宝，又是以身相许，后来还甘愿为他遭受毒蛇啮面的刑罚，毁了一张花容月貌的脸，穿着最破烂的衣衫，数十年以乞讨为生。

甚至，即便遭逢了这些九死一生的磨难，她仍是无怨无悔，仍是一心想去投奔她的夏郎，想把情郎从敌人手里解救出来，找个僻静角落静静度过一生。

但哪怕亏欠了这样多，夏雪宜却竟然连一句道歉温存的话都不曾有过，只紧紧护着温仪的发簪，却对面前这为自己受尽苦难的女子，连一个善意的青眼都吝于相赠。

这也难怪她恨他。

同样只拥有过短暂的温存，同样是在最美的时候以身相许，温仪多年后还可以神情温柔地叹一句："我……早就不姓温了。"而何红药见到温青青，却还是满心的怨毒，提及夏雪宜时，咬牙切齿浑身都是恨意。

其实同样的不公平，亦体现在了袁承志的红颜知己身上。

在袁郎这样一个优点不突出、缺点不明显的存在感稀薄的男主角面前，何谓爱情好像压根儿也不重要。对于袁黑炭来说，似乎无所谓心动、喜欢、接受、拒绝，只在乎谁先来谁后到。

如是，焦宛儿这样一位帮主千金，芳心暗许出生入死，为求他安心执温青之手而决然转身投入那独臂罗立如的怀抱。说是师兄妹感情深厚，其实这当中有几分是甘愿，又有几分是报袁承志之恩而毅然牺牲，她自己清楚，读者清楚，她的良人罗师兄未必不清楚。

阿九更是糟糕，生就一副倾国倾城的姿容，少年青涩已有颠倒众生的风姿气度，再长几岁更不消说。临睡前执笔描摹良人眉眼，自是令人怦然，而将袁某藏在被子里躲过搜查的那一段，倒像极了李沅芷夜访余鱼同，那金笛秀才发暗器熄灭烛火，为保李小姐名声，将她藏进被窝里，避过总舵主等人的质询。

虽然原著中的金笛秀才余鱼同实在不可爱，可这一段着墨甚少的贴身藏匿与竭力掩护，却端的让我心动不已。

同样的道理，虽然袁承志这一生给阿九的那样少，但他躲在她被褥里、体温气息近在咫尺的那短短片刻，长平公主阿九，乃至于后来的九难师太，亦定然是永世难忘。

只可惜焦宛儿在爱情的游戏里，只抓住了一只空手，阿九以贵胄之尊、天人之姿，亦没能猜中那一枚爱情硬币的所在。却竟是那到处惹祸令人厌恶的好妒温青，无巧不巧地紧紧握住了那只藏着硬币的手。

试想，如果没有崔希敏这个二愣子，安小慧一心在袁承志身上……这段跌宕起伏的情史，恐怕又要改写了。

关于这段颇有些不知所谓的感情，我实在不想说太多。连金庸本人都说了：这部作品真正的主角是袁崇焕和金蛇郎君。这存在感太不鲜明的袁承志，实在是连作者本人都不太喜欢。

至于金蛇郎君之阴毒，也是作者笔下的惯例了——英俊风流的男人与美丽聪慧的女子，鲜有不狠毒阴鸷的。这位夏郎生得玉树临风，更难得的是品行端正，性格思维方面的极端冷漠自私已是毋庸置疑，却也无可厚非。最令人咋舌的是他从骨髓里散发出的毒——他自然早就料到有人恨他入骨，甚至可能将他剉骨扬灰。

他怀着恨意在自己体内种下剧毒，自然也料到可能害到的人不只是石梁派那群恶棍，更可能害到他昔日亏欠良多的何红药，然而他竟偏生这般狠心。可叹的是那何红药，口口声声说恨他入骨，见着他的遗骨时却忍不住温柔地一遍遍低唤“夏郎”，见到他口中紧紧咬着温仪的发簪时，仍旧如少女般牵动了嫉恨愁苦的万般思念。

毒素散发出来的时候，出身于五毒教的何红药瞬时领悟，却一面骂着他“好狠的心”，一面竟心甘情愿地抱着他的遗骨，贪婪地呼吸着毒药的气息，一点点让自己的生命随爱情一同流逝。

她这样凄惨，竟也是求仁得仁的欢喜。

说到底，情之一物奈之何，“就算你吞下来忍下来，有一些人，却永远不适合被深爱”。五毒教的这一条心肠歹毒的美女蛇，淬了满身的毒药，终于还是不以啮人，反倒毒死了自己。然而尽管她没能握住那只爱情的手，却在最后一刻，比那天真无邪无忧无虑却坐收夏郎真心的温家小姐更为幸运——因为温仪死得孤独凄清，而她，倒是真真切切地死在了夏雪宜的怀里。

至于黄泉再相见的事，有谁说得准呢？

即便是崇祯皇帝重见袁崇焕于地下，二人坐看江山被异族铁蹄践踏，见得昔日亲信祖大寿与洪承畴的不得不降，恐怕也只得相顾无言，老泪纵横。至于什么怨恨什么忠诚，到了另一个世界，这样的枷锁都再不必戴上。

书中我倒是最喜欢处事果敢、行为有趣的五毒教教主何铁手，那一口软绵绵的撒娇语气，处处像极了《笑傲江湖》里的蓝凤凰，细致的剧情却比起蓝凤凰来增色了不少。只见金老是这样写何铁手的：袁承志和她对饮了一杯，烛光下见她星眼流波，桃腮欲晕，暗忖："所识女子之中，论相貌之美，自以阿九为第一。小慧诚恳真挚。宛儿豪迈精细。青弟虽爱使小性儿，但对我一片真情。哪知还有何铁手这般艳若桃李、毒如蛇蝎的人物，真是天下之大，奇人异士，所在都有。"

这样看来，女主角温青青只不过被袁承志归类为安全度最高的"爱我的女人"，阿九是这些女子当中的花魁，而最特别最引人注意的，却还要属这个风情万种的阴毒女子何铁手。这与许多人读《天龙八部》时，喜欢康敏多过王语嫣，是同一个道理——看来，女人之所以散发魅力，容貌品性都还是其次，惟有那一股风情，才能画龙点睛。

而令我最不喜欢的，则是书中对多尔衮和大玉儿的污蔑——此二人的戏份，从头到尾都写得太过轻佻浅薄，实在是亵渎了这二人为大清江山的苦心孤诣。不过，我又有些喜欢这样的温暖——好歹这里面庄妃可以怯怯地躲进睿亲王的怀抱里，不必迎面碰上任何阻难都强撑着，更不必忍着眶里的泪，硬生生地将他孤零零地抛弃在旷野中。

相比之下，袁承志带了那样多的新相知旧相识迁居海外，独留了一个不忍面对的阿九，在这异族统治的纷乱世界孤独终老，他还真是忍得下心来。

绮年玉貌也好，先来后到也罢，能不能恰好遇上那一份独一无二的真心，看来，还是只能依靠那么一点运气。

同样的两只拳头，一只是硬币，一只是虚空。

同样一个人能给的爱情，半面是沙砾，半面是黄金。

有幸碰中的人欢呼雀跃，而运气不佳的人亦只得顾影自怜。但我想，无论你抓住的那一边是真情还是假意，似这般一生一次的殒身不恤的悸动，总还是应当不管不顾地扑上去试试看吧？

即便落魄不值如阿九，如果让她重来一次，想来她也还是愿意再遇一次袁承志，再亲手为他描摹一幅肖像，再对他微笑，给他承诺，然后狠狠地为他落尽三千烦恼丝和一生泪水。

如果非要在痛苦和虚无之间作出选择……起码，试着选择痛苦，还能得到几分实实在在的温度，不是吗？

何故高唱白头吟

——评《鹿鼎记》

【陈近南：媒体慎用，传奇难当】

在昔年红极一时的电视剧《小宝与康熙》里，郑伊健扮演的陈近南一袭藏蓝长衫，配上招牌式的电眼，瞬间便可秒杀荧屏前的所有女性。由于是友情客串，这位陈总舵主出场时间极有限，而且在律令森严的清朝初期背景下竟然没有剃头，简直是耍酷耍到丧心病狂的地步。

所以在很长的一段时间里，陈近南留给我的印象都是近似于李寻欢一类，冷漠风流，特立独行。

我却怎么也想不到，真正的陈永华，会是一个忠肝义胆的中年谋臣，一个像袁崇焕那样的悲剧英雄。而韦小宝对陈近南，亦远不似电视剧里的张卫健对郑伊健那样的偶像崇拜，而是一种对父亲一般的依恋崇敬。

在当时的江湖中，盛传着一句堪比当下潮牌广告语的顺口溜，叫做："平生不识陈近南，纵称英雄也枉然。"不仅是开头的狂热陈粉茅十八，所有江湖人士都以见到陈近南一面为荣，此架势足以与如今的一线偶像明星相媲美。

这样的影响力也直接导致了两股势力的忌惮，也恰如每一组人际关系中都不可或缺的两个组成部分：作为敌人的康熙，和作为同盟战友的冯锡范。

所以说，陈近南的教训告诉我们，像天地会这种招揽人才的媒体宣传手段，是一种铤而走险的行为——在努力获得社会认同的同时，也应当顾忌一下各个权力集团的价值取向。

读书看电视的时候，大家都知道郑克塽手刃陈近南是愚不可及，恰似如今受尽诟病的崇祯之负于袁故经略。站在高处指指点点固然是轻而易举，然而站在冯锡范与郑克塽的立场，站在四面楚歌的崇祯的立场，残害忠良以陷自身于水深火热之中，似乎也是无可避免的必然之举。

操劳半生，换来一句“功高盖主”，委实是令人心寒。

很小的时候读春秋战国史，特别羡慕范大夫在勾践复仇成功以后飘然远去，一舟一美浪荡天涯。拿同时代的人来说，伯嚭之短视亦非罕见，伍子胥之悲怆乃是命定。而最讽刺的则是文种，设下计策助勾践夺取江山，换来的是与伍子胥一般的结局。

当时我只把这一段历史当作寻常小说故事一样看，只觉得范蠡是主角而其他人都是无关紧要的配角，惟有主角高瞻远瞩看得通透，本就是寻常道理。

直到后来的后来，当我知道世人本无分什么主角与配角，并不是因为你是主角所以你才光鲜亮丽幸福快乐，而是因为你有长远打算的本事，你才能成为笑到最后的主角。

这样说来，陈近南的不幸殒命，似乎也是理所应当。

正因为他是陈近南，君可以不义，臣不可以不忠——所以他才明知冯锡范会对他不利，却始终手下留情；所以他才会在被少主郑克塽狠心暗算之后，竟而留下的遗言，让韦小宝切不可为他报仇。

每一次韦小宝恨得咬牙切齿，陈近南都是轻描淡写的一句：“身受国姓爷的大恩，做臣子的不敢有半句怨言。”要怪只怪陈近南名声太响、锋芒太盛，成为江湖偶像就必然伴随着相应的代价：传说中的英雄，始终不及匍匐滚爬的狗熊活得安稳。

堂堂陈总舵主，竟还不如他那徒儿会做人，竟还不懂得——无论有多高的本事，获得多大的恩宠，须得始终不忘在每位主子面前做出一副庸懦无能之态。在等级森严、人情为上的体制内，懂得迎风摇摆，方才是生存之道。

既是君为臣纲，那么君要臣死，也是做臣子的分内之事。

野史中朱元璋赐徐达鹅肉，吴越君主留下宝剑暗示名臣自尽，赵匡胤杯酒释兵权进而导致将才凋零、举国积贫积弱，诸此种种，臣下从不敢有半句怨言。中国文化就是这么可怜可恨，而又可敬可爱，放在乱世固然是祸事一场，但倘若少了这些迂腐得不可理喻的信念，皇帝的虚怀若谷不再是奇迹，亦没有了太平盛世贤君名臣的传奇色彩。

因此，纵使通晓结局而使时光倒转，袁崇焕与陈近南亦不得不义无反顾地走向命定的结局。舍一身血肉乃至举家性命，成就千古佳名，才是历来中国人最追求的无上荣光。要说豁达如范蠡，识得急流勇退，成全美人才子富商巨贾的湖畔传说，世间又有几人可以做到？

【索额图vs多隆：结义兄弟，权势坐庄】

在韦小宝的诸多狐朋狗友中，天地会青木堂的兄弟尽归他统领，沐王府的人大都对他感恩戴德，神龙教的人对他则是赤裸裸地要挟利用，而且江湖人士空怀一身武功，却大都没有半点侠义之心，实在是有种让人难以接受的违和感。

这当中，要说当真称得上“朋友”二字，亦将众生相描摹得最为栩栩如生的，便要数朝廷里的这一帮人了。

起初的韦小宝不过是因侥幸手刃鳌拜而走红的御前红人小桂子，当时尚无人得知他未曾净身——在古人观念里，太监这般不完整的人，纵使在主子面前获得再多宠幸，亦不过是个低贱的怪物罢了。

然而即使是在这样的前提下，康亲王杰书与名臣索额图仍愿对他笑脸逢迎，慷慨赠以宝马名驹与巨额金银之余，甚至不惜与这“断了子孙根”的小太监义结金兰。

作者说，韦小宝答应结拜，不过是少不更事乐得有趣，却不知这些人哪里是与他投缘，还不是为了在皇帝面前有个照应？

不过，心照与否亦不相干，韦小宝原本就是个完全的利己主义者，也只有这样彻彻底底自私自利的小市民，才能在这群各怀鬼胎的朝廷命官面前如鱼得水。正如后来征伐俄罗斯时，随行官员都感叹康熙的知人之明：有时面对伪君子，便惟有真小人，方能一物降一物。

相形之下，以多隆为首的御前侍卫，倒显得可爱多了。

张康年与赵齐贤这两个小随从，离了韦小宝自也是呼风唤雨的老大，偏生要依附韦小宝这小流氓才能平步青云财源滚滚，口中亦是“粉身碎骨在所不辞”，口号叫得响亮。

在之前的每一部金庸作品里，说出甘愿为某人赴死的，必定是一段慷慨悲壮的故事。惟独这《鹿鼎记》里，配角龙套叫喊得最多的是这一句，但几乎每个人都只是说说而已。

虽然不堪，但也不得不承认，除了无私的父母和冲昏头脑的爱情，还有谁会真的甘心为谁去死啊？最多的时候，喊出甘愿去死的口号，恰恰是为了更好地生存。

这当中最忠义的莫过于多隆——在电视剧里，那人便是韦小宝在朝中唯一的知己，甚至敢于在韦小宝斩首示众之时，提着酒肉与之对饮，举止坦荡磊落，自然是热血真兄弟。然而这样一来，又把角色过于理想化，倒对不起金庸创作《鹿鼎记》的本意了。

在原著中，多隆平素没有半分对不起韦小宝的地方，却无辜牺牲在了韦小宝对“义气”的权衡之下。

像韦小宝这样的小市民，算起账来也颇为可笑：对天地会要讲义气，对多隆也要讲义气，但多隆只有一个人，所以还是杀了他去救天地会吧。

多隆背心中匕首倒地而死的那一段，我真是看得胆战心惊。

武侠小说里杀人流血都是司空见惯，然而像多隆这样始终真诚相待的同僚兄弟，韦小宝竟也下得了手夺他性命，委实令人读来心寒。

不管前头有多大的原因，一个朋友最终选择了牺牲你，便永远都不可原谅。

所幸多隆侥幸回生，作者当真待韦小宝不薄，又来了一段众侍卫联合刁难郑克塽的喜剧情节。虽然这群侍卫确实可恶，但以恶制恶、用流氓对付无赖，恰成了一段绝妙的好戏。韦小宝的手段，高明就高明在，可以将这里面的关系拿捏得恰到好处，耍流氓与过桥抽板的同时，不忘时刻显示出自己的恩惠，在让多隆这等热血汉子感激涕零之余，更是收服了张康年、赵齐贤等那一片胡作非为的无赖侍卫。

其实说来可笑，倘若不是身处于韦小宝这个位置，又如何能把这群侍卫和朝廷命官当猴耍？又怎么可能，从他们的趋炎附势和虚情假意之中，看出一点真心，看出一点可爱之处？

韦小宝这群狐朋狗友中的任何一个，若是让寻常百姓遇着了，哪怕是让武功盖世的江湖豪侠如萧峰郭靖令狐冲遇上，都免不了是一场不欢而散。或许当真是物以类聚，有的时候，惟有小人才能见得小人的可爱之处。

当然，要想体会这些朋友的可爱，还要满足一个必不可少的条件——你，一定要坐在高位，成为那个手握筹码的庄家。

【九难：焉得谖草兮使我忧忘】

那时韦小宝初初练成“神行百变”，便即冲了新茶，捧到九难面前，问道：“师父，师祖木桑道长既已逝世，当今天下，自以你老人家武功第一了？”

九难摇头道：“不是。‘天下武功第一’六字，何敢妄称？”眼望窗外，幽幽的道，“有一个人，称得上‘天下武功第一’。”韦小宝忙问：“那是谁？弟子定要拜见拜见。”九难道：“他……他……”突然间眼圈一红，默然不语。

那日之后，这个武功高强而又性喜安静的白衣尼，给韦小宝留了一张“好自为之”的字条，就此飘然而去，再也没有消息。

虽然只此一个契机便安排一个角色离场，确然是有些突兀——然则也不必苛求作者行文太过繁细，读到这里，我们想起那黝黑面庞的袁承志，只是忍不住叹叹。

时光荏苒，其同门大师兄黄真已然作古、二师兄神拳无敌归辛树已是廉颇老矣，那袁承志自然也成了个寻常中年男子，在海外避世隐居，又有那么一个爱斤斤计较的妻子，想必是做些小生意为生的了。在这样的境况下，他的武学修为即使不说退步，恐怕也难以精进多少。

而此时的中原武林，正值朝代更替百废俱兴，高手如云的江湖里，未必功夫没有超过他袁承志一分半分的。

然而无论怎么都好，阿九的心里，始终只有那么一个天下第一。

忽然想起王晶拍过一部电视剧，也叫做《天下第一》。剧中的叶璇以白衣公子扮相艳惊四座，忧郁寡言的二师兄归海一刀将她藏在心底最深的地方，她眼里却只能看到那个开朗的大师兄段天涯。在片尾曲里，归海一刀的扮演者霍建华更是唱得深情款款：“不稀罕做谁的天下第一，我只想做你心里永远的唯一。”

然而纵使上官海棠终究回眸与他执手，这爱情仍旧逃不过命运的玩笑。

倘若当时的袁承志，也能回眸看到这文静寡言的九公主，甚至于更进一步由怜生爱，敢于同那善妒温青说一句再见，从此执手流年，这两人恐怕也未见得会是一个好的结局。

所有陷入暗恋的女人，都可以立即变成不谙世事的少女。

少女阿九可以将万千心事化作一汪泉水，耗费整晚的时间，磨墨执笔，细细描摹心中的君子，令得他如切如磋，如琢如磨——纵使是一副乡野小子的容貌，也在她的妙手下变得温雅动人。

然而，少女成年以后，还有太长的路要走。

倘若一夜之间失去了无上荣光的阿九，当真得遂心愿，跟了她那面目黝黑的良人远赴海外——阿九便永远都是阿九，是温雅可人的小女子，永远含羞躲在她的天下第一背后。世上不会有武功高强的九难师太，也不会有后来的阿珂、阿琪。九难师太眉间那始终抹不去的哀怨，静下来时无声的叹息，乃至于缺失的那条手臂，在漫长的天伦斯守里，大抵都可以一笑而过。

在TVB电视剧《心战》里，邵美琪被变态杀手砍掉了一条手臂，在医院里自怨自艾六神无主，却不经意遇上了善于变魔术逗人开心的陈豪。她爱上他，然后觉得此生圆满，拥抱他的时候，竟然隐约感觉到有灵魂在义肢里流动。

后来她撞见他出轨，一时之间心烦意乱，昔日去鼓励那些残疾病人时的励志演讲，竟然一句也说不出口，转而变成了神情呆滞的喃喃自语："我们的确跟那些健全人不一样，有些东西，没有了就是没有了……"

编剧果真有大智慧，他是想告诉我们：完全依靠爱情而获得圆满的人生，并不是真正的圆满。

许多失去的东西，并不是失而复得才叫做圆满。许多肥皂剧里常有"骨肉重逢"、"沉冤得雪"之类的戏剧化情节，让观众在大结局的时候松一口气皆大欢喜，仿佛以为世事也可以依靠一个个的奇迹来获得圆满。

然而生活中，未必有那么多可喜的戏剧转变。上天要安排的故事太多，不会像肥皂剧的编剧一样，每出戏都设置重重的巧合，人为操纵出一个又一个有惊无险的大团圆结局。

而真正的圆满，也不是找回你失去的一切，而是坦然面对所有的"已失去"——在一切都无法弥补的情况下，还能够感到幸福。

所以，就算阿九如愿嫁了她天下第一的袁承志，此生心口也终究会有一块空荡荡的地方无法弥补。因为任何依赖于外界条件的圆满，都不是真正的圆满。

正如古希腊先贤亚里士多德所说：真正的幸福，是完全不依靠任何外力就可以达到的，是发自内心的价值取向。

我想，九难留下字条离开韦小宝的那一刻，大抵如当年胡兰成在日本遥想胡村岁月——总有些回忆是触动以后便难以磨灭的，然而此次拂袖而去，心中却是空荡荡了无牵挂，浮云蔽白日，游子不顾反。

相比之下，同为袁承志故人的何铁手，此番故地重游，实在是狡黠俏皮，灵秀可人。

她昔日爱慕温青青，疯狂到可以叛离五毒教，然而一朝放下自在，仍旧可以做回那个活泼促狭的摆夷族姑娘。隔了数十年再提起，亦不失羞涩赧然，回忆里却早已只剩下最纯美的部分。也是如此心态才能让她青春常驻，出场时竟是如此形象：

韦小宝见这女子年纪已然不轻，声音却如少女一般。她头上戴了个金环，赤了双足，腰间围着条绣花腰带，装束甚是奇特，头发已然花白，一张脸庞却又白又嫩，只眼角间有不少皱纹，到底多大年纪，实在说不上来，瞧头发已有六十来岁，容貌却不过三十岁上下。他想这人既是三少奶的师父，当即上前跪倒磕头，说道："婆婆姊姊，韦小宝磕头。"那女子笑问："你这孩子叫我什么？"韦小宝站起身来，说道："你是三少奶的师父，我该叫你婆婆，不过瞧你相貌，最多不过做得我姊姊，因此叫你婆婆姊姊。"那女子格格而笑，说道："最多做你姊姊？难道还能做你妹子吗？"韦小宝道："倘若我隔壁听见你的声音，那要叫你婆婆妹妹了。"

而年纪比何铁手还要小一截的阿九，虽然容貌仍是姣好，但心中愁怨早已将她变成一个正襟危坐的长辈形象：

韦小宝听那人语音清亮，带着三分娇柔，微感诧异，看那人脸时，只见雪白一张瓜子脸，双眉弯弯，凤目含愁，竟是个极美貌的女子，约莫三十来岁年纪，只是剃光了头，顶有香疤，原来是个尼姑。

韦小宝心中一喜："尼姑总比和尚好说话些。"忙欲坐起，只觉胸口剧痛，却是适才给她刺了一剑，虽仗宝衣护身，未曾刺伤皮肉，但她内力太强，戳得他疼痛已极，"啊哟"一声，又即翻倒。

那女尼冷冷的道："我道少林神功有什么了不起，原来也不过如此。"

如此冷硬慢热的个性，韦小宝就算借了十个胆子，也不敢像对何铁手那样和她调笑。

修行之人不可再动凡心，本应最易抛开尘世，然而阿九却还不及一个喜怒贪嗔痴五毒俱全的大俗人来得洒脱自在。出家人倘若在菩萨面前坦吐心有不甘，便是天大的罪孽。然而，有些抛不开放不下的东西，总是强行憋着不倾吐，终究是眉间心上，一生一世意难平。

倘若要化解内心魔障，我相信，最好的办法亦不是改变现状。因为我们都知道，生活不是影视剧，在悲伤落寞的时候，永远不会有身穿铠甲的大英雄来救你。倘若似女作家萧红那样，直到临终时还在妄想她的"三郎"会不会再来救她一次，读来实在太让人心酸。

在孤独的人世间，阿九需要学会的，是带着永不改变的回忆，独自勇敢地生活。

如果可以，我希望白衣飘飘的九难师太，可以在远行的路上，拾到一株抹去前尘的忘忧草，可以展颜一笑，修得一份孤独的圆满。

【陈圆圆：绣袂捧琴兮，登君子堂】

当年，电影《大话西游》里的紫霞仙子，正因为猜不到结局，才会心甘情愿地陷入爱情。

荧幕里的朱茵以手支颐，兀自陶醉在幻想里时，荧幕外的我已然湿了眼眶。

电影到了后来，紫霞穿一身大红嫁衣，在孙悟空的怀抱里合上眼睛。孙悟空挣扎着想拉她的手，无奈头顶的金箍再也不许他动情。戏中人在爱情与修行之间挣扎得痛不欲生，戏外的观众亦早已泪流满面。

那一年的朱茵站在城墙上，倔强面容下隐藏的如水娇俏，留在了太多人心里。

而我对朱茵最初的印象，却是来自于她扮演的阿珂和陈圆圆。

当时尚不知这女子何许人也，只记得阿珂初次登场时，伴随着韦小宝失态的一见钟情，年纪尚幼的我也不由得感叹：这女人，真是好看啊。

也惟有这样灵秀的女子，才同时担当得起陈圆圆这样的角色。

书中对于韦小宝与陈圆圆的初会，有这样一段描写：

那丽人伸起衣袖，遮住半边玉颊，嫣然一笑，登时百媚横生，随即庄容说道："西施，杨贵妃，也都是苦命人。小女子只恨天生这副容貌，害苦了天下苍生，这才长伴清灯古佛，苦苦忏悔。唉，就算敲穿了木鱼，念烂了经卷，却也赎不了从前造孽的万一。"说到这里，眼圈一红，忍不住便要流下泪来。

韦小宝不明她话中所指，但见她微笑时神光离合，愁苦时楚楚动人，不由得满腔都是怜惜之意，也不知她是什么来历，胸口热血上涌，只觉得就算为她粉身碎骨，也是甘之如饴，一拍胸膛，站起身来，慷慨激昂的道："有谁欺侮了你，我这就去为你拼命。你有什么为难的事儿，尽管交在我手里，倘若办不到，我韦小宝割下这颗脑袋来给你。"说着伸出右掌，在自己后颈重重一斩。如此大丈夫气概，生平殊所罕有，这时却半点不是做作。

哟！

出了名贪生怕死的韦爵爷，每次发誓都要偷换概念惟恐诅咒了自己、连一心护着他的小郡主都可以扔下不管的无赖韦小宝，此时此刻，竟会不假思索地甘愿为这样一个素昧平生的女人赴汤蹈火。

看来我们女人真是不了解男人的基因构造：他们对女人的追逐随性随意，并不像女人爱男人那样经过了重重的权衡与考验。正如老实木讷的西装男，平日里在家从不出声，却会在地铁上对性感的女人动手动脚；又如那些富豪高官，一把年纪了还藏着几房姨太太，这还不够，还要对年轻的女孩子献殷勤，以至于惹得声名狼藉……

很多时候，男人对于女人的冲动，仅仅是来自于片刻的头脑发热而已。

那么倾国倾城的一代名妓陈圆圆，又曾令得多少男人失去常性？

书中提到一位“美刀王”胡逸之，对这陈圆圆一见钟情之后，甘愿抛下江湖盛名与豪情壮志，躲在她身边种菜扫地、打柴挑水，二十三年不得她正眼一瞧，偏生是甘之如饴。

金庸笔下向来有这样不问情由的痴人，连苍白瘦小的阿紫身后尚且有个神魂颠倒的游坦之，这陈圆圆以绝世之姿，迷倒一干勘不破美色爱欲的男子，又有何难？

书中借由天地会其他人的视角，将这位痴情的美刀王打量了一番：此人武功之高，声望之隆，当年在武林中都算得是第一流人物，居然心甘情愿的去做此低三下四之人，实令人大惑不解。看胡逸之时，见他白发苍苍，胡子须稀落落，也是白多黑少，满脸皱纹，皮肤黝黑，又哪里说得上一个“美”字？

韦小宝却是大惑不解：“胡大侠，你武功这样了得，怎么不把陈圆圆一把抱了便走？”

只见书中这样写道：

胡逸之一听这话，脸上闪过一丝怒色，眼中精光暴盛。韦小宝吓了一跳，手一松，酒杯摔将下来，溅得满身都是酒水。

胡逸之低下头来，叹了口气，说道："那日我在四川成都，无意中见了陈姑娘一眼，唉，那也是前生冤孽，从此神魂颠倒，不能自拔。韦香主，胡某是个没出息、没志气的汉子。当年陈姑娘在平西王府中之时，我在王府里做园丁，给她种花拔草。她去了三圣庵，我便跟着去做伙夫。我别无他求，只盼早上晚间偷偷见到她一眼，便已心满意足，怎……怎会有丝毫唐突佳人的举动？"

韦小宝道："那么你心中爱煞了她，这二十几年来，她竟始终不知道？"

胡逸之苦笑摇头，说道："我怕泄漏了身份，平日一天之中，难得说三句话，在她面前更是哑口无言。这二十三年之中，跟她也只说过三十九句话。她倒向我说过五十五句。"韦小宝笑道："你倒记得真清楚。"

这一段轻描淡写的暗恋叙述，颇有几分王家卫电影的味道。

只可惜胡逸之这男人，委实是英雄气短。任凭他在自己的心魔里陷得有多深，在陈圆圆眼里，他比起崇祯那般"跟从前那些来嫖院的王孙公子也没什么两样"的"尊客"，都还远远不及。

古来绝代佳人，大都如紫霞仙子般，在等一个绝世的大英雄。

吴梅村虽写过"妻子岂应关大计，英雄无奈是多情"之语，然而"冲冠一怒为红颜"的平西王吴三桂也算不得什么大英雄，金庸更是以全然丑化的笔触，来描写这个以爱情的名义争名逐利的卑鄙小人。

陈圆圆命中真正的大英雄，当属阿珂的生父——在《碧血剑》里面，几乎所有的江湖豪侠，都将那人奉为心中偶像。就连袁承志的师父那样一个隐居避世的老人，都甘愿出山为那人做马前卒。

李闯，李闯，一介草莽搅得大明王朝天翻地覆，端的是豪气干云。

可没过多久，这大顺王朝便撑不下去了。当是时军纪已然十分混乱，西逃路上败仗连连，李自成却满不在乎。据陈圆圆叙述："他说他本来什么也没有，最多也不过仍旧什么都没有，又有什么希罕了？他说他生平做了三件得意事，第一是逼死了明朝皇帝，第二是自己做过皇帝，第三是睡过了天下第一美人。这人说话真粗俗，他说在三件事情之中，最得意的还是第三件。"

或许李自成做不得一个好皇帝，但似这般"最多也不过仍旧什么都没有"的心态，方才是大英雄真豪杰。比起楚霸王"虞兮虞兮奈若何"的悲唱，能够在兵临城下的时候，还开出这样的玩笑，这并非寻常人能有的气概。

其实单说美貌，李香君、柳如是、董小宛之流，也未见得逊于陈圆圆。只因陈圆圆这乱世红颜随波逐流，不巧跟的个个都是史册上的大人物，她这才成了秦淮八艳之中最著名的一位。

吴三桂在敕封平西亲王以后碍于面子，不愿纳陈圆圆为福晋。这女子直到此时才后知后觉：原来那男人为了她搅翻天地，却并非是因为爱她，而是借由爱情的名义，将她推入一个万劫不复的深渊，以此稍减几分自身的骂名。

可美人终究是多情，她甘愿身死，也不想看到李自成与吴三桂当中的任何一个死在她面前。舍身救护的行为自然可以感动吴三桂，但又何尝不是伤了李自成的心?

看到这一段，我当真觉得这女子傻得可恶。任她风流多情也罢了，柔弱又缺乏主见也罢了——这吴三桂可从未挂怀过她的安危，倒是李自成一次次甘愿为她错失良机，偏偏她不忍看到任何一个对她好过的男人为她而死。

想来，这也就是多情美人的可爱之处吧。

那些独立坚强的女人不被男人爱护的原因，正是因为太懂得明辨是非，缺了盲目仰望男人的那一点小鸟依人的柔弱，故而就不讨男人喜欢了吧。

记得美剧《欲望都市》的第一季里，有过这么一段话：“长得好看，就像是拥有一间俯瞰中央公园的公寓——这完全就不公平，而且往往给了那些最不值得拥有它们的人。”

美丽的容貌，与略低于平均线的智商，大抵是相辅相成的关系。正因为生得好看，得到的从来是嘉许的眼神，所以眼前不知不觉蒙上了一层缤纷的伪饰。这样的人，通常要用更长的时间，才能看清这个世界。

当然，美人们脑袋里在想些什么，向来都是没有人在意的。

殊不知，崇祯将陈圆圆逐出宫，并非因为她犯了错，而是因为他自己对着美人便无心朝政；吴三桂打开山海关，恸哭六军俱缟素，是权衡利弊以后作出的抉择，却卑鄙地将一个小妾推上风口浪尖为他挡着。

李自成这样的大英雄，用词直白干脆：“睡过了天下第一美人”——他不说爱，不说拥有，用的是他认为最恰当的一个字。

就连那美刀王胡逸之，也只不过是醉心于初见一眼的绝世姿容，外加听过不到三遍的《圆圆曲》，对这女人不曾有过半分灵魂上的了解。

枉这陈圆圆负了千古骂名，枉她阅人无数，枉她礼佛多年，终究也勘不破真相，甚至还让全世界与她一同误以为她遇到过爱情。事实上，她在男人眼中，不过是一尊华丽精致的瓷娃娃罢了。

如此看来，生而为女人，岂非悲哉？

【苏菲亚：放诸四海皆准的草莽】

金庸的作品当中，提起放荡女子，无人不知《天龙八部》中的马夫人康敏，而《鹿鼎记》当中的这位苏菲亚公主，却是影视作品大都删减掉了的，惟有阅读原著的人，方才能对她的“似水柔情”印象深刻。

苏菲亚初出场时，韦小宝的反应很是有趣：他心想：“公主殿下，那有这般乱七八糟的？”但随即想到，康熙御妹建宁公主的乱七八糟，实不在这位罗刹公主之下，凡皇帝御姊御妹，必定美丽而乱七八糟，那么这公主必是真货了。

提起建宁公主，那又是一个被金大师乱箭射死黑成内伤的人物，此处暂且不展开。

自从韦小宝在建宁那里失了身之后，他在男女一事上早已不再青涩。当他遇到这生性放荡的长公主，两人往莫斯科的途中，一路干柴烈火，却不知跟在一旁的双儿作何感想?

关于情色的部分姑且略过，因为连韦小宝自己都说，虽然这公主肌肤白皙丰腴，但罗刹人的皮肤却粗糙得很，手感实在很一般，体验自非上佳。

故事转折于韦小宝为避神龙教教主洪安通的追杀，随着苏菲亚一行人来到莫斯科城以后——风流公主驾到，城中政局却已是天翻地覆，后母不止夺了王位，更限制了苏菲亚公主的人身自由。

这位皇太后娜达丽亚的教训告诉我们：斩草不除根，后患无穷。

天生官场的好手韦小宝，此时运用他在戏文里听到的故事，向失去自由的苏菲亚公主出谋献计：“……搞得天下大乱，越乱越好。和尚打伞，无法无天！若不如此，怎抢得到皇帝做？”

于是乎，苏菲亚上演了一出罗刹国版的“武装夺取政权”。历史早已一再告诉我们，在等级森严的社会里，煽动底层人物来翻身做主，从来都是夺权的上策。

书中是这样一段：苏菲亚道：“……你们有没有勇气？是不是男子汉，大丈夫？敢不敢去杀人、抢钱、抢女人？”众火枪手齐声大叫：“敢，敢，敢！杀人、抢钱、抢女人，有什么不敢？”

贵族享用的伏特加便这样被任意瓜分了，那些衣食无忧、生活优越的富豪与大官，此时更是无辜遭受了一场飞来横祸。

观乎中国历史，这样具有讽喻意味的事件不胜枚举。自来夺取政权，都是一场阶级的颠覆：一群受压迫的人翻身而起，将另一群人踩在脚下，这便是皆大欢喜了，这便是暂得安宁了。可笑的是，过不了多久，同样的戏码也会报应在这群人身上。

及至于后来年长的苏菲亚被反夺权，继而遭到驱逐出宫，落魄得连韦小宝赠送的雕塑也被打得残缺不全——命运从不会忘记每个人应得的果报。所以说，做人若没有始终操控全盘的谋略与魄力，那么凡事总要留有余地才好。

其实那些所谓出身草莽的革命义士，起初都不过是为了一顿饱饭和一点尊严。但正如一个神话传说里所讲：当勇士手刃了凶残的恶龙，他坐在恶龙的椅子上，身上就开始慢慢长出鳞片。

这是我听过最残忍的英雄神话，却像一个破除不了的诅咒，总在历史上一遍遍地重演。

其实所谓的改朝换代，从来都是几个人交换角色、争夺筹码的陈年曲目，几千年来单曲循环——演的人乐此不疲，看的人却早就累了。

如果哪天让我穿越到古代，我大概也能教出几个朱重八、李闯王、洪天王之流吧。

太阳底下无新鲜事，自下而上的政权革命，大抵都不过如此。

【施琅：千里马的黄昏最长】

书中第一次提到施琅，是郑克塽拜见白衣尼九难师太时，提及自己的师承，仅仅说出一个“施”字，便被九难痛斥了几句。

施琅，原也是个君逼臣反的悲剧典型。

然而却没有人体谅过他的家破人亡，台湾郑家与明朝余党固然是对他深恶痛绝，但就连英明的康熙皇帝，也不声不响地将他投闲置散了好几年。

那一段施琅上门求韦小宝引荐的情节，可谓是官场潜规则的绝佳写照：

韦小宝心想："小皇帝十分精明，他心中所想的大事，除了削平三藩，就是如何攻取台湾。你说话就算不中听，只要当真有办法，皇上必可原谅，此中一定另有原因。"想到索额图先前的说话，又想："这人立过不少功劳，想是十分骄傲，皇上召他来京，他就什么都不买账，一定得罪了不少权要，以致许多人故意跟他为难。"笑道："皇上英明之极，要施将军在京候旨，定有深意。你也不用心急，时辰未到，着急也是无用。"

施琅站起身来，说道："今日得蒙韦大人指点，茅塞顿开，卑职这三年来，一直心中惶恐，只怕是忤犯了皇上，原来皇上另有深意，卑职这就安心得多了。韦大人这番开导，真是恩德无量。卑职今日回去，饭也吃得下了，觉也睡得着了。"

韦小宝善于拍马，对别人的谄谀也不会当真，但听人奉承，毕竟开心，说道："皇上曾说，一个人太骄傲了，就不中用，须得挫折一下他的骄气。别说皇上没降你的官，就算充你的军，将你打入天牢，那也是栽培你的一番美意啊。"施琅连声称是，不禁掌心出汗。

施琅这般天纵奇才，却要在韦小宝这等无能小人面前卑躬屈膝，对他的荒谬道理点头称是，读来颇有讽刺意味。然而无人不知，踏上仕途的人，大都是如此命运，才能本事都还是其次，最要紧的是懂得做人——说是懂得做人，更贴切地说，是懂得如何忘记自己生而为人的尊严。

后文说施琅打平台湾，只带了台湾土产给朝廷命官做礼物，气得韦小宝一路言语讥嘲。而韦小宝到台湾短短数日，就搜刮了一百万两银子，还能让台湾军民心甘情愿地爱戴他。

如此看来，想在仕途上春风得意，还不能不有几分厚颜无耻的能耐。

到最后，连韦小宝也不忍再讥刺，终于出言点醒——

韦小宝道："是啊。你这次平台功劳不小，朝中诸位大臣，每一个送了多少礼啊？"施琅一怔，道："这是仗着天子威德，将士用命，才平了台湾，朝中大臣可没出什么力。"韦小宝摇头道："老施啊，你一得意，老毛病又发作了。你打平台湾，人人都道你金山银山，一个儿独吞，发了大财。朝里做官的，那一个不眼红？"

施琅急道："大人明鉴，施琅要是私自取了台湾一两银子，这次教我上北京给皇上千刀万剐，凌迟处死。"韦小宝道："你自己要做清官，可不能人人跟着你做清官啊。你越清廉，人家越容易说你坏话，说你在台湾收买人心，意图不轨。这么说来，你这次去北京，又是两手空空，什么礼物也不带了？"施琅道："台湾的土产，好比木雕、竹篮、草席、皮箱，那是带了一些的。"

韦小宝哈哈大笑，只笑得施琅先是面红耳赤，继而恍然大悟，终于决心补过，当下向韦小宝深深一揖，说道："多谢大人指点。卑职这次险些儿又闯了大祸。"

我先前只道金庸写男女之情细腻入微，却不道，他真正的功力还在描摹人情百态。

寥寥几句，已然是将最深刻的官场生存之道解析得细致入微。

自古千里马常有，但常常跑不快——只因在某些体制内，并非是伯乐不常有，只要懂得一些抄近道的法子，任何人都可以变成你的伯乐，管你是不是千里马。

我倒是很喜欢施琅做的那一玉一金两个饭碗。易碎的玉比不得打不破的金，打造金饭碗，既体现了康熙对韦小宝皇恩浩荡，又表现出施琅于阿谀一道慢半拍的悟性。这两个饭碗，似乎象征着两种截然不同的为官之道。

但当中无论哪一种，都是一个孤高自诩的苦命清官，在赋闲若干年之后选择的对规则的妥协，仔细想来令人恻然。

有时候越是千里马，就越要经历漫长的黄昏。

相比起妥协以后的处处掣肘，在夕阳剪影下寂寥地独啸晚风，倒未尝不是一种高贵的姿态。

【归钟：悠悠经年大梦一场】

《鹿鼎记》当中，最让我恻然的，当属归辛树一家三口行刺康熙，寡不敌众、终遭擒获的这一段：

归辛树抓住绑在归钟身上的绳索，一绷一扯，拍的一声，绳索立断，抓住他身子，喝道："孩儿快走，我和妈妈随后便来。"向外一送，归钟便从殿门口飞了出去。便在此时，归氏夫妇双双跃起，向康熙扑将过去。

韦小宝见变故斗生，大惊之下，抢上去一把抱住了康熙，滚到了桌子底下，自己背脊向外，护住康熙。只听得拍拍两声响，跟着便有几名侍卫抢过，扶起康熙和韦小宝。看归氏夫妇时，只见均已倒在血泊之中，背上插了七八柄刀剑，眼见是不活了。

归辛树力杀数十名侍卫后，身受重伤，最后运起内力，扯断了儿子身上的绑缚，立即向康熙扑去。归二娘明白丈夫的用意，一来只盼临死一击，能伤了鞑子皇帝的性命，二来好让儿子在混乱之中脱逃。两人手脚都为绳索牢牢捆缚，再也无力挣断，还是一齐跃起，向康熙冲击。但两人力战之余，已然油尽灯干，都是身在半空，便即狂喷鲜血，再也支持不住，摔下地来。众侍卫就算不再砍斫，两人也早毙命了。

康熙惊魂稍定，皱眉道："拉出去，拉出去。"侍卫齐声答应，正要抬出二人尸首，突然殿门口人影一晃，窜进一个人来，身法奇快，扑在归氏夫妇的尸身上，大叫："妈，爹！"正是归钟。

数名侍卫兵刃斫将下去，归钟竟不知闪避，兵刃尽数中在他身上，只听他喘气道："妈，你……你不陪着我怎么办？我不认得路……"咳嗽两声，垂首而死。他一生和母亲寸步不离，事事由母亲安排照料，此刻离开了父母，竟是手足无措，虽然逃出了养心殿，终究还是回来依附父母身畔。

遥想《碧血剑》里归辛树夫妇为了救这个多病的儿子，不惜搅得天下大乱，更与师弟袁承志结下梁子。

我原以为袁承志慷慨赠药便即化解了这一场噩运，殊不料待那归钟小儿长到中年，仍是这般虚弱痴傻，可敬可叹的是归辛树夫妇二人的无微不至——果真生而为父母，就注定了一生都是不住的羁绊。

龙应台曾说："所谓父女母子一场，只不过意味着，你和他的缘分就是今生今世不断地在目送他的背影渐行渐远。"每每读到这句话，我脑海里总能浮现出台湾的民舍小屋，夕阳余晖逐渐消散，孤寂的老人倚靠在门板上，镜头沿着长长的木地板缓缓移动，留下一个落寞的侧影。

然而世间还有一种父母与子女的关系，却比这样依依不舍却无能为力的分离更为凄恻。

我有一家亲戚，也是生了一个智力只有八九岁的儿子，那个儿子与我父母同辈，一起吃饭的时候话从来不多，总是笑得灿烂。他在一间学校做清洁工，人到中年了仍是一副天真无邪的样子，与父母住在一起，做每一件事都要听父母的叮嘱。

有一年他突然失了踪，一时之间急坏了一家人。就在那段时间，他年迈的父母，焦急地走上街头打听他的行踪，电话更是打遍了每一个认识的人，卑微地请求帮助。

后来他总算是安然被找回来了——被人骗走了身上财物，拐去了一个不知名的地方，索性那坏人还不至于狠下毒手。

虽然是化险为夷谢天谢地，但每次想起那段时间他父母的愁苦，我总是觉得内心恻恻。

同龄人都到了含饴弄孙的年纪，自己也是鬓边银丝尽显，却还要牵着永远长不大的儿子，为他的每一步路操碎了心。

其实在书中，对于归钟来说，他来到世上的数十年，就像是做了一场黄粱好梦——他只是永远地随心所欲，永远地吃喝享乐，永远不曾认清自己脚下的路。等到一朝踏进迷途，他走不出去，也唯有一句：妈，你不陪着我怎么办？

还能怎么办？

人到了最后总要孤独地面对这个世界，倘若没有这个本事，也的确没有资格活下去了。

可怜的是堂堂神拳无敌归辛树，纵然他们夫妇可以称霸武林、可以凭本事做一对偏激执拗死不悔改的硬骨头——在天伦的羁绊下，在触及内心最柔软的部分时，任凭有多大的能耐，他们终究还是无从选择。

【阿珂、方怡：那个不爱我的你，是床前悠悠明月光】

其实我本该把阿珂与苏荃放在同一类，因为这两个女人出场时都曾令满室生辉——凭常理看来，两者也都是韦小宝绝对不可能追到的女神。

然而就个人属性来看，阿珂与方怡两人更为类似。

可不是吗？就连情敌的设置也颇为类似：刘一舟、郑克塽，无不是先前与女神郎才女貌、你侬我侬的高富帅，任何一项指标都可以甩开韦小宝几条街。

如此说来，韦小宝果真是靠无赖手段获胜。很多时候他对女人的追逐占有，并非是因为真心喜欢，往往只是因为女人长得漂亮，激发了他卑鄙的占有欲。遇见方怡的时候，刚刚进入青春期、连二女同床都只知道亲个嘴的正太韦小宝，又怎懂得“娶老婆”的真正含义？

我原以为韦小宝冒险取回发簪的那一段，已然令得方怡动了心。在第一次道别的时候，方怡表现出的眷恋，自然也是情真意切。

孰料后来方怡与沐剑屏莫名其妙地入了神龙教，虽然刘一舟早已叛变组织、不知所踪，然而方怡对韦小宝一次又一次的虚情假意和陷害，又实在是让人替韦爵爷心寒。

到后来神龙教彻底覆亡，方怡随着苏荃一起嫁给韦小宝，从此再无二心，也让人觉得突兀。怕是这部人物繁多的作品已然耗去了作者大部分的心力，关于方怡这样“七个老婆当中的一个”的卑微角色，作者也再懒得耗费力气下笔墨为她的行为提供解释了吧。

用韦小宝的话来说，反正都已是“大功告成”，还计较那么多做什么？

倒是阿珂，这绝色女子一次次宁死也不让韦小宝碰，足以看出她对这男人是厌恶至极了。反观她对郑克塽，纵使韦小宝设下了那么多令人啼笑皆非的恶作剧，污蔑郑克塽嫖院欠赌债，又逼他迎娶男人假扮的丑女，阿珂在看他一次次出尽洋相之后，终究还是痴心不改。

其实爱情当真是没有道理可讲的，有句话说得好：如果他对你无动于衷，赶紧寻找下一个 Mr.Right 吧。不要妄想着变成他喜欢的样子，因为一切注定了是徒劳。

爱情本来也不是加减乘除就能得出答案的，如果痴心可以改，那也就枉称为痴心了。

所以到了最后，已为人妇的阿珂想起郑克塽时，这一段心理活动颇值得玩味：只有阿珂默默无言，心想当年若是嫁了郑克塽，势须随他一同被俘，去了北京，亡国妾妇，难免大受屈辱。当日眼见郑克塽乘小艇离通吃岛，于他生死存亡就已浑不关心，此时听到他失国降敌，更不在意下，回忆前尘，自己竟能如此为他风采容貌所迷，明知此人是个没骨头、没出息的纨绔子弟，自己偏生就如瞎了眼睛一般，对他一往情深，此刻想来，兀自深感羞惭。

要说那翩翩贵公子郑克塽没骨头，她阿珂的丈夫韦小宝，又是个有骨头的硬汉了吗？

那郑克塽再怎么缺乏将才，好歹也是锦衣玉食喂养大的，一身尊贵的公子气乃是浑然天成，怎样也不会似韦小宝这般地痞无赖，第一眼就惹她生厌吧？

被韦小宝抓了一把胸就挥剑自尽、险些丧命的刚烈少女阿珂，竟然在被韦小宝玷污以后，不过是恨恨地出走，再无寻死觅活之意，说来也有些奇怪。或许她也有过轻生的念头，不过腹中胎儿令她蓦然接受了角色的转换，少女的刚烈果决，都在既知将为人母的那一刻，与她挥手作别了。

那一刻对郑克塽轻蔑不已、对自己的选择庆幸不已的阿珂，已然忘记了最初的倔强，选择了对生活际遇的妥协。

她不再如少女般追逐着心动的美好，不再有剧烈的情绪起伏，她是韦小宝长子韦虎头的生母，每夜与六个姐妹掷骰子决定谁与夫君行房——几年前的阿珂又何曾想到，这般她从前最为鄙夷的行径，竟然成了她的生活。

再看看昔日不屑睥睨韦小宝的郑公子如今的景况，倒让人不禁生出几分悲悯来：韦小宝慢慢低下头来，只见眼前站着个弓腰曲背的老头儿，头发花白，容色憔悴不堪，仔细再看，这人年纪倒也不怎么老，只是愁眉苦脸，眼角边都是皱纹，颏下留了短须，也已花白，再凝神一看，却不是郑克塽是谁？数年不见，竟然老了二三十岁一般。韦小宝先是大奇，随即明白，他这几年来苦受折磨，以致陡然衰老，不禁起了怜悯之意，但跟着想起当年他在通吃岛上手刃陈近南的狠毒，怒气立时便涌将上来，冷笑道："你是谁？"郑克塽道："在下郑克塽，韦大人怎地不认识了？"

与阿珂一样，曾经趾高气扬、为了争权夺位而手刃忠臣陈近南的世子郑克塽，又何曾料到，他有朝一日会落得如斯田地，被一个一无是处的小人踩在脚底下蹂躏？只能说，做了孽，终究是要尝到果报的。

曹禺在写作《雷雨》时，曾经说过："我念起人类是怎样可怜的动物，带着踌躇满志的心情，仿佛自己来主宰自己的命运，而时常不能自己来主宰着。"

他又说："我用一种悲悯的心情，来写人物的争执。我诚恳地祈望着看戏的人们，也以一种悲悯的眼光来俯视这群地上的人们。”

其实我们固然能够以看客的身份感叹他们的命运，但回过头来，自己面对的何尝不是无从主宰的人生?

每个人的人生都与紫霞仙子的爱情一样，正因为猜不到结局，才愈发地让人执迷不悟。

最后感叹一句：韦小宝曾经可以为方怡的一句话身陷魔窟要生要死，更曾经为了阿珂厚颜无耻地一次次抵受屈辱，然而等她们都成了韦夫人之后，韦小宝对她们的爱意便仅限于“亲个嘴儿”，心情好的时候笑一笑，七位夫人一视同仁，再也没有特别热烈的追逐。

但倘若她们当中有一个，宁愿孤独地转身，也不妥协于这场原本就远非所愿的婚姻呢?

如果那样的话，我相信即便韦小宝坐拥六美，心中也将会永远留有一块神圣不可侵犯的区域，永远留有那么一束月光，映照着那个他此生无法得到的女人，成为绝美的维纳斯神像。

【双儿：男人心中的乌托邦】

金庸曾经说过，在写《倚天屠龙记》的时候，他觉得最可爱的女子，既不是赵敏也不是周芷若，而是张无忌身边那个顺从乖巧的丫头小昭。

分别之际，张无忌挑动了小昭的情欲，却被紫衫龙王及时喝止。小昭终究是孤独地远赴波斯，做了她的处女教主。

为了弥补这一份缺憾，在《鹿鼎记》当中，金庸特意写了双儿这样一个角色。

双儿几乎具备了所有男人梦寐以求的优点：她漂亮可爱，反应快，武功好，温柔听话，从不争风吃醋，更愿意为了韦小宝豁出自己的性命。

在所有的女人当中，惟独双儿一个，是从头到尾不曾给他吃过一点苦头的人。

韦小宝自然最爱双儿。无论走到哪里，他第一个希望在他身边的女人永远是双儿。也惟有双儿的安危，才能够让他一时把对阿珂的爱慕和对建宁的肉欲，通通抛于脑后。天地会那铁丐吴六奇，也正是怜悯双儿对韦小宝的一片真心，方才与其结拜为兄妹，以此抬高这个小丫头的门楣。

只不过，像这样一个满足了男人一切幻想的完美妻子，又陪伴男主角走过最艰难的岁月，终究还是不能独占这男人的心。

当年郁达夫追求王映霞的时候，坚决不肯与原配离婚，为自己找了千百个借口托辞。这男人一面高喊着解放女性，一面仍是三妻四妾，以至于后来与王映霞吵架的时候，索性称她为“下堂妾”。他心中对男尊女卑旧制度的认同是何其根深蒂固，这时终于袒露无遗。

倘若如今仍是一夫多妻制，想来那些一朝小人得志就想另娶新妇的男人，也不至于会那么绝情地抛弃自己的糟糠之妻。虽然早已熬成了审美疲劳的黄脸婆，但毕竟是一起走过多年岁月的伙伴，正如《一声叹息》里的张国立所说：牵你的手，就像左手牵右手没感觉，但砍下去也会疼。

如果妻妾可以和平共处，男人又何必多此一举，砍下一只手去，白白增添许多不便?

渡边淳一曾说，偷腥是男人的天性，与其让他在外面找到固定的情人，倒不如允许他花钱嫖妓。

似这般低等动物大言不惭的理论，作为女人，当真是无法理解。

而双儿这样与世无争的绝世好女人，也只能存在于男人的幻想里罢了。否则，你想得美啊，人家要漂亮还要贤惠，要有本事还要听话，最重要的是从头到尾对你忠贞不二，并且能够温柔和顺地与你的众位妻妾相处融洽。

旧时代的女人或许容易认命，但今时今日，要找到这样一个老实的妻子，恐怕难度不亚于和少年天子结成知己。

也不是说这样“乖巧懂事”的女人完全绝种了。

但最起码，一个女人能心甘情愿地为男人卑微到这个份上，且不论智商与本事，她的容貌一定好看不到哪儿去。

【苏荃、建宁：荷尔蒙至上】

神龙教教主夫人苏荃出场时，容貌惊艳不单止，更令人心驰的是那把声音柔媚入骨，果真与马夫人康敏一般，当得起“尤物”二字。

也难怪那教主洪安通一大把年纪了，还跟她你侬我侬，搅得整个神龙教乌烟瘴气。

这样一个动不动就“格格娇笑”的女人，想也知道，某一方面的功夫，定必与《红楼梦》中的多姑娘有得一比。

从开头相遇时我便百思不得其解：韦小宝那么一个武功差劲的小无赖，就算是拼床上功夫也未必能做洪教主的对手，他是用什么法子抢到这位千娇百媚的洪夫人的呢？

到了最后，他用的这法子，当真让人大跌眼镜。

与追到阿珂的手段一模一样，那一日他在扬州丽春院，把除了建宁之外的六女，外加假太后毛东珠搬上了床，熄灯盖被胡天胡地了一番……却原来，这位洪夫人苏荃，因为丈夫修炼神功，早已多年未尝男女之事，此番更被韦小宝一击即中，怀上了身孕。

就此，所有原本距离极远的美人们，都被韦小宝一番胡搞乱搞，尽数收入了囊中。

而说到胡搞乱搞，这里不得不提的是韦小宝的启蒙老师——建宁公主。

金庸大师并不是大家想象的正襟危坐的文学泰斗，他在写作的时候，更多的是用一些令人咋舌的情节进行调侃，例如韦小宝一次次恶整情敌郑克塽，又例如建宁公主的这一段重口味的戏份。

女人强暴男人，还发生在男女大防的古代，发生在皇室贵胄的身上，真令人想也不敢想。

在护送建宁嫁去云南的一路上，韦小宝终于从一个只懂得口头猥琐的小处男，变成了一个初尝人事的男人。我不知这滋味究竟有多美好，竟然能令韦小宝将随行队伍中的美人阿珂也抛在脑后。

从头到尾，我看不出韦小宝对建宁有哪怕一分的真情，但单是肉体上的眷恋，亦足可以成为他选择与这个女人一起生活的原因。

建宁自知骄纵刁蛮，平日少不得与韦小宝斗嘴，还要其余的六位夫人来劝架。

初初在通吃岛住下时，建宁随夫拜祭陈近南的那一段，将这当中的情形写得相当到位：韦小宝率领七女，掩埋陈近南的遗体，眼见黄土盖住了师父的身子，忍不住又放声大哭。众女一齐跪下，在坟前行礼。公主甚是不愿，暗想我是堂堂大清公主，怎能向你这反贼跪拜？然而心下明白，自己虽是金枝玉叶，可是在韦小宝心目之中，只怕地位反而最低，亲厚不及双儿、美貌不及阿珂、武功不及苏荃、机巧不及方怡、天真纯善不及沐剑屏、温柔斯文不及曾柔，差有一日之长者，不过横蛮泼辣而已，若是不拜这一拜，只怕韦小宝双此要另眼相看，在骰子中弄鬼作弊，每天晚上赌博之时，使自己场场大胜。当下委委屈屈的也跪了下去，心中祝告：“反贼啊反贼，我公主殿下拜了你这一拜，你没福消受，到了阴世，只怕要多吃苦头。”

后来韦小宝与建宁吵架，也相当之有趣：韦小宝怒道：“双双这小丫头呢？快过来，老子要打她屁股。”公主嗔道：“好端端的为什么打女儿？”韦小宝道：“谁教她的娘这么讨厌！”

建宁以御妹之尊，每日受这男人呼来喝去——最初贪新鲜、喜欢被人忤逆，那也罢了，但长年累月下来，刁蛮个性总归要被磨平，每一次真正觉得委屈，又有谁能给她一个肩膀？

想想那在她刀下做了太监、又在她皇兄刀下做了鬼的世子吴应熊，倘若不是造化弄人，建宁能安心在平西王府做一世的福晋，夫君英俊潇洒又善于哄骗，生活无忧享尽尊荣，终归也不至沦落到"七个老婆当中地位最低"的境地。

苏荃也是一样，那洪教主老则老矣，但对她却是豁出身家性命的真爱。多年来她权倾神龙教，正是因为那洪教主眼里心里，从来都只有她一个——不似跟了韦小宝，终其一生不过是那男人家眷的七分之一。

只怪建宁与苏荃一样，都是荷尔蒙太过旺盛的女人，怎么也耐不住肉体上的寂寞，终于为自己选择了饮食男女的寻常人生。

【沐剑屏、曾柔：没见过世面的姑娘】

要说小郡主沐剑屏对韦小宝有感情，他们在宫中相处多日，两人又都是天真无邪的年纪，共历患难之后变得依依不舍，倒也不难接受。可是，我一直无法理解，曾柔这姑娘，又何至于对韦小宝死心塌地？

初次见面之时，韦小宝用一个掷骰子的小花招，救了王屋山一干人的性命，也博得了小美人曾柔的青睐。

想不到自此以后，曾柔便将韦小宝作弊用的灌铅骰子随身携带，当做定情信物般的贴身至宝。

而后在扬州丽春院，与韦小宝仍算不得太熟悉的女扮男装的曾柔，被韦小宝一同搬上了床乱搞，事后竟然也泰然处之，只是言辞冷淡地责备了几句，待韦小宝放阿珂、方怡和苏荃离开之后，曾柔的脸色登时回暖。

即便是掷骰子的时候就已经对这个冒牌大英雄一见倾心，在做他跟班的数日里贴身观察，乃至于等到被他放上床玩弄……这位纯情少女，还不曾有半点醒悟吗?

女人最初对一个男人的爱慕，是说什么也不会上升到愿意与他洞房的境界的。

一个如此不尊重女人的猥琐男，又如此风流淫乱，这一路事事崇拜他的沐剑屏与曾柔，一个是沐王府受尽宠爱的小郡主，一个是王屋山众人的掌上明珠——大抵也如华山岳灵珊的地位了，都是富养长大的女孩子，怎么遇上个猥琐男勾勾小手指，就被迷得找不着北了呢?

这样的情况，只能有两个解释。

其一，爱情原本就是盲目的。正如韩剧《请回答1997》里面所说：“如果我知道为什么喜欢你就好了，那样的话，我就可以找到不喜欢你的办法了。”也如郭襄对穆念慈的一句评语：“她既喜欢了杨叔叔，杨叔叔便有千般不是，她也要喜欢到底。”这样说来，质朴单纯如沐剑屏与曾柔，既然一开始动了心，后来即便是一路上看到韦小宝越来越多的缺点，也只能含嗔带怨地喜欢下去了。

至于其二……

如今在校园里，我们常常可以看到男女携手两情缱绻地依偎在一起，每当看到形貌稍有猥琐的情侣，我单身的舍友便会露出忿忿不平的神色：“凭什么那样的女孩子也有人爱！”我则总是毒舌地一盆冷水泼过去：“如果那个男的给你，你要不要？”就此以啼笑皆非的方式结束这场单身女人的羡慕嫉妒恨。

其实我始终相信，这个世上，一定有一个人是为另一个人存在的。

别看生活中有些人或许其貌不扬，在他们身上，也一定有足以让另一半死心塌地的过人之处。而至于那些由外到内都极其不般配的情侣，作为看客，亦无须感叹是那个男人或是女人瞎了眼，不用感叹鲜花插牛粪、王子配巫婆——这当中，要么就是条件差的那一方太有手段，要么就是条件好的那一方，见过的世面太少了。

如果从小到大，你身边的都是些内外兼修的人中龙凤，你自然会变得眼光更高——或许紫衫龙王黛绮丝是一个特例，放着风流倜傥又痴心不二的范遥不要，硬选了那处处平庸的韩千叶。但人家对情感共鸣的要求何其苛刻？金花银叶隐居孤岛，黛绮丝终生保持着倔强自私的个性，对所爱更是此生不渝，足见丈夫对其是何其宠溺。

高傲如光明右使，怎可能做到那般体贴迁就做小伏低？

这里就不要提偶像剧里面那些脑子被门夹的高富帅了，经典偶像剧《王子变青蛙》里，单均昊如果不是摔坏了脑子，也不会沦落到另一个阶层，眼里永远也不可能瞧上那个瓦斯妹。

倘若见过世面的人，即便是口味独特喜欢刺激，最终择偶的标准，也会是以感情深浅为导向，而决计不会是随随便便把自己托付给一个像韦小宝这样的花心无赖。

不要紧，人生还长得很，花满地奇树满林，我们不必在懵懵懂懂的年纪，就草率地为自己的一生做下决定。

有的时候，是一定要把风景看透，才有资格和本事觅得合适的人，同看细水长流。

【玄烨：乌生鱼汤，垂钓于江】

我觉得，让《鹿鼎记》成为我读的最后一本金庸的作品，乃是冥冥注定。

人生总要先有一些豪气干云的英雄梦想，最后才回归到软弱无力的现实面前。

《鹿鼎记》里面没有一个真正的英雄，没有一段纯粹的感情——哪怕连家国天下的陈近南，也只是迂腐地忠君爱主。天地会与神龙教的绝顶高手更是事事以自己为先，沐王府的英雄将亲情与面子看得比侠义更重。就连一起长大的康熙与韦小宝，他们之间的友情，也充满了各种各样为现实所限的虚伪。

其实阅读的过程常常让我觉得心烦，看那些层出不穷的人物，看猥琐男韦小宝一次又一次化险为夷，怎么都觉得，这个角色实在是不讨人喜欢。

但这种心烦，每到了看韦小宝与康熙的对手戏的时候，就会突然安定下来。

不管是不是腐女的心在作祟，我始终很喜欢看这两个人在一起。英明神武的千古一帝与插科打诨的无赖瘪三，偏偏就可以擦出异样的火花。每每看到康熙在韦小宝面前卸下伪装，放肆地说出一句“他妈的”，我便会忍不住会心一笑。

尤其有意思的是韦小宝天地会香主身份揭穿的这一段——

韦小宝磕头道：“奴才虽然身在天地会，可是对皇上忠心耿耿，没做过半点对不起皇上的事。”康熙森然道：“你若有分毫反意，焉能容得你活到今日？”韦小宝听他口气有些松动，忙又磕头说道：“皇上鸟生鱼汤，赛过诸葛之亮。奴才尽忠为主，好似关云之长。”

康熙忍俊不禁，心中暗骂：“他妈的，什么诸葛之亮，关云之长？”只是在这要紧的当口，倘若稍假以辞色，这小丑插科打诨，顺着杆儿爬上来，再也收服他不住，喝道：“你给我从头至尾，一一招来！只消有半句虚言，我立刻将你斩成狗肉之酱！”说到最后四字，嘴角边不由得露出笑意。

到底是从小打到大的玩伴，康熙也是韦小宝唯一愿意舍命保护的人。贪婪如韦小宝，搜刮民财从不嫌多，但在明知自己熟记一幅旷世宝藏的藏宝图的情况下，为了不掘断大清的龙脉，为了保护小玄子的周全，他还是放弃了这笔财富。

同样是宝藏的诱惑，这个故事里没有《碧血剑》的大义凛然，也没有《雪山飞狐》里的人情百态。韦爵爷为了义气，一个放弃的转身，堪称他此生最潇洒的动作。

像这样的兄弟情谊，到了后来，康熙竟也开始用“忠心”来衡量眼前这个人。

豆瓣有网友说，当看到康熙用忠心来试探韦小宝的时候，他捧着书，不仅有几分想哭的冲动。

难怪皇帝都要自称“寡人”。站的位置高了，顾虑的事情愈发的多，最终必然都成了孤家寡人。

韦小宝别的方面一窍不通，阿谀自保一道，倒是无师自精。他随时都能敏锐地判断出，到了何等年纪便不该叫他小玄子，能细腻地察觉到皇上的情绪变化，从而调整自己玩笑的尺度。

还有很重要的一点：倘若韦小宝如其师陈近南般，当真有几分过人的本事，康熙也未必会一直皇恩浩荡地宠着他。正所谓“木秀于林，风必摧之”，千古明君的背后，固然需要强将能臣，但历史上真正能得到超乎寻常的殊荣，并且还能善终的，几乎无一不是看上去一无是处的弄臣。

在波谲云诡的政局里，出人头地或许靠能耐，但想要保命，正正靠的是无能。

这韦小宝的狡猾，在老谋深算的康熙皇帝面前，只能算是小儿科的水平了。这不，康熙随随便便一个玩笑，就可以将韦小宝吃得死死的：

赵良栋道：“皇上说，从前汉朝汉光武年轻的时候，有个好朋友叫做严子陵。汉光武做了皇上之后，这严子陵不肯做大

官，却在富春江上钓鱼。皇上又说，从前周武王的大臣姜太公，也在渭水之滨钓鱼。周武王、汉光武都是古时候的好皇帝，可见凡是好皇帝，总得有个大官钓鱼。皇上说道：皇上要做鸟生鱼汤，倘若韦爵爷不给他在这里捉鸟钓鱼，皇上怎做得成鸟生鱼汤呢？韦爵爷，属下是个粗人，为什么皇上要派爵爷在这里捉鸟钓鱼，实在不大明白。不过皇上英明得很，想来其中必有极大的道理。”

韦小宝道：“是，是！”只有苦笑。明知康熙是开自己的玩笑，看来自己如果不答应去灭天地会，皇帝是要自己在这里钓一辈子的鱼了。这五百名官兵说是在保护公主，其实是狱官狱卒，严加监视，不许自己离岛一步。他越想越悲苦，一席酒筵草草终场，竟然酒后赌钱也不赌了，回到房中，怔怔的落下泪来。

韦小宝也曾自比孙悟空，说自己无论如何也逃不出小玄子这如来佛祖的手掌心，此话诚然。康熙用驾驭朝臣的法子对付韦小宝，固然是手到擒来，但用这样的手段对待自己唯一的朋友，读起来怎么也觉得有些替韦爵爷难过。

在这相互试探算计的友谊中，二人之间偶尔显露出来的一点真情，却又十分感人肺腑。当时韦小宝与七个老婆住在通吃岛上，半夜忽然听到怪声：

过得片刻，风声中传来一股巨大之极的呼声，这次听得甚是清楚，喊的是：“小桂子，小桂子，你在那里？小玄子记挂着你哪！”韦小宝跳起身来，颤声道：“小……小玄子来找我了？”公主道：“小玄子是谁？”韦小宝道：“是……是……”“小玄子”三字，只他一人知道就是康熙，他从来没跟谁说起过，康熙自己更加不会让人知道，忽然有人叫了起来，而声音又如此响亮？他全身颤抖，只觉此事实在古怪之极，定是康熙死了，他的鬼魂记挂着自己，找到了通吃岛来。瞬时之间，不禁热泪盈眶，从山洞中奔了出去，叫道：“小玄子，小玄子，你找我么？小桂子在这里！”

这是完完全全的自然反应，没有权衡过是不是圈套，没有任何的犹豫。他不顾一切地走向那个声音，暴露自己的所在，正是因为对小玄子的那一份真情。

包括他之前屡次的舍命相救，许多时候，我相信他自己都忘了身上的护体宝衣。那不是一个忠臣在保护他的主子——无赖韦小宝永远做不了深明大义的忠臣，他更无所谓为了天下苍生。每一次挺身而出，他只是作为小太监小桂子，下意识地保护自己唯一的好兄弟。

然而就连通吃岛上的这一回暴露行踪，也是康熙算无遗策，料定了小桂子对他的感情。

我不知道康熙四处派人寻找韦小宝，乃至于后来自己数次亲下江南，当中有几分是为了找回最信赖的好朋友，又有几分是为了榨取他身上的剩余价值——命令韦小宝剿灭天地会。

每念及此，我总要觉得恻然。这对昔日打打闹闹的好哥们儿之间，终究被时间的洪流，掘出了一道无法跨越的沟渠。前段时间我的好朋友博妃也跟我灌输了一个道理：人生在世，其实根本不需要“最好的朋友”，尤其在我们这个年纪，根本不需要妄想去抓住身边的任何一个人，等我们达到了应有的高度，有了自己固定的阶层，最适合的人一定会出现在身边。

我很难接受，这是一个不到二十岁的男生说出来的话。

但是不可否认，他说的每一个字都敲在了我心上。

博妃说：“当你脱离了现实的羁绊，你就能获得纯粹的感情。这个就两种情况，一个是小时候，一个是你成功的时候。”

诚然，倘若韦小宝不是圣眷日隆，朝内朝外的那些达官贵人没有谁会对他笑脸相迎，陈近南不会屈尊收他为徒，沐王府不会奉他为英雄，神龙教不会对他委以重任……惟独一个康熙，与他感情最纯粹的时候，却也是不懂事的幼年。

什么都不懂的年纪，曾经最掏心，所以最开心。但那到底只不过是曾经。

当我领会到这个道理的时候，我一个人坐在天台，远眺广州的灯火辉煌，听着耳机里杨宗纬唱的《流浪记》，泪水就这样哗哗地掉。原来我们都要孤独地面对这个世界，没有哪个港口是永远的停留，没有哪个朋友是可以亲密无间走到最后。

陈奕迅也唱过：就算来年陌生的是昨日最亲的某某，也总好于那日没有遇见过某某。他也还唱过一句：极灿烂时光，一去难再遇上一次。

逐渐长大以后，小玄子与小桂子之间有了阶层的区分。命运的手将他们分在了截然不同的两岸，朋友固然还是朋友，但两人的感情也掺杂了太多其他的东西，再也不可能纯粹。

人生不相见，动如参与商。今夕复何夕，共此灯烛光。

长大成人就是这一点可怕，我们都会变得冷静而理智，能够在几秒钟以内，站在自己的立场，迅速计算出得失。“这个朋友值不值得交”，判断的标准也不再是情感上的需求，而更多的是理性地考虑现实价值。

在《鹿鼎记》当中，没有真正的英雄，没有纯粹的感情，没有浪漫得令人心折的邂逅，没有豪壮得令人热血沸腾的梦想——这个故事，不像之前的任何一部金庸作品，给我们塑造出一个充满激情的武侠世界。

这个故事里面，有的是官场百态，有的是丑陋的人性，有的是妥协的选择，有的是千疮百孔的爱情。我们大都接受不了这个故事的不完美，甚至于在《鹿鼎记》最初发表的时候，就有大批的金迷不敢相信是金庸所著，怀疑这部作品是枪手代笔。

然而，从前的每一个武侠故事都是梦想，惟有《鹿鼎记》才是真正的生活。

我们往往做不到一琴一箫笑傲江湖，做不到一人一雕隐居山林，做不到豁出身家性命镇守襄阳，也做不到为了黎民福祉以断箭刺穿自己的心窝。

我们唯一最容易做到的事，就是在现实面前无奈地叹一口气——在上级面前，恭恭敬敬地奉承一句“鸟生鱼汤”；在朋友面前，或许偶尔可以敞开怀抱，笑着骂一句“他妈的”；在追逐爱情的时候，首先使用的不是真情，而是争斗竞逐的手段。

正所谓，观破世事惊破胆，参透人情冷透心。

曾经有人说：“我不怕死，可我怕我死了以后，再也没有人像我一样爱你。”于是十二少和如花情到浓时，共吞鸦片自尽，而十二少被救过来以后独留人世，却再也没有勇气为爱情死第二次。

在鲁迅的小说《肥皂》里，主角四铭那敏锐聪慧的妻子，在鄙视了丈夫的虚伪行径以后，却没有与丈夫决裂，仍然将丈夫送她的肥皂拿来用了很久。我们老师是这样解释：“人成长以后总要回归柴米油盐，当一个人年纪越来越大，坚持的勇气就会越来越少，很难做到年轻时的决绝。”

所以，太美的承诺，总是因为太年轻。

什么白头到老，什么非你不可——这世间，根本没有那样完美如海市蜃楼一般的情感。没有谁一定和谁走到最后，没有谁离了谁是不可以的。当明白了这些以后，那些一夜白头永不分离的誓言，还能信誓旦旦地说出口么?

所有悦耳动听的情话，诸如所谓“对的人在对的时间相遇”，所谓“你是谁，就会遇见谁”，所谓“我知道，你一定会来”——仔细想来，其实也是说：一个人只有在确定了自己的位置以后，才能接收到相同档次的人，也才能调整出自己面对这个世界的最佳姿态。

这个道理，大概还需要我们慢慢消化。

不管怎样，有一句话是没有说错：若想获得纯粹的感情，首先就要让自己变得强大。也惟有变得强大，才能保护好内心深处的那一点未经污染的灵魂。

这，便是我阅读的最后一部金庸，所告诉我的，最深刻的道理。

当有朝一日，所有的英雄梦想，都不得不在现实面前跪下——我只希望各位的心中，还能保有一席之地，仍住着当年那个不谙世事的小玄子。

浅析金庸笔下的三角关系

一、苗人凤、南兰与田归农：英雄救美的终极意淫

我的心目中，一直有一个不可救药的“英雄救美”情结。

在影响了一代人的电影《大话西游》里，朱茵扮演的紫霞仙子，哪怕明知第二天要嫁给牛魔王，也丝毫不害怕。因为她总是深深地相信，她的意中人，那个“身披金甲圣衣”的盖世英雄，一定会在最后一刻来救她。

一旁的青霞则无奈地翻了个白眼：“傻女，唔好发梦啦！”

发梦般的“英雄救美”桥段，倘若出现在韩国和台湾偶像剧里，总是不外乎两种情况：

其一，女主角被配角渣男抛弃的时候，英俊多金的男主角闪亮登场，怀着抱打不平的心态，牵着素昧平生的女主角，狠狠将渣男羞辱一番。最早的例子，应该是《流星花园》里的西门与小优了。

其二，女主角被一群歹毒的女人羞辱甚至围殴，头发散乱狼狈不堪（通常是被泼了一脸的水），此时万众瞩目的长腿男主角翩翩降临，让人群顿时肃然。然后他无视人群异样的目光，用迷人的姿势带女主角大步离开现场。

这两种英雄救美的偶像剧俗套，荼毒了太多少女的心。为了突出“拯救”这一动作的慷慨潇洒，偶像剧总是喜欢将“英

雄”包装成英俊多金的“王子”形象。但谁也没有想到：如果“英雄”和“王子”站在对立面，那么故事又会是什么样子？

许多年后，Jennifer Lee 创作了一部颠覆俗套的动画《冰雪奇缘》，彻底将“英雄”和“王子”割裂开来——英俊多金的王子其实是歹毒的坏人，一文不名的穷小子才是拯救公主的英雄。这部动画以其精良的制作获得了奥斯卡最佳动画长片奖，也从此向观众们刷新了“英雄救美”的概念。

其实，早在上世纪的金庸武侠小说里，“英雄长相猥琐，王子内心猥琐”这一类的设定就层出不穷。

所谓“英雄救美”，说白了，就是一群坏人想和一个姑娘睡，那姑娘不乐意，这个时候英雄就出现了，他打败了坏人，然后把姑娘给睡了。

在这样的设定里，姑娘本身是没有自主权的。不管被救或不被救，她的结局都是和一个她本来不爱的人睡。而不管救她的是阿猫还是阿狗，她出于道义，都不能不以身相许。

《飞狐外传》里的官家小姐南兰，就是这样一位不由自主的姑娘。

这位南小姐美得惊人：“**那小姐相貌娇美，肤色白腻，别说北地罕有如此佳丽，即令江南也极为少有。她身穿一件葱绿织锦的皮袄，颜色甚是鲜艳，但在她容光映照之下，再灿烂的锦缎也已显得黯然无色。**”这样描述还不够的话，那就再看看观众的反应：“**众人眼前一亮，不由得都有自惭形秽之感，有的讪讪的竟自退到了廊下，厅上登时空出一大片地方来。**”

南兰跟随父亲进京补官，途中遇到一群歹人，杀了她父亲，夺走了她父亲携带的宝刀，还要强行将她占有。此时，一个粗手大脚的乡下人挺身而出，接连击毙了那些歹人，却也因此中了歹人的毒针。

打斗完毕之后，为了回报这个乡下人，南小姐亲自吸出了他腿上的毒汁。

说实话，那句描写看得我一阵反胃："南小姐将柔嫩的小口凑在他腿上，将毒血一口一口的吸出来。"柔嫩的小口，配上毛发丛生的黝黑小腿，光是想想都令人发怵。

然而，从此之后，南小姐很清楚地知道："两人的肌肤这么一接触，自己就是他的人了。他是大盗也好，是巨贼也好，再也没第二条路，她已决心跟着他。"这个乡下人也知道："这几口毒血一吸，自己无牵无挂、纵横江湖的日子是完结啦。他须得终身保护这女子。这个千金小姐的快乐和忧愁，从此就是自己的快乐与忧愁。"

民风保守的时代真可怕，随随便便碰一下，就要把一辈子押上去。

当然，这个乡下人并非一般人，他可是"打遍天下无敌手"的"金面佛"苗人凤苗大侠。

金庸最喜欢塑造真汉子大英雄，他才不屑搞出什么白衣飘飘温文尔雅的风流侠客，因此越是豪迈的大侠，就越是其貌不扬，讨不得女人欢心。

这苗人凤对妻子南兰一片赤诚，就算妻子在危急时撇下他，他也不以为意，仍旧像掌中珍宝一样疼爱她。两人有了美丽可爱的女儿，容貌与妻子如出一辙，便取名叫"若兰"。

在苗人凤自以为对妻子的“爱”中，我发现了一个很大的bug（漏洞）：其实，他那是爱情吗？手无缚鸡之力的南小姐，在打遍天下无敌手的苗大侠面前，是否更像是一个脆弱的瓷娃娃，一个挂在家里的爱物？他确实疼她爱她，可他从来没有尝试过与她沟通。

对此，金庸的解释是这样的：“他是出身贫家的江湖豪杰，妻子却是官家的千金小姐。他天性沉默寡言，整天板着脸，妻子却需要温柔体贴，低声下气的安慰。她要男人风雅斯文、懂得女人的小性儿，要男人会说笑，会调情……苗人凤空具一身打遍天下无敌手的武功，妻子所要的一切却全没有。”

金庸仅仅将苗人凤的木讷归结为“不会讨女人欢心”，而实际上，苗人凤在潜意识中的大男子主义，还有他与妻子南兰的分歧，早在相识之初就体现出来了。在苗人凤毒伤未愈时，鄂北鬼见愁钟氏三兄弟上门寻仇，南兰劝苗人凤一起逃走，却只得到一片难解的沉默：“打遍天下无敌手金面佛苗人凤，怎能在敌人面前逃走？就算为了南小姐而暂且忍辱躲避，但鬼见愁钟氏三兄弟又怎能让人躲得开？这些事南小姐是不会懂的。他向来不爱多说话，况且，这些事又何必跟她多说。”

“这一晚南小姐翻来覆去的睡不安稳。她已在全心全意的关怀这个粗手大脚的乡下人，但苗人凤却睡得很沉。”

他们的问题，根本就不仅仅是“苗人凤不善于逗女人开心”这么简单。苗人凤自以为对妻子是“倾心相爱”，实际上从一开始，南兰对于他来说，就只是一个精致易碎的洋娃娃。他在她身上没有任何的期许，他不指望她能满足他任何深层次的灵魂需求，而只是享受着她的年轻貌美，还有激发他男性荷尔蒙的，那种怯生生如小鹿般躲在他身后的柔弱可怜。

所以，在表面的和平背后，婚变的风暴迟早都要到来。

英俊体贴的田归农，只是恰好出现在了适当的时机。

向来最讨厌武功的南兰，因为田归农说要教她拳脚，她就兴致勃勃地去学了，只因这位田相公“没一句话不在讨人欢喜，没一个眼色不是软绵绵的教人想起了就会心跳”。内心寂寞多时的南兰，在见到田归农之后，万般的柔情与自怜都倾泻而出：“相见的第一天晚上，她睡在床上，睁大了眼睛望着黑暗的窗外，忍不住暗暗伤心：为什么当日救她的不是这位风流俊俏的田相公，偏生是这个木头一般睡在身旁的丈夫？”

女人连这样的念头都有了，接下来的故事自然无须赘述。

当然，我们都知道这个田归农不是好人，他主动勾引南兰，其实是为了从她身上套出宝藏的下落。到了最后，为了符合“恶有恶报”的普世价值观，伤风败俗的奸夫淫妇自然不可能圆满，作者金庸顺理成章地给了他们一个悔恨而终的结局——任凭南兰再单纯、田归农再阴险，谎言也终究维持不了一辈子。田归农丑恶嘴脸暴露之际，也是南兰“今日悲羞归不得”之时。

但无论这段感情的真面目是多么地千疮百孔，在南兰决定私奔的那一刻，她绝对感受到了这辈子感受过的最壮烈的心情。当风流俊俏的“王子”骑白马而来，坦诚磊落的“英雄”顿时相形见绌。原本隐忍着过日子的“苗夫人”，此时情不自禁地唤醒了内心深处那个充满少女梦想的“南小姐”的灵魂。

恐怕，就算当时让她预见到所有的真相与后果，她也还是只能奋不顾身地选择同一条路。

在白先勇的小说《闷雷》里，俏丽的玉姑娘嫁给了猥琐、瘦小、懦弱，口臭、爱发冷汗，甚至连男人的能力都没有的“老实人”马福生。她起先万般不甘，到后来也渐渐麻木起来，觉得凑合凑合也就算了。但是，在马福生的同乡——浑身充满男子气概的刘英上门与他们夫妻同租之后，玉姑娘忽然觉得，自己再也“凑合”不下去了。

在这位新租客面前，已成为“福生嫂”的玉姑娘，好像又回到了做姑娘的时候。她开始情不自禁地开始梳妆打扮，她开始变得敏感而暴躁，她开始对娘声娘气的丈夫日益厌恶，而在见到魁梧的刘英时，心里则是说不出的喜悦。

在情感空虚了很长一段时间之后，忽然看到了一种截然不同的、美妙的可能性——这，才是一段早已死亡的感情，真正宣告死亡的时刻。

在那个暴风雨的夜晚，柔弱没主见的南小姐头一次为自己作出一个大胆的决定，她在忍耐了多时之后，决心用全副身心、全副柔情，来爱眼前这个英俊潇洒的“王子”——尽管这行为不足取，尽管她临死前千般悔恨，但生而为南兰，她此生还能有什么别的选择呢？

苗人凤抱着女儿追了出去，一厢情愿地认为，只要妻子回来，他就可以仍像从前一样爱她。实则他低估了妻子的爱情，更高估了自己的胸襟。在他们之间还未有任何名分之时，南兰从危险的火场中扔下他逃走，都被他耿耿于怀了许久，此番南兰抛夫弃女，哪里还会有回头的道理?

苗人凤与南兰的悲剧，让我们得以重新审视“英雄救美”这一情结。

女人幻想的“英雄救美”，只不过是“遇上白马王子”这一梦境的变体；而男人幻想的“英雄救美”，则是一个让他们泡到自己远远配不上的白富美的荒诞契机。所以说，如果“英雄”本身不帅不可爱的话，那么他所谓的“英雄救美”，其实不过是大男人主义的猥琐意淫罢了。

如果不巧，遇上的是一位英俊多金的坏人，那么这个时候，英雄就毫无用武之地了。因为在这样的情况下，美人不需要你来救，她心甘情愿被坏人伤害。

我想，所有梦想着拯救美人的英雄，最终都会忍不住要对着上天怒吼一句：“奶奶的，老子真是对这个看脸的世界绝望了！”

二、何红药、夏雪宜与温仪：她的蜜糖，我的砒霜

在琼瑶的《一帘幽梦》里，男二号楚濂的名字谐音“初恋”，正所谓“初恋都是拿来练手的”，想来，作者琼瑶原本就是想塑造一个懦弱无能的失败典型，来反衬真正的男主角费云帆的光芒万丈。

此书一出，这位浪漫多金的帅大叔费先生，瞬间折服了无数女读者的心。

许多女孩子们读了这本书，就此放下了对邻家哥哥的仰慕，转而进入了高层次的意淫：“什么时候我能碰到像费先生那样的白马王子，带我去欧洲过神仙般的日子？”

是啊，比起摇摆不定的楚濂，费云帆慷慨仗义、情深义重，是真的好了一万倍。这当中更有无法忽视的经济因素——楚濂永远只是都市里的小小上班族，而费云帆却可以在异国他乡为心爱的女人建起一座城堡。

因此，好多人都在说，放弃楚濂而遇到费云帆，紫菱实在是太幸运了。

更有人说，《一帘幽梦》中，其他所有形象都有猥琐可憎的一面，惟独费云帆才是令人神往的理想型。

但其实可有人想过：在爱上紫菱之前，楚濂就只辜负了绿萍一个；但在爱上紫菱之前，费云帆辜负过多少女人？作者琼瑶自己都说，费云帆之前有过两段失败的婚姻，更加有过无数的女朋友。而他一直没有安定下来，琼瑶美其名曰：只因“他没有遇到真正深爱的女孩”。

对于紫菱来说，费云帆固然是尽善尽美天赐良缘。可是对于之前那些女人来说，费云帆这个人，何尝不是一道不忍回望的梦魇?

最让人感到痛苦的，还不是你爱过一个人渣，而是，当你被人渣伤得体无完肤，并且认定他就是个人渣的时候，他到了另一个人面前，忽然变成了一个好人。

我并不是永远都那么贱，我对你贱，只是因为你不是那个对的人。

——这样的事实，是否更加伤人百倍？

在金庸的《碧血剑》里，金蛇郎君夏雪宜这个人，从始至终都活在倒叙中。一段从倒叙中娓娓道来的爱情故事，照理说应当像岩井俊二的《情书》那样温暖动人，只可惜这位夏郎，在不同人的回忆中，时而阴冷时而可憎，竟然是全然不同的面目。

在温家五老和江湖人士的心目中，金蛇郎君自然是个可怕的怪侠。但在温仪的回忆里，他却是多情体贴的良人。打从最初相识的时候起，纵使夏雪宜对其他人都是凶神恶煞，在温仪面前，他却始终只是个耐心的追求者："他整天陪我逗猫儿玩，喂小乌龟吃东西，晚上唱歌给我听。我在山洞里睡，他从来不踏进山洞一步。我见他不来侵犯我，放心了些，也肯吃东西了。可是一个多月中，我一直不跟他说话。他始终对我很温柔很和气，爹爹和妈妈都没他待我这样好。"

可是，在另一个女人何红药痛彻心扉的回忆里，夏雪宜却是这样对她的："他从来就没真心喜欢我过，毒龙洞中的事，在他不过逢场作戏，他生平不知玩过多少女人，可是真正放在心坎儿里的，只是他未婚妻一个。"

还是木桑道人说得好："这人就是因为想不开，才落得如此下场。"

想当年相遇之初，温仪与何红药都一样是绮年玉貌的俏佳人，都一样是同样天真无邪地陷入了爱情。可就因为这男人截然不同的相待，竟然将这两个女人推向了迥然相异的命运两端。

原来，即使同是孤独终老，被爱过的那个人，所过的每一天都会比不被爱的那个人幸福。

倘若夏雪宜这一生就是个负心薄幸的浪子，作为他红颜知己之一的何红药，大概也不会痛苦至斯。偏偏他负尽天下女人，却还有一颗真心去对待某一个人，而那个人却不是她——恐怕，这才是最伤自尊的事。

二十年后的何红药提起温仪，仍然是自卑得令人心酸：何红药……气焰顿煞，颓然坐在椅上，两手捧头，过了良久，低声问青青道："你妈妈呢？你妈妈定是个千娇百媚的美人儿、狐狸精，这才将你爹迷住了，是不是？"她叹了一口气，说道："我做过许多许多梦，梦到你的妈妈，可是她相貌总是模模糊糊的，瞧不清楚……我真想见见她……"

叹叹。

我害怕的不是你谁也不爱，我只怕你爱的那个人不是我。多年来我牵肠挂肚夜不能寐，想得最多的还不是我与你的甜蜜回忆，却是我怎么也想不明白的那件事：你爱的那个女人，究竟有哪一点比我好了？

这种心情，亦舒在她的作品《忽而今夏》里面，也细致地描摹过：

已到中年的季娟子，美丽优雅，独立自强，开着一家浪漫的咖啡店自娱自乐，不为挣钱，只为追求一种格调。她为人温柔细腻，对于每件事都有自己的主见——在稚嫩的小姑娘阮丹青眼里，这位娟子阿姨是个不可打败的高人。

偏偏有一天，娟子阿姨也乱了方寸。她为了一通电话奔去巴黎，将英俊的流浪画家胡世真接回家来住。她为了给他腾地方，将家里收藏的书籍杂志通通扔掉。自从胡世真来了之后，娟子脸上每天洋溢着小女人的幸福笑容，仿佛在这世上别无所求。

小姑娘阮丹青这才知道，娟子阿姨多年不结婚，也是为他。

当年胡世真和娟子热恋，临到结婚时却认识了另一个女人。当即，胡世真携着那个女人远赴巴黎，过了许多年的浪漫日子。如今他离了婚，又回头来找娟子。就在所有人以为娟子这回终于守得云开见月明的时候，胡世真竟又认识了一个年轻美丽的新人。

多年前的戏码再度上演：他又想悔婚，又准备抛下娟子，带着那个女孩去巴黎。

丹青的父亲阮志东有一番话概括得极到位："胡世真是个怎么样的人，从来没有瞒过季娟子，她太清楚了。饶是这样，还是要他，不可理喻。……小丹，骗一个人，要费好大的劲，不在乎她，又如何肯骗她？所以，将来有人苦苦蒙骗你，千万不要拆穿他。"

就当所有人以为季娟子早已预料到这个结局，并且能够坦然承受的时候，季娟子却崩溃了。十几年的等待，使她承受不了第二次相同的打击。

她穿着婚纱服下了大量的安眠药，默默地对这个自己做了许多年的美梦以身相殉。

这个她爱了许多年、等了许多年的男人，对她做了这世上最残忍的事——他不是不愿受家庭束缚的游吟浪子，他也愿意有一个家有一个妻子，可这个妻子，永远都不是她。

甚至，就像夏雪宜在山洞里受尽鞭挞，却始终不肯照拂一下何红药的心情、诋毁温仪一句那样，这个胡世真，根本就懒得为了娟子的感受而编造哪怕一个字的谎言。

是啊，他不在乎她，又如何肯骗她?

在最初相遇的时候，夏雪宜“眉清目秀，是个长得很俊的少年”，何红药则是“二十岁左右的少女，双颊晕红，穿着摆夷人花花绿绿的装束，头缠白布，相貌俊美”。乍见之下，从未将教中师兄弟看在眼里的何红药，就此“神魂颠倒，不由自主”，“好似发了疯，什么事都不怕，明知是最不该的事，却忍不住要去做。觉得为了他而去冒险，越是危险，心里越快活，就是为他死了，也是情愿的”。

爱情是这世上最不可理喻的东西。年少俊美的夏雪宜只是将自己的复仇计划坦诚相告，何红药便甘心为他触犯教规偷盗圣物，为他抵受“毒蛇啮面，终身乞讨”的痛苦。饶是如此，她受尽折磨之后还要一路乞讨着，去寻他，去救他。甚至在发现他与温仪的关系之后，她也觉得，只要他愿意放下那个“小贱人”，自己还是可以心甘情愿地侍奉他一生一世。

我记得有朋友在我的网易专栏里留过言，说：“文艺女总是喜欢在倒贴很多后，被很小的细节感动到……这是被自己的文艺范倾向误导的死循环节奏吗？”

许多时候，女人心甘情愿飞蛾扑火的那份冲动，本质上根本不是来自于那个人有多好，也不是来自于那个人对自己有多好，而仅仅是来自于一个自作多情自导自演的谎言。

她爱上他，所以觉得他一个眼风、一个举动，都是因为敬她爱她；所以觉得他的别扭和闪躲是因为太喜欢她而导致的羞涩；所以觉得他所有人品低劣的行为，都只是这个俗世对他的误解，而他细微处的一点体贴，就可以让她永远深感君恩。

其实真正爱你的人才不会让你为他惴惴不安，才不会需要你为他寻找诸多的借口。

很多时候，你心里上演了千遍万遍殒身不恤的壮美戏码，你以为自己遇上了旷世难寻的奇缘美梦，而在他心里，你却只被归类为“玩弄过的女人之一”罢了。

我们回头看看温仪：纵使她对夏雪宜冷口冷面不假辞色，夏雪宜却甘愿用尽手段哄她开心，甚至愿意为了她放下血海深仇，为了她把性命都豁出去。为了温仪的一句留下来陪他的承诺，向来阴冷的夏雪宜竟“非常开心，大叫大嚷，在山峰上两株大树上跳上跳下，像猴子一样翻筋斗”。

及至于多年后回忆起来，温仪对夏雪宜仍是满腔柔情：“他是我丈夫，虽然我们没拜天地，可是在我心中，他是我的亲丈夫。”

此处之蜜糖，彼处之砒霜——为什么爱情竟会如此不公平？

或许因为夏雪宜与何红药，在本质上都是太过相似的人。他在一开始遇见她的时候，就没有卸下心防，偏偏她又倒贴得太廉价。所以即使后来与她肌肤相亲，他也只是在做戏。而单纯柔弱的温仪却不同，她为夏雪宜打开了一种截然不同的人生可能性——他爱她，不是因为她为他付出多少，而是因为她刚好就是他最想爱的那种女人。

这世上有两种感情：第一种，他爱你，是因为你对他好；第二种，他爱你，是因为他知道你有多好。

无论在什么情况下，第一种感情永远都比不上第二种。正如我们与闺蜜在一起，谈及追求者的次数，总是比不上谈及心仪对象的次数。

当你心爱的人让你感到费劲、感到不贴心、感到拿不住驾驭不了的时候……很遗憾地告诉你，你不是那个“对的人”。在这场爱情里，你扮演的只是琼瑶笔下费云帆的前妻，只是亦舒笔下的季娟子，只是金庸笔下的何红药。

很有可能，他并不是不懂如何爱一个人，只是刚刚好，他想爱的那个人，并不是你。

三、段誉、王语嫣与慕容复：挖墙脚技术指导

美国神级导演克里斯托弗·诺兰，当年用一部《盗梦空间》震撼了全世界的观众。他告诉我们，最高明的盗梦，不是偷盗别人心里的概念，而是往别人的潜意识里植入一个概念。

十个外因都比不上一个内因，惟有人自己从内心深处意识到一件事，这件事才真正有达成的可能性。

谈恋爱挖墙脚也是同一个道理。

掌握不好核心技巧，抓不住主要矛盾，你单方面变得再强大，也是徒劳的。

我哥很长一段时间都情路不顺，原因就在于他为人懒惰被动，追他的妹子他从不搭理，而他看上的妹子，屡屡都已经是“别人的女朋友”。有一回他偶然翻出情敌的照片，愤愤不平地截图给我，道：“你看，我哪点不如这货？”我一看照片，情敌君的身材相貌确实与我哥差距甚大。而且根据调查，那个妹子很长一段时间都是很花痴我哥的外表的。

那么，为什么当我哥喜欢上人家之后，却无法成功把墙角撬过来呢？

唯一的答案就是，技术上出了差错。

想那段誉在曼陀山庄初遇王语嫣，霎时间惊为天人，堂堂皇子之尊，竟为这小家碧玉低到了尘埃里。再听得这位神仙姐姐的心仪对象兼未婚夫竟是大名鼎鼎的姑苏慕容复，一时竟自卑得抬不起头来，连说话声音都弱了半截。

论姿态之低、态度之谦，王语嫣面前的段誉，简直可以和阿紫面前的游坦之相媲美。

我们来看看这三个人的第一次正面冲突——当时，慕容复为了试探表妹是否对他“不忠”，故意扮作西夏武士李延宗，欲取段誉的性命。段誉为了保护王语嫣，被迫答应下阁楼与这位“李延宗”比武。他明知自己武功远远不及对方，却甘愿为王姑娘鼓起勇气：

段誉点了点头，心想除此之外，确也更无别法，但这法门实在毫无把握，总之是凶多吉少，于是整理了一下衣衫，说道：“王姑娘，在下无能，不克护送姑娘回府，实深惭愧。他日姑娘荣归宝府，与令表兄成亲大喜，勿忘了在曼陀山庄在下手植的那几株茶花之旁，浇上几杯酒浆，算是在下喝了你的喜酒。”

王语嫣听到他说自己将来可与表哥成亲，自是欢喜，但见他这般的出去让人宰割，心下也是不忍，凄然道：“段公子，你的救命大恩，我有生之日，决不敢忘。”

段誉心想：“与其将来眼睁睁瞧着你和慕容公子成亲，我妒忌发狂，内心煎熬，难以活命，还不如今日为你而死，落得个心安理得。”当下回头向她微微一笑，一步步从梯级走了下去。

王语嫣瞧着他的背影，心想：“这人好生奇怪，在这当口，居然还笑得出？”

接下来，慕容复纠结一番，终于还是饶了段誉的性命。二人死里逃生之后，段誉的第一反应竟然是，那个西夏武士一定是因为对王语嫣起了爱慕之心，才会放他们二人一条生路。

想当年苏轼在考科举时，随手杜撰了“天下畏皋陶执法之坚，而乐尧用刑之宽”的典故。主考官欧阳修读后深深佩服，忍不住问苏轼典从何来，苏轼竟泰然答了一句：“想当然耳。”

通常情况下，能够做到如此“想当然”的人，必定是极度胸有成竹之人。段誉对王语嫣女性魅力的“想当然”，也反映出他对此女痴狂相思到了何等地步。

而大难不死的王语嫣，此时又作何反应呢？

在段誉作出“我永远永远不会对你生气”的承诺之后——

王语嫣不喜欢他再说下去，俏脸微微一沉，正色道："段公子，今日相救的大德，我永不敢忘。但我心……我心早属他人，盼你言语有礼，以留他日相见的地步。"

前一秒受了人家的救命大恩，下一秒就忙不迭地给人家从头到脚浇上一盆冷水，让欣喜若狂的段公子猛受一闷棍，自行领会到"你别自以为有恩于我，便能痴心妄想"的意味，简直残忍。

王语嫣其人，内心冷漠自私、不解风情、品味差劲，这是诸多读者早已总结出来的，自然不必再说。然而我们同时也可以想想，为什么段誉在舍身相救之后，非但没有得到佳人芳心，反倒收到了"划清界限"的悲惨待遇呢？

金庸说，王语嫣是直到此时，才陡然意识到段誉对自己的爱意。这样说来，出于少女的矜持，她在面对一个自己并没有爱上的男人的告白时，表现出明显的冷淡拒绝，倒也无可厚非。

那么，我们再看看后文——当此书行文过了大半，段誉觍着脸做小伏低追求了王女神差不多四册书之后，在缥缈峰灵鹫宫上，当卓不凡故意攻击王语嫣的时候，段誉再度不假思索地挺身护住了女神。一剑刺下来，他只以为自己已被开膛破肚，却兀自欢喜无比：

段誉身子给王语嫣扶住，又见她为自己哭泣，早已神魂飘荡，欢喜万分，问道："王姑娘，你……你是为我流泪么？"

王语嫣点了点头，珠泪又是滚滚而下。段誉道："我段誉得有今日，他便再刺我几十剑，我便为你死几百次，也是甘心。"

虚竹的话，两人竟都全没听进耳中。王语嫣是心中感激，情难自已。段誉见到了意中人的眼泪，又知这眼泪是为自己所流，哪里还关心自己的生死？

可这王语嫣一个转身，就又跟着表哥一行人飘然远去了，只留下这一脸花痴相的段公子，还有灵鹫宫里同样为梦姑而郁郁不乐的虚竹和尚。这两人执手相看泪眼，竟稀里糊涂地喝得大醉，并结拜成了兄弟。

在杀马特与洗剪吹云集的QQ空间里，曾经流行过一句话："我爱你，这与你无关。"

养尊处优的段公子，显然已经把这种非主流精神贯彻到了极致，任凭王姑娘千万次的明示暗示，他眼里始终只能看到她对自己的一点点好，却从来都对她的冷漠和离弃不予计较。

如果说之前这些还不够的话，那么少林寺大战之际，即使君子小人的划分已经十分明显，这王语嫣却不辨是非，全然不在意段誉死活，只挂怀卑鄙的表哥慕容复的安危——似这般无情无义，总算是做到极致了吧？

你为她魂牵梦萦，为她豁出性命，对她千依百顺，任她予取予求，这都也罢了。就算是论出身门第、论人品相貌，你堂堂大理国小王爷段誉，也比那心胸狭窄的没落贵族慕容复强了千百倍吧？可是在人家王姑娘心里，你却怎么也比不上那个连正眼也不瞧她一眼的表哥。

问题到底出在哪里呢？

答案很简单：追女神的动作顺序搞错了。

但凡你爱的女神不是一个轻浮放荡的绿茶婊，那么她在已有心上人的情况下，就不会若即若离地吊着你不放。在这个时候，无论你怎么向她展示自己的优点，都是徒劳的。

如果她喜欢你，那么关于你的任何一个无聊的小细节都是可爱的。

但如果她不喜欢你，就算你英雄盖世、聪明绝顶、学富五车，在她眼里，你也只不过是个本事很大的傻瓜而已。

就像小 S 当年结婚的时候，在采访中反复强调的那句话：“现在我看全天下的男人，都只是两条腿走路的动物罢了。”

段誉在没有解开王语嫣心锁的情况下，就肆意地展示他自身的温柔多情细腻体贴，这本身就是一个极大的错误——人家连茶壶盖子都还没打开，你这一腔滚烫的开水，还不都哗啦啦地漏到别处去了？

如果你想要把长颈鹿装进冰箱里，你首先要做的，是打开冰箱门，把里面的大象拿出来。

那么，如何把王语嫣心中的慕容复拿出来呢？

在抄检大观园的时候，荣国府三姑娘贾探春曾经说过：“……可知这样大族人家，若从外头杀来，一时是杀不死的。这可是古人说的，‘百足之虫，死而不僵’，必须先从家里自杀自灭起来，才能一败涂地呢！”

段誉最终的成功，再度告诉我们，任何事物要溃败起来，内因永远比外因重要得多。

到了故事最后，慕容复为了“复兴大燕”的宏图伟业，而跑去应征西夏国驸马。段誉见心上人王姑娘伤心欲绝，一时意气，甘愿去和慕容复抢这个驸马，好让王姑娘得偿所愿。这样明月般的用心，真真儿是可歌可泣。

在段誉苦劝慕容复时，慕容复一怒之下，竟伸手把段誉推下了井底，想就此杀人灭口。

而这一切的始作俑者王语嫣，站在一旁看到和听到了表哥“杀害段誉”的全过程。

我们来看看她做了什么：

王语嫣叫了几声，不听到回答，只道段誉已然跌死，想起他平素对自己的种种好处来，这一次又确是为着自己而送了性命，忍不住哭了出来，叫道：“段公子，你……你怎么……怎么就这样死了？”

一旁的慕容复虽然对表妹感情不深，看着向来深爱自己的表妹对另一个男人这般关怀，倒也不是滋味。王语嫣见表哥误会自己，不禁胸口一酸：“表哥，我对你一片真心，难道……难道你还不信么？”

接下来，这两个人就开始了一段误会澄清和真情告白。王语嫣两眼瞧着表哥，霎时间又把躺在井底的段誉忘得一干二净。段誉如果听到这番对话，恐怕即便刚才没有摔晕过去，这一刻也要气晕过去了。

（慕容复）这时听她软言相求，月光下见到这样一个清丽绝俗的姑娘如此情致缠绵的对着自己，又深信她和段誉之间确无暧昧情事，当日言语冲撞，确也出于无心，想到自己和她青梅竹马的情分，不禁动心，伸出手去，握住她的双手，叫道：“表妹！”

王语嫣大喜，知道表哥原谅了自己，投身入怀，将头靠在他肩上，低声道："表哥，你生我的气，尽管打我骂我，可千万别藏在心中不说出来。"慕容复抱着她温软的身子，听得她低声软语的央求，不由得心神荡漾，伸手轻抚她头发，柔声道："我怎舍得打你骂你？以前生你的气，现下也不生气了。"

这一段，可以算是《天龙八部》全书中，慕容复与王语嫣最亲密缠绵的戏份了。可这样的亲密缠绵，却是建立在一往情深的段公子被慕容复暗算"害死"之后。由此可见，在陷入爱情的人的脑子里，不仅天下所有其他的人都只是"两条腿走路的动物"，就连何谓恩情和是非观，也根本不重要了。

最终，是王语嫣一句"西夏驸马"点醒了心神荡漾的慕容复。

在慕容复眼里，表妹固然是"温柔美貌，世所罕有"，可这样的儿女私情又怎么比得上"打天下"的大业来得重要？

于是慕容复再度推开了王语嫣，任由她绝望投井，自己分明是轻而易举，却故意不去救她的命。

至此，王语嫣终于认清了心上人的真面目：王语嫣见此神情，猜到了他的心情，心想你就算弃我如遗，但我们是表兄妹至亲，眼见我踏入死地，竟丝毫不加阻拦，连那穷凶极恶的云中鹤尚自不如，此人竟然凉薄如此，当下更无别念，叫道："段公子，我和你死在一起！"纵身一跃，向井中倒冲了下去。

接下来井底的故事就是大家都知道的了。段誉终此一生享尽荣华，回想起来却只有井底与王姑娘相濡以沫的瞬间，方是人生中最最幸福的时刻。

其实段誉最终抱得美人归，并不能归功于他自己一路做小伏低的苦心追求，倒当真要感谢慕容复的心狠手辣。

倘若不是慕容复做得那么绝，那王姑娘和表哥在井边冰释前嫌，郎情妾意，世上根本就不会再有人想起，井底下还躺着一个段公子。纵使他段誉再为王姑娘殒身不恤一万次，对于王姑娘来说，他也只不过是一个“很爱我的傻瓜”罢了。

好吧，最后我们再回到“挖墙脚”的理论指导上。

如果你爱上一个人，而那个人又不是水性杨花、见一个爱一个之辈，那么你在大献殷勤展现自我之前，一定要想方设法，把对方心里的那个人给揪出来扔掉。这是技术要诀，顺序上一定错不得。

至于如何揪出来，你要记住，商家在推销产品的时候，最高明的手法并不是将自己的产品夸得天花乱坠，而是巧妙地激发出客户内心的购买欲。

富甲天下的贾府，须得“自杀自灭起来”，方能够一败涂地。

你不能像段誉那样做小伏低，像癞蛤蟆追求白天鹅似的，苦苦缠着你的王姑娘。因为，把自己的尊严轻易扔掉的人，自然也不会得到他人的尊重。

同时，你也不该使用阴险手段，故意给别人制造矛盾。因为你要相信，任何坏事都会有穿帮的一天，倘若你追求爱情的手段不是光明磊落的，那么它将成为一件永远的亏心事。

其实，任何情侣和夫妻分手，根本原因都不是第三者的出现，而是两个人之间本身出现了问题。例如一方脾气太大，一方见识太浅，或是双方在相处之后发现大家性格不合、三观不同——这些问题在热恋期是可以忽略不计的，可是长久下来，这一定会成为两人感情上的软肋。

你只需要不动声色地引出他们之间原本就存在的问题，任他们自杀自灭，然后摆出一副深情款款的优质候选人姿态，等着坐收渔利就好了啊。

四、范遥、黛绮丝与韩千叶：当一朵花遇上森林

俗话说，鱼找鱼，虾找虾，乌龟找王八。

如果找对象的时候，平凡的你非要喜欢英俊倜傥或者美艳绝俗的万人迷，那么且不说披荆斩棘的追求过程艰难万状，即使是终于修成了正果，你这一生也要像防贼似的严防各路小三。这样的苦差事真不是应该轻易尝试的。

可是万一，您老人家就是赶巧，偏就是爱上了一个魅力超群的万人迷呢？

首先，在密密麻麻的追求者长队中，你应该怎样脱颖而出？

这真是一道技术含量很高的大难题。

不过，人家韩千叶就做到了。

这韩千叶钓到的妹子黛绮丝，到底是何许人也？

她乃是中华与波斯混血、明教波斯总教净善使者的女儿。当她正值妙龄之际，在总教教主的亲自安排下，她回归了中土明教。根据亲历现场的当事人谢逊先生的回忆：那少女一进厅堂，登时满堂生辉，但见她容色照人，明艳不可方物。当她向

阳教主盈盈下拜之际，大厅上左右光明使、三法王、五散人、五行旗使，无不震动。

万人迷闪亮登场，明教血气方刚的年轻人们顿时乱了方寸。这群瞳孔放大的仰慕者当中，最养眼的，当属明教年轻英俊的光明左右使——逍遥二仙了。当时的杨逍还没遇上纪晓芙，大抵还处在游戏人间的阶段，他对黛绮丝大概也是有意思的，不过这种意思远远不及他的好兄弟范遥来得强烈。

可是，在面对这熙熙攘攘的一众追求者时，自小被宠坏了的黛绮丝却是这样的反应：哪知黛绮丝对任何男子都是冷若冰霜，丝毫不假辞色，不论是谁对她稍露情意，便被她痛斥一顿，令那人羞愧无地，难以下台。……阳夫人有意撮合，想要她与范遥结为夫妻。黛绮丝一口拒绝，说到后来，她竟当众横剑自誓，说道她是决计不嫁人的，如要逼她婚嫁，她宁死不屈。这么一来，众人的心也都冷了。

黛绮丝生了一副女神的配置，即使她性格怪僻一些、脾气大一些，也都是可以受到包容的。明教教众在追求爱情的道路上碰了钉子，想来也不会有谁记恨她。俗话说，不患寡而患不均——既然大家都得不到女神，那么也就谁都没什么好抱怨的了。

然而，就在这个时候，招人恨的小虾米韩千叶出场了：

过了半年，有一天海外灵蛇岛来了一人，自称姓韩，名叫千叶，是阳教主当年仇人的儿子，上光明顶来是为父报仇。众人见这姓韩的青年貌不惊人，居然敢独上光明顶，来向阳教主挑战，无不哈哈大笑。但阳教主却神色郑重，接以大宾之礼，大排筵席的款待。

这个品貌平庸的年轻人，怀着必死的决心，上光明顶来替父亲讨回尊严。他自小在岛上长大，明知教主阳顶天不识水性，却故意提出要在寒冷刺骨的碧水寒潭里比试武功，甚至做好了“立即以匕首往自己心口一插，以免死于明教群豪手下”的准备。

阳顶天为人向来磊落，此番遇上韩千叶这个恐怖分子，他要么就得做食言灭口的小人，要么就得失尽尊严，要么就是必死无疑。就在这个窘迫的时刻，黛绮丝挺身而出，为阳教主解了困厄。这美人泰然应战，明教的所有人不禁都把心提到了嗓子眼儿，唯恐这个美人儿受了损伤。谢逊说“当时碧水寒潭之畔的情景，今日回想，便如是昨天刚过的事一般”，想必也是极度的惊艳与错愕相交缠，使得那一幕成了此生难忘的风景：

黛绮丝那日穿了一身淡紫色的衣衫，她在冰上这么一站，当真胜如凌波仙子，突然间无声无息的破冰入潭，旁观群豪，无不惊异。那韩千叶见到她入水的身手，脸上狂傲之色登时收起，手执匕首，跟着跃入了潭中。

可是，接下来发生的事情，就开始充满神秘色彩了。在TVB黎姿版的电视剧中，“水底相斗”的情节，很自然地被发展成了荧屏上惯用的恶俗桥段——韩千叶相斗时无意碰到黛绮丝的胸部，他略一迟疑，就被黛绮丝夺过了他的匕首，刺进他胸膛。结果韩千叶竟因此窒息，黛绮丝在危机之下，搂住他人工呼吸，就此献出了自己的初吻。

武侠电视剧里都喜欢让男人在打斗时，因为女人的身体或者容颜而迟疑，而女人就借这个机会扭转局势。其实说到底，这是一种根源上的女性歧视，好像女人要打赢男人，必定不能光明正大，必定要倚仗自己的性别特征作为辅助。

相比起电视剧里蜻蜓点水的小清新，原著里的描写倒更为暧昧了：

那碧水寒潭色作深绿，从上边望不到二人相斗的情形，但见潭水不住晃动。过了一会，晃动渐停，但不久潭水又激荡起来。明教群豪都极为担心，眼见他二人下潭已久，在水底岂能长久停留？又过一会，突然一缕殷红的鲜血从绿油油的潭水中渗将上来。众人更是忧急，不知是不是黛绮丝受了伤。蓦地里忽喇一声响，韩千叶从冰洞中跳了上来，不住的喘息。众人见他先上，一齐大惊，齐问："黛绮丝呢？黛绮丝呢？"只见他空着双手，他那柄匕首却插在他右胸，两边脸颊上各划着一条长长的伤痕。

众人正惊异间，黛绮丝犹似飞鱼出水，从潭中跃上，长剑护身，在半空中轻飘飘的转了个圈子，这才落在冰上。群雄欢声大作。阳教主上前握住了她手，高兴得说不出话来。谁都料想不到，这样千娇百媚的一个姑娘，水底功夫竟这般了得。黛绮丝向韩千叶瞧了一眼，说道："爹爹，这人水性不差，念他为父报仇的孝心，对教主无礼之罪，便饶过了罢？"阳教主自然答允，命神医胡青牛替他疗伤。

我初读这一段的时候，竟然没有发觉任何不妥，当真只道这黛绮丝武艺过人，在水底打赢了韩千叶。可是我重读的时候，终于发现了一些不对劲的地方：第一，韩千叶是为报父仇而来，他已报了必死之心，照理说，就算真的技不如人，他也应该是宁愿战死也不会主动投降的，何以在从潭中上来之后却只是喘息和沉默？第二，韩千叶身上的伤十分古怪：“只见他空着双手，他那柄匕首却插在他右胸，两边脸颊上各划着一条长长的伤痕”。

照电视剧里的解释，倒也可以说得过去，可这到底有几分牵强。我的朋友小程在跟我讨论这一段的时候，提出了他自己独到的看法：

首先，韩千叶脸颊上的伤，应该是指甲的抓痕。如果是以武力相斗的话，受伤的方式不会如此暧昧。那么在什么情况下，女人会抓伤男人的脸呢？第一，两人距离要很近；第二，由于这个女人是擅长拳脚功夫的，所以只有当她的手臂被钳制住的时候，她才会失去了更大幅度的活动能力。

这样说来，他们在水底，八成有过拥抱的动作。作为圣处女的黛绮丝恼羞成怒，伸手抓伤了韩千叶的两边脸，因而得以脱身。

其次，韩千叶胸口的匕首，到底是怎么插进去的？

我们要注意到，黛绮丝的武器是长剑，那“手执匕首跃入潭中”的不是黛绮丝，而是韩千叶本人。而这把代表了他父亲荣辱的匕首，作为他携带的唯一武器，从始至终都应该掌握在他自己手里才对。金庸自己也说过类似的话：练武之人，如果连吃饭的家伙都被人轻易夺去，岂不可笑？

所以，我们大可以进行一个浪漫的猜想：那潭水震动了两次，第一次自然是两人打斗无疑，而中间“晃动渐停”的时间，可能就是韩千叶伸臂抱住黛绮丝的瞬间——此时有没有人工呼吸还真不好说，当然，更不好说的是，究竟是谁为谁人工呼吸。

总之，在亲密的动作之后，向来孤傲的黛绮丝一时大怒，伸手抓伤了韩千叶。而韩千叶自知唐突佳人，在如此慌乱之下，他被对方夺走武器也不奇怪。或者，按照我朋友小程极度浪漫主义的推测：为了向黛绮丝致意，韩千叶索性将手中的匕首，刺进了自己的胸膛。

这样看来，水底相斗的时候，韩千叶根本就未必是输了的。他上岸之后颓然不语，被判定为输的一方，起码有一半是被生理上的原始冲动所累。

此时，黛绮丝翩然上岸，先是带着三分骄傲与七分羞涩，看了韩千叶一眼，这才故作轻描淡写地替他求了一句情。此时，明教众人为这位风华绝代的紫衫龙王惊艳之余，也以为这次的恐怖事件就此圆满收官。却不料待小虾米韩千叶伤愈之后，女神黛绮丝竟然主动禀明教主，要嫁与此人。

此言一出，那还了得？除了早已是伉俪情深的教主阳顶天和金毛狮王谢逊，整个光明顶上，几乎无人不对那韩千叶恨得咬牙切齿。而女神竟然一意孤行，以至于“**她与韩千叶成婚，众兄弟中倒有一大半没去喝喜酒**”。

再后来，他们夫妇终于体验到“不作死就不会死”的后果：黛绮丝因为碧水寒潭一战冻伤了肺叶，终身伴有咳嗽的毛病；而韩千叶在水中受了重伤，寒气入体，终成寒毒，终于消受不了几年美人恩就怆然离世。从此，失去男人滋润的单亲妈妈黛绮丝，从美艳泼辣的紫衫龙王，变成了蛮横凶恶的老妇金花婆婆。

可叹的是，这桩爱情里还有一个被人遗忘的悲剧角色——当年风流倜傥的光明右使范遥。

范遥对黛绮丝倾心已久，论他的人品相貌、才学武功，论近水楼台追求女神的机会，他拥有比韩千叶多千倍万倍的优势。甚至，他还有教主夫妇的点名做媒。

可是为什么，范遥不得不毁容装哑远走西域，成为这场爱情里彻头彻尾的失败者呢？

或者正是因为，他太靠谱了。

我们想想，年轻貌美的黛绮丝面对的是怎样的状况？

作为武林中的第一美人，又正值妙龄，生活在光明顶这种雄性激素泛滥的地方，身边的一众师兄弟各有所长，个个都对她有意思，个个都拼了命的讨她欢心。她作为波斯明教圣女，自然知道自己此生不能触碰男女情事，因此，别人对她越好，她的心防就越深。

在这群追求者当中，最靠谱的候选人范遥，自然是她防得最深的对象。

所以，范遥无论对她做什么，都是错。他沉默不语，她就视而不见；他试探地踏上一步，她就冷嘲热讽，甚至是以死相逼。

这种时候，他想要智取，想要等待，想要用自己无穷无尽的耐性来感化美人的心，可是却收不到任何成效。

黛绮丝这是出于圣女身份的无奈避退，我们也可以理解。

但才女李碧华说过：“墙高万丈，挡的是不来的人。”其实我们都知道，如果你自己内心深处不愿意做一件事，谁也逼不了你。而如果你自己想做一件事，就算是千难万险，你也会想去试试看。

在网上和电视里出现过的大多数“无奈分手”的案例里，很多时候，“亲友反对”根本就只是一个借口。唯有当那些“反对”迎合了你的心意的时候，它们才会变得特别有威力。而一旦你遇上自己真正想争取的东西，你会发现，任何的桎梏和阻碍，其实都脆弱得不堪一击。

就像，即使在“圣处女”的身份禁锢下，即使明知有可能遭受到烈火焚身的刑罚，那黛绮丝认识韩千叶不到几天，就心甘情愿地自荐枕席了。

所以究竟是为什么，黛绮丝在面对范遥的时候心防重重，但是在遇到韩千叶的时候却欲罢不能呢？

在离开光明顶之前，黛绮丝自己在谢逊面前交代了实话：“她在碧水寒潭中与韩千叶相斗，水中肌肤相接，竟然情不自禁，日后病榻相慰，终成冤孽。”

答案已经呼之欲出了。

在追求万人迷的时候，往往不能按照常理出牌。

美丽孤傲如黛绮丝，她什么样的追求方式都见过了；任凭多优秀出众的人，她也早就设好心防了。面对这样的女人，若是想要智取，那只会在迷宫里来回兜圈，最终自讨苦吃而已。

既然她心高气傲、脾气古怪，向来对任何男人都不假辞色，那么你又何必跟她玩这一套虚的？

她在爱情上虽然有勇有谋避让得当，但是她终究缺乏实操经验啊。

在这种时候，如果你个人条件还算不错，那么你直接上去把她扑倒，让她近距离感受一下她从未感受过的男性荷尔蒙，说不定比躲在家里悉心筹谋斟酌一万遍，都来得有效。

五、霍青桐、陈家洛与香香公主：谁让你当初不选我

在《书剑恩仇录》的后传《飞狐外传》当中，有一段十分值得玩味的描写，交代的是女主角袁紫衣（圆性）的武功路数：

圆性天资极佳，她师父的武功原已极为高深繁复，但她贪多不厌，每次见到袁士霄，总是缠着他要传授几招，而从陈家洛、霍青桐直至心砚，红花会群雄无人不是多多少少的传过她一些功夫。天池怪侠袁士霄老来寂寞，对她传授尤多。

然而，有好事者从文中发现了端倪：陈家洛是红花会总舵主无误，心砚作为《书剑恩仇录》中的小书童、此时二十多岁的青年侠士，自也当属于“红花会群雄”无误——可是，翠羽黄衫霍青桐怎么会出现在这里？她堂堂回部首领的千金，怎么会莫名其妙地加入这个早已落败的反贼组织？何况，就算她加入了，她的排位也不该与总舵主并列啊。

于是，就有人提出了分析：霍青桐与“红花会群雄”一起

出现，不是因为她加入了红花会，而是因为，她做了总舵主陈家洛的夫人。

金庸之所以故意用曲笔，而不提及陈霍结姻的事实，为的是不损及另一女主角香香公主的地位。

如果这还不够的话，很快后文又提了一遍：“陈家洛、霍青桐等红花会群雄自回疆来到北京，却为这日是香香公主逝世十年的忌辰，各人要到她墓上一祭。”

这种提法，很明显是将陈家洛与霍青桐二人并列为红花会群雄的首领，那么唯一最合理的解释，就是他们之间的确结下了更深一层的关系。何况，若不是凭借“霍青桐夫婿”的身份，想来陈总舵主与红花会众人也不能在回疆住得心安理得。

照这么说来，在香香公主逝世、红花会群雄落败远走之后，这位优柔寡断的双鱼男陈总舵主，最终还是找回了他当初的备胎啊。

很多读者都对这个花好月圆的结果感到喜闻乐见，可我却怎么看怎么不是滋味儿。

想当初，霍青桐初遇陈家洛之时，她正值花一般的十九岁年纪。一见之下芳心暗许，妙的是对方也有同样的感觉，当真可遇不可求：

霍青桐心想：“刚才打落这奸贼暗器，救了我性命的原来是他。”不免仔细看了他两眼，见这人丰姿如玉，目朗似星，轻袍缓带，手中摇着一柄折扇，神采飞扬，气度闲雅。两人目光相接，那人向她微微一笑，霍青桐脸一红，低下头跑到父亲跟前，在他耳边低低说了几句话。

……陈家洛见霍阿伊方面大耳，满脸浓须，霍青桐却体态婀娜，娇如春花，丽若朝霞，先前专心观看她剑法，此时临近当面，不意人间竟有如此好女子，一时不由得心跳加剧。

金童玉女，年貌相当，难得的是双方都看对了眼，世上恐怕再没有比这更妙的事了。

只可惜外表有时是最欺骗人的东西——有时，越是败絮其中，就越是金玉其外。尽管他生得俊美倜傥，尽管他举手投足间儒雅大方，却不见得，他当真配得上他眼中的那位佳人。

心胸狭窄的陈家洛，在见到女扮男装的李沅芷与霍青桐举止亲密之后，心里顿时不是滋味，并且开始下意识地讨厌李沅芷。偏偏他内心妒火翻腾，表面上又要故作端然淡定。

而霍青桐出于矜持，明知心上人有所误会，却只是含沙射影，并不作出确切的解释：霍青桐见他神情落寞，心中很不好受，微一踌躇，说道："你不要我跟你去救文四爷，为了什么，我心中明白。你昨日见了那少年对待我的模样，便瞧我不起。这人是陆菲青陆老前辈的徒弟，是怎么样的人，你可以去问陆老前辈，瞧我是不是不知自重的女子！"说罢纵身上马，绝尘而去。

有时你明明知道你与某人是相互吸引的，你也知道你们面前的重重误会，只需要一两句软语温言就可以打破，可你仗着自己太年轻，偏偏不愿意把话说明白——你固执地相信，命运总会眷顾你，总会把属于你的东西，安然无恙地送到你面前来。

霍青桐带着一些酸涩的期许，潇洒地与陈家洛挥手作别。

她根本不觉得这小小的误会是什么大不了的事，她相信彼此间的吸引力可以克服掉任何的阻碍，她期待着他亲手去解开心结，她相信她的良人很快就可以拨开迷雾，为她奉上一颗坦诚的真心。

可惜当霍青桐剥开甜美的糖衣，才发觉她的爱情并不是她所想的那般滋味。

因误会和负气作别之后，霍青桐与陈家洛都惦记着对方，可偏偏双方都守着那一点矜持的底线，期盼着，即使自己不发一言，对方也能隔空领会到自己的心意：

……石双英想了一想，说道："我临走时，霍青桐姑娘似乎有些话要对我说，但始终没说，只是细问咱们救四哥的详情。"

陈家洛沉吟不语，探手入怀，摸住霍青桐所赠短剑。这短剑刃长八寸，精光耀眼，剑柄金丝缠绕，磨损甚多，看来是数百年前的古物。霍青桐那日曾说，故老相传，剑中藏着一个极大秘密，可是这些日来翻覆细看，始终瞧不出有何特异之处。回首西望，众星明亮，遥想平沙大漠之上，这星光是否正照到了那青青翠羽，淡淡黄衫？

她牵挂着他，他也惦记着她……看这个样子，这段感情迟早都要柳暗花明。

的确，陈家洛对霍青桐有着挥之不去的爱慕。这种爱慕使得他一反常态，与年少的李沅芷赌气打架；也使得他满心酸楚地屏蔽了所有的线索，打断了陆菲青、余鱼同的解释，武断地以为霍青桐与李沅芷二人情投意合，而自己只是在自作多情。

当他听说霍青桐有难时，又是焦急又是忐忑，却不想在赶去报信的途中，撞破了绝世美女出浴的画面：只见湖面一条水线向东伸去，忽喇一声，那少女的头在花树丛中钻了起来，青翠的树木空隙之间，露出皓如白雪的肌肤，漆黑的长发散在湖面，一双像天上星星那么亮的眼睛凝望过来。这时他哪里还当她是妖精，心想凡人必无如此之美，不是水神，便是天仙了，只听一个清脆的声音说道："你是谁？到这里来干么？"

在文艺作品中，但凡男子偷看到了女子洗澡，接下来的剧情发展，就多半不由理性控制了。

天真的香香公主，就这样和偷看她洗澡的陈家洛做了朋友。他们路遇开在峭壁上的雪中莲，陈家洛见美女对这花恋恋不舍，一时头脑发热，竟不惜冒着生命危险，登上峭壁为她采摘。

香香公主拿了花，感动得珠泪盈盈。过了很久，她笑着问他："你不怕摔死吗？"陈家洛道："那时没想到会不会摔死，就怕摘不到你心爱的那两朵花。"

不知怎的，这一段明明是郎才女貌两情缱绻，却总是让我不由得联想到那时，贪生怕死的韦小宝见到年纪足以做他妈的美女陈圆圆，听她诉了两句苦之后，就心甘情愿地赌咒发誓，说自己要割下脑袋为陈圆圆拼命。

我们不能不承认，男人大都是视觉系动物。很多时候他们所做的事，根本无须经过理性权衡，而仅仅是由感官所驱动罢了。

陈家洛自己也意识到了这一点，但他却不怪自己太轻率，偏要怪人家生得太美："那少女的至美之中，似乎蕴蓄着一股极大的力量，教人为她粉身碎骨，死而无悔。"

就这样相处了没几天，等陈家洛再见到霍青桐时，心情已经是迥然不同了：

他脸上发红，手心出汗，一颗心突突乱跳。自那日与霍青桐一见，不由得情苗暗茁，但见她与陆菲青的徒弟神态亲热，自以为她已有爱侣，只得努力克制相思之念。这几日与一位绝代佳人朝夕相聚，满腔情思，不自禁的早转到白衣少女身上了。此刻并见双姝，不由得一阵迷惘，一阵恍惚。

霍青桐姑娘，快睁大眼睛看看清楚啊，这就是你日思夜想的意中人了。

即便当时没有对李沅芷产生误会，即便你们一早知道彼此是两情相悦……此时此刻，他经历过与绝色美女香香公主的日夜相处，你猜猜，他会不会心猿意马？

后来的霍青桐，以三角恋失败者的身份，经历了太多太多的委屈和折磨。

在黑水河一役中，她看破敌人“请君入瓮”的奸计，故意按兵不动，却被冲动无能的父亲解读为“你喜欢陈公子，他却喜欢了你妹子，因此你要让他们两人都死”。如此误会，几乎把她气死。

大战胜利之后，所有误会分别揭开，霍青桐却愈发感到苦楚：……霍青桐大胜之后，心中反觉说不出的寂寞凄凉。那天晚上在帐中思潮起伏，听帐外回人弹着东不拉，唱着缠绵的情歌，更增惆怅，想起父亲对自己怀疑，意中人又爱上自己妹子，妹子是己所深爱，决不愿和她争夺情郎，柔肠百转之下，悄悄起身，留了一信给父亲，带了兵刃和师父所赐的两头巨鹰，上马向东北而行，心想："还是去跟着师父，随二老在大漠中四处漂泊。这个身子，就在茫茫黄沙中埋葬了吧。"

那边厢，陈家洛总算知道了李沅芷的女儿家身份，终于发觉这神仙般的姐妹俩都对自己情深意重，一时也踌躇不安了起来。

看到这里，我却始终觉得，任凭这陈家洛内心再纠结，他身上总带着几分摆脱不了的优越感；而任凭霍青桐再怎么坚强大度，从旁人同情的眼光中，她也总可以清楚地看到，自己作为一个感情失败者，是何其耻辱。

后来，这陈家洛说他爱香香公主，但他却不能保护好香香公主，反倒要拿她去跟乾隆交换汉人的江山。而后他又棋差一招，算漏了乾隆的反间谍计谋，不仅将整个红花会的基业一夜断送，还赔上了无辜的香香公主的性命。

至此，《书剑恩仇录》一书怆然收篇。

一大批读者都因为《飞狐外传》中关于陈家洛、霍青桐结姻的蛛丝马迹而感到欣慰，我却深深地觉得，倘若陈霍结姻的推论属实的话，这不仅有损前传中香香公主的形象，更加为霍青桐其人大大减了分。

凭什么你出去打了个转回来，我还要乖乖在原地等着你？

凭什么在我被全世界同情轻视、受尽委屈之后，只要你勾勾小手指，我就心甘情愿地接受"备胎转正"的所谓荣耀？

凭什么你觉得我天生就应该做你的备选项？论外貌，我们不过是并驾齐驱；论文韬武略，论人品胸襟，我哪一点不比你强？

当然，霍青桐大概不会想这些问题。

因为她喜欢他。

一个人，在自己喜欢的人面前，是向来不会计较得失利弊的。

陈家洛其人，在倪匡先生那里得到了极低的评价。在诸多读者的心目中，他也是十分不讨喜的。

关于“陈家洛”的来历，我曾在符立中先生的考证中，看到一段很有趣的资料：

……由于写影评，金庸与左派影人相熟。他本身既具戏剧天赋，迷上夏梦后有心往影剧发展并不是什么难事。……由于编剧和明星并没有什么接触的机会，魂萦梦牵的金庸必定抓紧所有可能管道打听梦中情人的点点滴滴。这时夏梦的宣传照常由一位叫“陈家洛”的剧照师负责，这个和夏梦、更可能和金庸接触频繁的名字，便成为金庸第一部小说《书剑恩仇录》的男主角。

后来，我将这一段趣闻跟朋友分享时，却受到了对方的驳斥：“《书剑恩仇录》的创作年代是 1955 年，金庸加入长城追夏梦是 1957 年。这种故事按理说只能是这个陈家洛为了报复金庸把自己变成书中的陈家洛，而把夏梦介绍给他，从而把金庸的结局弄成陈家洛……”

看到这个吹毛求疵的回复时，我忍不住笑了出来。

想来金庸当初取这个名字原是好意，却不想造出了这么一个左右逢源却优柔寡断的男主角，白白地把这个名字变成了贬义。

仔细想来，霍青桐也实在是可怜。

在遇上良人的年纪，她偏偏遇上了一个伪装成良人的庸人；想玩一把“两处沉吟各自知”的浪漫，却不想等闲变却故人心，自己就这样成为了人尽皆知的感情 loser。照理说，按照她巾帼不让须眉的磊落性格，这原本也没什么大不了的——可偏偏，情敌又是她单纯可爱的妹妹，这让她想宣战都下不了手。

她爱她的意中人，她也爱她的情敌，所以只好苦了自己。

在美剧《Friends》里面，有一集 Ross 和前妻 Rachel 的妹妹 Jill 约会，在 Jill 投怀送抱的关头，他却打了退堂鼓。他跑去找 Rachel，他对她说：“我知道，如果我跟你妹妹亲热过，那就意味着我跟你之间再也不可能了。我不知道我们将来还有没有机会在一起，不过，我不想断送这个可能性。”

那一刻，我真想揪着陈家洛这厮的耳朵，让他过来好好看看清楚，真正的爱情应该长什么样子。

如果你真的爱一个人，你就应该珍惜她，你就应该好好保护她的尊严。

当你在花丛中迷失了方向，当你故作慎重地把她摆在了一边，当你为了自己的优越感而任由她受人同情和轻视……那么你应该知道，当有一天你被现实打醒，当你回过头去找她，那灯火阑珊的地方早就空无一人了。

因为，不是每个女人都可以做霍青桐。

你最后的失魂落魄，全都是你咎由自取——谁让你当初不选我？

初恋的味道

听说，许多过了中年的人，都试过一早起来对着镜子，忽然觉得镜中人面目可憎。

这种自我憎恶，大概是出于一种无力感。小时候我们望着镜子，总是可以随心所欲地幻想自己将来的样子。而当人长大成熟，逐渐变得世故，逐渐知道现实的不可改变，便会情不自禁地逐渐失去生活的热情，逐渐开始讨厌这个与自己朝夕相处的自己。

在这个时候，记忆里的某个人，会忽然发出令人目眩神迷的光彩。

其实这种光彩与那个人本身并没有关系。那个人代表的，是一段简单纯朴没心没肺的岁月，是一份奋不顾身无惧无畏的冲动，是一种深入骨髓无法取代的柔情。

因为，那个人的身上，有着初恋的味道。

一、马春花：当青梅竹马遇上惊鸿一瞥

受 TVB 电视剧《雪山飞狐》的影响，许多年来，我都一直以为胡斐的初恋叫做聂桑青。

出名“孤寒”的 TVB，在节省开支这一项上，简直做得令人发指：陈锦鸿版的电视剧《雪山飞狐》，因为凑不够正牌花旦，

只用了当时才二十出头的港姐佘诗曼来做女主角苗若兰，删掉了原著中堪称灵魂人物的程灵素，并且将马春花、袁紫衣和田青文这三个角色糅合成了孤女聂桑青。

那一年的滕丽名还没有如今这么瘦，一张丰盈小脸娇俏可人——她扮演的聂桑青，艳若桃李，冷若冰霜，一副倔强孤傲的性格，把愣头青胡斐迷得七荤八素。可她偏偏爱上了丰神如玉的贵公子兼人渣福康安。几经辗转，乃至另嫁他人，谁知终于还是逃不过宿命。最后她活生生被婆婆毒死，成了胡斐心上永远的伤疤。

说到这里，不得不佩服编剧的妙笔——在资金有限的无奈下，他将原著里马春花的命运稍微改编化用，竟然就能变得这样凄美浪漫。

《飞狐外传》中出现的马春花，最初是这副模样："这少女十八九岁年纪，一张圆圆的鹅蛋脸，眼珠子黑漆漆的，两颊晕红，周身透着一股青春活泼的气息。"

十八岁，圆脸，黑溜溜的眼睛——好像这样的形象，已经与纯朴的少女和简单的爱情画上了等号。这不，《连城诀》里的戚芳，也是长成这样。

戚芳身边有憨厚老实的师兄狄云，马春花身边也有个爱慕着她的傻傻的师兄，叫做徐铮。

戚芳遇上了对她一见钟情的英俊少爷万圭，马春花也遇上了俊俏的商家堡少爷商宝震。

只不过，马春花拥有太多戚芳不曾见识过的浪漫时刻。因为她在遇见属于她的师哥"狄云"和倾慕者"万圭"之余，还遇上了一个能够轻易把天下女子都玩弄于手掌心的贵公子：

只居中一位青年公子脸如冠玉，丰神俊朗，容止都雅，约莫三十二三岁年纪，身穿一件宝蓝色长袍，头戴瓜皮小帽，帽子正中缝着一块寸许见方的美玉。马春花从小就在镖行，自识得珠宝，但见相隔数丈，仍可看到那块美玉莹然生光，知道实是价值连城的宝物，他这么随随便便地缝在帽上，也不怕失落，心中好奇，不由得向他多望了一眼。

福康安的美貌自然不必赘述，从《书剑恩仇录》里对陈家洛的描写中就可见一斑。他们老陈家的基因好像盛产金玉其外败絮其中的渣男，唯一的区别，不过是“人渣”的程度深浅不一罢了。

如此出类拔萃的外表，连女中豪杰霍青桐尚且沉醉其中欲罢不能，纯朴的马春花又哪里抵御得了？

更何况，这个粉妆玉琢般的翩翩佳公子，还在想方设法地勾引她：

……也不知坐了多少时候，忽听得箫声幽咽，从花丛外传出。马春花正自难受，这箫声却如有人在柔声相慰，细语倾诉，听了又觉伤心，又是欢喜，不由得就像喝醉了酒一般迷迷糊糊。她听了一阵，越听越是出神，站起身来向花丛外走出，只见海棠树下坐着一个蓝衫男子，手持玉箫吹奏，手白如玉，和玉箫颜色难分，正是晨间所遇到的福公子。

福公子含笑点首，示意要她过去，箫声仍是不停。他神态之中，自有一股威严，一股引力，直是叫人抗拒不得。马春花红着脸儿，慢慢走近，但听箫声缠绵婉转，一声声都是情话，禁不得心神荡漾。马春花随手从身旁玫瑰丛上摘下朵花儿，放在鼻边嗅了嗅。箫声花香，夕阳黄昏，眼前是这么一个俊雅美秀的青年男子，眼中露出来的神色又是温柔，又是高贵。她蓦地里想到了徐铮，他是这么的粗鲁，这么的会喝干醋，和眼前这贵公子相比，真是一个在天上，一个在泥涂。于是她用温柔的脸色望着那个贵公子，她不想问他是什么人，不想知道他叫自己过去干什么，只觉得站在他面前是说不出的快乐，只要和他亲近一会，也是好的。

终于，马姑娘听从情感与荷尔蒙的召唤，心甘情愿地接受了福公子的亲热动作——在双方相识不到二十四小时的情况下。

在怦然心动的这一刻，从前听说指婚于师兄时的“晕红双颊”根本不值一提，从前受到商宝震表白时的迟钝无措也大可以忽略不计。因为在她心中，福公子才是光芒万丈的皎月，而那二人只是卑微模糊的繁星。

及至于后来，徐铮忍辱做了戴绿帽的便宜爹爹，商宝震因为狭窄的胸襟和难断的情孽而枉自送了性命——这两个为情所困的大男人，成了两座难分彼此的新坟：“虽然一个是丈夫，一个是杀丈夫的仇人，但在马姑娘心中，恐怕两人也无多大差别，都是爱着她而她并不爱的人，都是为了她而送命的不幸之人。”

即使最后被冷漠凉薄的福康安害死，马春花在临死前忏悔自己不忠于丈夫之后，仍然情不自禁地幽幽说道：“福公子，我多想再见你一面。”

她眼里的福康安，永远是在她十八岁的春天里，透着模糊的泪眼望去，那个坐在海棠树下，手持玉箫的蓝衫公子。那个剪影是美好的化身，是初恋的代名词。

她当时并没有想过，自己将来要从他那里得到什么。她也没有想过，在礼教大防的朝代，她这样的举动足以摧毁自己的一辈子。

那一刻的马春花，心情激荡，两颊发热，由眼底的惊艳激发了灵魂的震颤，任凭剧烈的心悸蒙蔽了她的听觉视觉嗅觉。那一刻的她，只想要付出，只想要无穷无尽不计成本地付出，即使是摔碎青梅竹马的情分，即使是抛下待嫁少女的清白，对于她来说，也全是值得的。

或许我们要告诉马姑娘，你应该考虑得更多一些。生活，并没有你想的这么简单。

但是爱情，本来就应该是这个样子。

二、岳灵珊：做傻瓜的资格

常有人说，初恋的妙处，就在于它的平凡。

不是每个人都有机会与绝世美女合奏古曲，也不是每个人都有机会与魔教妖邪携手冒险。

可是，每个男人一定都遇见过这么一个女孩子：她不是最漂亮的，可是你喜欢她的清纯；她不是最聪明的，可是你很喜欢每次猜中她心事时的那种成就感；她不是人群中最出众的，但在很长一段时间里，熙熙攘攘的人群中，你只看得到她。

她不必艳压群芳，不必出类拔萃，也不必出身高贵——她就是你邻居家那个扎着马尾辫的小姑娘，拖着尚未长成的身形，出现在你漫长人生的开端。她咧开嘴朝你甜甜地一笑，就仿佛一汪清澈的泉水注入你的心田。

这样的姑娘，是日后那些比她好千倍万倍的女子，都再也比不上的。

因为在认识她的时候，你的人生还没有启程，你的心还是空的，空得好像是专门为她留出来的。

当年在华山思过崖上，岳灵珊天真无邪的随口一句："咱两个就在这儿一同面壁，岂不好玩？"自来向往无拘无束的令狐冲，竟然听得心旌摇曳，觉得倘若真是与师妹一起被囚，他便是比神仙还快活了。而后得知小师妹为了上山送饭又哭又闹，他更是感动得无以复加——令狐冲瞧着她的小脸，只见她双目微微肿起，果然是哭过来的，不禁甚是感动，暗想："她待我如此，我便为她死上百次千次，也所甘愿。"

内心翻腾若此，嘴上却偏偏说不出来。

及至于日后遇上任盈盈，令狐冲成了油嘴滑舌的调情高手，却轮到女神任盈盈开始为他的一举一动，为他的一点点奉献，而感到心神荡漾，而甘心九死不悔。最后任盈盈将自己与令狐冲绑在一起，心里怀着恨不能一夜白头的柔情——却不知向往自由的令狐冲，此时内心深处又作何感想？

有句话叫做，在这个世上，一个人总是另一个人的傻瓜。

我总想起，在 TVB 经典宫斗剧《金枝欲孽》里，大结局时宫里杀戮不断，尔淳央求太医孙白扬陪她一起逃出宫，孙白扬却毅然转身去寻他心心念念的玉莹。他说："孙某从来自命红粉丛中游刃有余，想不到到头来，只是一个大傻瓜。宁愿辜负天下红颜，也要去爱一个永远不爱自己的人。"

他就这样转过身自怜自伤，不要性命也要去找回弃他而去的侯佳玉莹。他却看不到他身后的董佳尔淳，一双眼里的期盼与爱慕，正在一点一点地化成哀伤。

一个人的心，就是这样地不公平。只有在自己爱的人面前，你的感应器才会完全打开，你才会敏感地抓住对方的每一个举动。否则，纵使是对方为你柔肠百转，你也只是微微一笑，不疼不痒地叹一句"傻瓜"。

同样地，纵使任盈盈比岳灵珊美丽优秀千万倍，她给出的爱情更是深沉若海，可她遇上的，却是一个早已设下心防的，成熟懂事的令狐冲。这样的他，比年少时更加懂得如何表达和把握爱情，可这样的他，却失去了年少时那种毫无保留地去爱一个人的能力。

我们总是期盼着，等我们成为我们想要成为的那个人之后，我们就会遇到我们想要遇到的那个人。

可我们却没有想过，当有一天，我们真的褪尽了年少青涩的痴傻，我们真的开始强大得可以寻觅到那个值得我们为之做傻瓜的真命天子……或许，我们早已失去了做傻瓜的资格，我们早已没有能力，再全心全意地去爱他。

三、郭芙：如果当初我们能不那么倔强

你们想知道心胸狭窄没风度的男人是什么德行吗？不妨来看看杨过儿时与郭芙斗蟋蟀的情景：

……郭芙笑道："杨哥哥，你捉这小黑鬼啊。"杨过听出她话中有讥嘲之意，激发了胸中傲气，说道："好，捉就捉。"将黑蟋蟀捉了过来。郭芙笑道："你这只小黑鬼，要来干什么？想跟我的无敌大将军斗斗吗？"杨过怒道："斗就斗，小黑鬼也不是给人欺侮的。"将黑蟀放入郭芙的瓦盆。……

郭芙见自己的无敌大将军一战即死，很不高兴，转念一想，道："杨哥哥，你这头小黑鬼给了我罢。"杨过道："给你么，本来没什么大不了，但你为什么骂它小黑鬼？"郭芙小嘴一撇，悻悻地道："不给就不给，稀罕吗？"拿起瓦盆一抖，将小黑蟀倒在地上，右脚踹落，登时踏死。杨过又惊又怒，气血上涌，满脸胀得通红，登时按捺不住，反手一掌，重重打了她个耳光。……

偶像剧里，但凡童年有些渊源的男女主角，几乎无不是青梅竹马浓情蜜意的。通常情况下，都是在路人甲乙丙丁掌掴女主角的时候，年幼的男主角挺身而出，以英雄救美的姿态，将伟岸的身影永远留在女主角发着光的童年回忆里。至于年幼的男主角掌掴女主角，那自然是从来也没有的。

可这落魄寒微寄人篱下的小杨过，偏偏敢朝着自己衣食父母的掌上明珠，就这样一巴掌扇过去。

很多人都说，男生的风度要在不断的成长历练中才能修炼出来，所以儿时越是顽劣的男孩子，搞不好长大了就越有出息。

可在我看来，长大了出不出息是另一回事，但这种尊重异性的风度，通常是在很小的时候就根深蒂固了的。至于那些童年时就对柔弱女孩子毫不相让的熊孩子，哪怕他们长大之后学会了表面上的风度，在他们骨子里，也始终是把自己放在第一位的——不信的话，我们把这种人，和那种从童年起就有风度有礼貌的男孩子，都放到泰坦尼克号上面试试看?

诚然，在这场关于蟋蟀的争执中，主要是郭芙蛮横无理，但杨过这厮作为一个大哥哥，气量如此狭窄，也实在是让人喜欢不起来。

说起来杨过这人也实在可怜，他那狠心的爹和薄命的娘早早地弃他而去，害他小小年纪就住破窑洞当乞丐。好不容易认了个干爹，却是世人唾弃的西毒欧阳疯子；好不容易攀上父亲的故交，却又被人家的大小姐看不起；好不容易来到全新的环境全真教，却又被小道士们欺负得连反抗的余地都没有了。

所以，在这一系列挫折之后，终于遇到一个温柔对待自己的人，杨过怎能不努力去爱她? 哪怕那人对他冷若冰霜不假辞色，起码杨过可以确定，这人一定不会看不起他，一定不会在别人面前给他难堪。

看看杨过在古墓里对小龙女流露出的万般呵护，再回头看看他在桃花岛上对郭芙表现出来的傲气，我们这才恍然明白那句网上流传甚广的话：哪有人会喜欢孤独？不过是不喜欢失望。

作为一个生性高傲的人，杨过一生最痛快的意淫，绝对不是当什么千军万马中的大英雄，也不是抱得美人归，而应该是让全天下的人都知道：他杨过，既有本事当千军万马中的大英雄，也有本事抱得美人归——可他根本就不稀罕。

这种关键时刻的傲娇，才是我们神雕大侠意淫的精华部分。

而对于这样的人来说，他是绝对无法忍受那种有可能当众拂他面子的女人的。他最终选择长期出双入对的对象，一定是随时随地都能顾到他的面子，并且能够助长他的面子的女人。

符合这种条件的女人，他一生遇到了很多。这当中，将依赖和崇拜的姿态做得最足的有两个：一个是小龙女，另一个则是他的“小妹妹”郭襄。

而最不符合这种条件的女人，他这一生只遇到过一个。

那个女子出现在他年幼潦倒的破窑洞里，出现在他卑微受屈的桃花岛上。她总是那么地明媚鲜妍，那么地趾高气昂，在她瞥向他的眼风里，永远带着明目张胆的三分不屑。

可即使是与美若神人的小龙女朝夕相处了几年，也下定决心要好好爱这个姑姑——杨过在离开古墓后，重遇这个儿时给过他无数屈辱的郭大小姐时，却仍然情不自禁地自惭形秽。在与她对话时，他仍是这样的反应：杨过见她这么一笑，犹似一朵玫瑰花儿忽然开放，明媚娇艳，心中不觉一动，脸上微微一红，将头转了开去。

此时的郭芙众星捧月，对武氏兄弟的追求早已厌倦，此刻她“见到杨过的神色，知他已为自己的美貌倾倒”，不禁在心中得意洋洋。

接下来——杨过眼望西首，见壁上挂着一副对联……他年纪比眼前这三人大不了几岁，阅历心情，却似老了十多年一般，看到“五湖废人”四字，想起亲人或死或离，自己东飘西泊，直与废人无异，适才逼得赵志敬狼狈遁走的得意之情霎时尽消，一股凄苦萧索之意袭上心来，不禁垂下了头，暗自神伤。

郭芙低声软语：“杨大哥，你这就去安置罢，明儿我再找你说话。”

杨过淡淡的道：“好罢！”随着那庄丁出了书房，隐约听得郭芙在发作武氏兄弟：“我爱找他说话，你们又管得着了？他武功不好，我自会求爹爹教他。”

此时的杨过，古墓派武功初成，以偷奸耍滑的方式将全真教的宿敌们整得有苦说不出，在咄咄逼人的“郭伯母”黄蓉面前尚且不卑不亢地对答，理应正值年少狂傲之际，事事只待扬眉吐气。

然而他刚刚得意不久，在被郭芙的美震撼了之后，竟然开始自怜自叹，黯然神伤。

如果你初见一个人的时候就感觉到离别的隐痛，那么你一定是爱上她了。

郭芙的绝色容光震慑了他的五感，他下意识地低头看看自己，下意识地想起了自己漂泊无依的种种苦楚——小时候，当我们被坏孩子欺负了，或是受了什么其他的委屈，我们通常不会当着欺负自己的人就号啕大哭，而唯有当保护我们的亲人朋友出现时，我们的眼泪才会肆无忌惮地落下来。

杨过为郭芙的美所震撼，下一步却是万般愁苦涌上心头，所有坚硬的心防轻易就卸了下来，方才偷奸耍滑的得意顿时消失无踪。而他一面黯然地走出书房，一面还在留心地侧耳听着郭芙的动静。

要知道，当杨过被小龙女的美所震撼时，他转的第一个念头，却是长大了以后要怎么溜出去玩，要怎么把姑姑一个人抛弃在古墓里。

可即便是无法抗拒的吸引，这两人针尖对麦芒的性格，很快就突显出来了：

……（郭芙道）："杨大哥，你说是大武哥哥好呢，还是小武哥哥好呢？"……杨过笑道："我瞧两个都不好。"郭芙一怔，问道："为什么？"杨过笑道："倘若他二人好了，我杨过还有指望么？"他一路上对陆无双嬉皮笑脸的胡闹惯了，其实并非当真有甚邪念，这时和郭芙说笑，竟又脱口而出。郭芙一呆，她是个娇生惯养的姑娘，从来没人敢对她说半句轻薄之言，当下不知该发怒还是不该，板起了脸，道："你不说也就罢了，谁跟你说笑？"说着展开轻功，绕小路向山坳后奔去。

杨过碰了个钉子，觉得老大不是意思，心想："我挤在他们三人中间干么？"转过身来，缓缓而行，心想："武家兄弟把这姑娘当作天仙一般，唯恐她不嫁自己。其实当真娶到了，整天陪着这般娇纵横蛮的一个女子，定是苦头多过乐趣，嘿，也真好笑。"

郭芙奔了一阵，只道杨过定会跟来央求赔罪，不料立定稍候，竟没他的人影。她心念一转，暗道："这人不会轻功，自然追我不上。"当即向来路赶回，只见他反而走远，忙奔到他面前，问道："你怎么不来？"杨过道："郭姑娘，请你转告你爹爹妈妈，说我走啦。"

郭芙一惊，道："好端端的干么走了？"杨过淡淡一笑，道："也没什么，我本来不为什么而来，既然来过了，也就该去了。"

郭芙素来喜欢热闹，虽然心中全然瞧不起杨过，只觉得听他说笑，比之跟武氏兄弟说话另有一股新鲜味儿，实是一百个盼望他别走，说道："杨大哥，咱们这么久没见，我有好多话要问你呢。再说，今晚开英雄大宴，东南西北、各家各派的英雄好汉都来聚会，你怎不见识见识呢？"

杨过笑道："我又不是英雄，也来与会，岂不教那些大英雄们笑话？"郭芙道："那也说得是。"微一沉吟，道，"反正陆家庄不会武功之人也很多，你跟那些账房先生、管家们一起喝酒吃饭，也就是了。"杨过一听大怒，心想："好哇，你将我当作低三下四之人看待了。"脸上丝毫不露气恼之色，笑道："那可不错。"他本想一走了之，此时却将心一横，决意要做些事情出来出一口恶气。

……好容易奔近黄蓉平时传授鲁有脚棒法之处，见武氏兄弟已爬在树梢，四下张望。郭芙跃上树枝，伸下手来拉杨过上去。杨过握着她温软如绵的小手，不由得心中一荡，但随即想起："你便再美十倍，也怎及得上我姑姑半分？"

好了，直到这一刻，他终于想起他姑姑来了。

在怦然心动没多久之后，郭芙和杨过就各自犯了对方的大忌：杨过最恨人瞧他不起，郭芙偏偏表现出从骨子里瞧他不起；郭芙最喜欢故作生气要人来哄，哪知杨过根本不吃这一套，装模作样地哄两句都不会，脾气来了掉头就走。

郭芙的心理就是：这小子也有点意思，姑且向他送点秋波，把他排入追求者大队中，看他表现如何吧。

而杨过的心理则是：纵然我对你心动了，那又如何？你竟然看不到我的独特之处，你竟然只把我当成备胎？那我还不稀罕和你在一起呢！别以为我不认识比你更好的女人！那些追求你的倒霉蛋，我祝他们都没好下场！

这两个人虽然都互相吸引，但却都高傲地扬着下巴，固执地等对方先俯下身去。郭芙知道她转身就会有武家兄弟为她做小伏低，所以她故意挑唆武家兄弟去羞辱杨过。杨过知道他姑姑把他看得比生命还重要，所以小龙女一经现身，杨过就执着她的手你侬我侬，再不理周遭的事。

此时的杨过，就像是童话《小公主》里的主人公，在落魄潦倒受人轻蔑之际，面前忽然冒出来一个仗义疏财的旧友，使他从脏兮兮的小乞丐，瞬间摇身变成了他人的掌中宝。

所以自尊受挫的他，故意牵着小龙女大摇大摆地秀恩爱，俨然一副不把其他所有人放在眼里的姿态。

杨龙二人别后重逢，一番肉麻的对话简直让人不忍直视：

杨过道：“……我要睡着了才能做梦，好晚晚梦见你，紧紧抱住你，说道：‘亲亲好媳妇儿，我要你做我媳妇儿！’一面叫，一面亲你的脸，又亲你好美丽的眼睛。”

小龙女叹了口气道：“你说要我做你媳妇儿，那真好，我自然要做。那你在睡梦里也想着我了，又多一百次。以后我们分开了，你每天至少要想我六百次。”杨过道：“以后说什么也不分开了。真要分开了，我每天想你七百次。”小龙女道：“八百次！”杨过道：“九百次！”小龙女道：“一千次！”杨过心热如火，忍不住就要揽过她来吻她。但大厅上众目睽睽，他毕竟在尘世中长到十几岁，觉得不妥，勉强克制住了，只觉怀中小龙女的身体也渐渐温热。

能够这样的默契配合，自然不是没有爱情。可正因为太水到渠成了，所以这两个人的感情戏更像是一场场预先排演好的舞台剧——在打着聚光灯的舞台上，每一个动作、每一句对白，都仿佛是唯恐其他人不知道，这出戏的名字叫做“爱情”。

这样你来我往的秀恩爱，固然是甜蜜无伦，却怎么也少了年少相爱的那股青涩的别扭劲儿。反倒是郭芙与杨过你来我往的斗气吵架，倒更接地气些。

以小龙女之千依百顺，对比郭芙之蛮横骄纵——杨过自然知道和谁在一起，会让他自己比较舒坦。凭杨过最佳影帝的表演狂个性，在强烈的心理暗示之下，要对小龙女表现出这样似火的热情，实在是太轻而易举了。而小龙女原本就天真无邪，一颗心亦早就完完全全被他征服，自然是处处都配合着他，此刻正是与他演对手戏的最佳人选。

年轻人的逆反心理特别重，归根结底，大概是因为人在年轻的时候，总是喜欢作。

因为年轻，所以总觉得，凭借自己的力量，就可以轻易操纵自己的命运。年轻人总以为自己会得到命运的特别优待，总以为世上的一切都是唾手可得。他们固执地相信，无论自己怎么倔强高傲，无论自己怎么背立盈盈故作羞，该属于自己的东西，一定都逃不掉。

所以，在郭靖、黄蓉想为二人指婚的情况下，性情倔强的杨过和郭芙，异口同声地说了“不”。

在彼此为对方心动，并且有机会抓住对方的情况下，高傲精明的杨过，和骄纵蠢笨的郭芙，就这样各自倔强地转过身去。

全书最令我讶异的，却是杨过寻郭芙复仇的那一段。

其时，杨过既担了“玷污郭芙名声”的罪过，又背负着“掳走郭襄”的冤屈，被一时激愤的郭芙误斩了一条手臂。他在万念俱灰之下，遇上了神雕，还学到了剑魔独孤求败的精妙剑法，接下来数日不仅养好了伤，武功还更精进了，堪称是起死回生。

向来睚眦必报的杨过，带着死而复生的怨恨，偷偷潜入襄阳城，想杀了郭芙来泄愤。

但当他看到郭靖要斩郭芙手臂的时候，他的第一反应却是：……（杨过）瞧了这般情景，只吓得一颗心突突乱跳，只想：“我要不要下去阻止？叫他饶了郭姑娘？”

后来，在黄蓉的计谋下，郭靖被点了穴安置在床上，郭芙则被这位溺爱成性的母亲护送出了襄阳城。杨过一时气愤，又追了上来，想亲手向郭芙报复，不料却发生了这样一幕：

……杨过见她脸色苍白，目光中尽是惧色，同时显得娇弱无助，楚楚可怜。他此时要斩断她右臂，可说易如反掌，突然间心中升起一股怜惜之情，竟下不了手，哼的一声，挥出右臂，空袖子已裹住了她长剑，向外甩出。郭芙那里还拿捏得住，长剑脱手，直撞向墙角。……

杨过骑在马上，见道旁树木如飞般向后倒退，俯首看怀中的郭襄，见她睡得正沉，一张小脸秀美娇嫩，心道："郭伯伯、郭伯母这个小女儿，我总是不还他们了，也算报了我这断臂之仇。他们这时心中的难过懊丧，只怕尤胜于我。"奔了一阵，转念又想："杨过啊杨过，是不是你天生的风流性儿作祟，见了郭芙这美貌少女，天大的仇怨也抛到了脑后？倘若斩断你手臂的是个男人，是武氏弟中的那一个，你难道也肯饶了他？"想了半日，只好摇头苦笑。他对自己激烈易变的性格非但管制不住，甚且自己也难以明白。……

纵使是伤痕累累，纵使是万劫不复，纵使是怀揣着千般恨意，在望向她双眼的那一刻，他终究还是下不了手。

即便是后来郭芙不小心害得小龙女危在旦夕，令得杨过满心恨意——但他在与小龙女携手离去之前，仍是冒着生命危险，先冲进火场里将郭芙救了出来再说。

想那张无忌，一面咬牙切齿要替表妹报仇、要替义父出气，一面却拼死也不愿意伤害嫌疑人赵敏和真凶周芷若——只因此人生来就是妇人之仁，所以他一次次手下留情都不足为奇。但凭借杨过这种睚眦必报的性格，要让他一次次对伤害他如此之深的郭芙伸出援手，这当中的道理，确实不仅让我们难以明白，就连他自己，也难以明白。

不知后来名满天下的神雕大侠杨过，还会不会记得，十六岁那一年，有个牵着一匹丑马的落魄小子，在大庙里被一个少年女子的绝色容光震慑得自卑不已，再不敢看第二眼？

不知他会不会有一日突然顿悟：为何他对这世间女子都可以呵护有加，却单单在某一个女子面前进退维谷、心胸狭窄、斤斤计较？为何即便十六年时光荏苒，他却仍然忍不住故意屡屡在她和她的家人面前，大摇大摆地炫耀自己的本领？

年少一别之后，杨过将自己惊世骇俗的爱情表演给了全世界看，而郭芙则在一番纠结后嫁得良人，过上了安稳幸福的生活。在十六年后的风陵渡口，我们才知道，原来这么多年以来，她一直记挂着他的下落。

在后来的千军万马中，在人事已非的情形下，已为人妇的郭芙看着客套有礼的杨过，在彼此冰释前嫌之后，忽然心里空落落的。这一刻她才想明白，自己这么多年的骄纵暴躁无理取闹，竟然都仅仅是因为得不到他。

作者说：“二十年来，她（郭芙）一直不明白自己的心事，每一念及杨过，总是将他当作了对头，实则内心深处，对他的眷念关注，固非言语所能形容，可是不但杨过丝毫没明白她的心事，连她自己也不明白。”

在那天黄昏的襄阳城外，郭芙怔怔地看着携着小龙女之手的杨过，再怔怔地看着对自己体贴敬爱的丈夫耶律齐——在千军万马的厮杀声之中，她忽然慢慢地咀嚼出了初恋的苦涩。

这时已近中年的郭芙，会不会想起，在那一年的英雄大宴上，她受到调戏之后发足狂奔，在背立盈盈故作羞之际，她左等右等，却怎么也等不来那个哄她的少年郎？

那一年，他们都还太年轻，他们都是那么地倔强，那么地骄傲，那么地以自我为中心，在命运面前那么地自负自大……以至于，那一朵初恋的花，就这样开在十六岁的仲夏，而后在跌宕起伏的命运中一点点飘散无踪，万千绮丽空自绽放了一世，却怎么也等不来那对倔强的少年男女的一个适时的回眸。

四、段誉：恰好你也在这里

张爱玲在二十四岁那一年，已经是名满上海滩的大才女。其时，她早已写得一手华丽苍凉的爱情故事，可偏偏一场恋爱都没有谈过。

就是在这个时候，胡兰成出现。

明明胡兰成这厮由外到内，都没有配得起张爱玲的地方。明明此人人品低劣，恰恰符合张爱玲在小说中嘲讽得最多的“渣男”类型。明明即使是相识之初，胡兰成的小家子气和狂妄自大，就不曾让张爱玲惊艳过。

可是偏偏，就是他了。

眼高于顶的张大才女，清冷孤傲的张大才女，洞察世情的张大才女，在最想爱的年纪，遇上的恰好就是他。

“他一人坐在沙发上，房里有金粉金沙深埋的宁静。外面风雨琳琅，漫山遍野都是今天。”

风雨如晦的时候，恰逢内心空落落的找不到寄托，此时无论出现了哪个阿猫阿狗，少女的绮思也会把他包装成最符合要求的那个人。

就像平和磊落的程英，遇上锱铢必较的杨过，偏偏觉得是“既见君子，云胡不喜”。

就像美丽刚烈的木婉清，在情窦初开的年少岁月里，在满心怨恨的逃亡路上，遇上了令她揭开面纱的段誉。

段誉这书呆子懦弱迂腐，于感情一途也懵懵懂懂——木婉清在摘下面纱之前，是一万个瞧他不起，可在摘下面纱后，对他却是娇柔温婉、千依百顺：

木婉清听他称赞自己，心下欢喜，但随即想到，今日刚将自己终身托付于他，他转眼却便要死去，不由得珠泪滚滚而下。

段誉伸手搂住了她纤腰，只觉触手温软，柔若无骨，心中又是一动，便低头往她唇上吻去。他生平第一次亲吻女子，不敢久吻，便即仰头向后，痴痴的瞧着她美丽的脸庞，叹道：“只可惜我命不久长，这样美丽的容貌，没多少时刻能见到了。”

木婉清给他一吻之后，一颗心怦怦乱跳，红晕生颊，娇羞无限，本来全无血色的脸上更增三分艳丽，说道：“你是世间第一个瞧见我面貌的男子，你死之后，我便划破脸面，再也不让第二个男子瞧见我的本来面目。”

段誉本想出言阻止，但不知如何，心中竟然感到一阵妒意，实不愿别的男子再看到她这等容光艳色，劝阻之言到了口边，竟然说不出来，却问道：“你当年为什么要立这样一个毒誓?

这誓虽然古怪，倒也……倒也挺好！”

这样刚烈的女子，一旦决定爱了，就会立马收起全部的自我保护的铠甲，毫无保留地展露出自己最柔软的一面。

而对于段誉来说，木婉清只是他在山野中的一段艳遇，她只是他偶然收集到，并且不愿与他人分享的珍宝。她是他愿意娶回家的美人，却也是他不能娶回家的妹妹。至于在不在一起，他倒是看得很淡——当兄妹身世拆穿后，木婉清伤心得要死要活，段誉却态度十分平和，劝木婉清就这么算了吧。

后来他遇上王姑娘的时候，可不是这个态度——即使王姑娘早已铁了心要嫁给别人，他也还是要死要活，一想起这事就心如刀绞。

这样一个拖泥带水又任人践踏尊严的男人，实在是配不上美丽高傲、刚烈深情的木姑娘。

可木婉清对他，爱得覆水难收，爱得倾心尽力，爱得让旁人看了都替她不抵。

这又有什么办法呢?

在少女渴望爱情的当时当刻，恰恰是这样一个人，分花拂柳，巧笑而来。当此际，时间与空间都会立即产生异样的变化——不管你是翩翩公子，抑或是毒蛇猛兽，少女那颗期待爱情的心，都会将你包装成骑着白马的王子，令你全身散发出绚烂夺目的光彩。

至于你其实是谁，这根本就不重要。

你对于我来说最大的意义，只不过是，当我想要爱一个人的时候，恰好是你，出现在了这里。

五、杨康：为君沉醉又何妨

在许多港产爱情喜剧片里面，常常有当老爸的看着发花痴的女儿，大声地叹气：“真是女大不中留啊！”

在无数的文艺作品和教学案例中，我们总是可以看到这样一个个“不中留”的女儿，一旦开始思了春，就对心上人掏心掏肺，恨不能把自己完完全全地奉献出去，不要前途，不要父母，就算闹得众叛亲离也执迷不悔。

谁能阻止少年武士赴死呢？他们听不到啊！

爱情这样东西，就是一剂冲昏头脑的重药，让你不仅是心甘情愿，而且简直是情不自禁地，想要把自己所拥有的一切，都掏出来送给那个你爱的人。

所以说，无论什么时候，你永远不要小看了一个女人的奉献精神。

想那杨康初识穆念慈，竟是在比武招亲上调戏了人家一番，结果既不肯履行诺言娶她为妻，又不肯归还她的绣鞋，非要这样讨个便宜就走人。在民风保守的宋代，莫名被调戏和拒婚的穆念慈羞愤得差点自尽，可她怨的恨的从来只是自己，心里却不由自主地对这个轻薄无良的小王爷逐渐情根深种。

她爱上他，有很多理由，这里不必举例分析。太多人说穆念慈一生命苦，错就错在她爱错了一个人。早在初会之时，她就该带眼识人，就该看出杨康其人品行不端，后来她何苦主动表白，何苦未婚先孕，何苦为这样一个人生儿育女挨尽一生？

可是旁人替她怨都怨得名不正言不顺，因为她自己愿意。她爱的自然不是他的身份地位，也不全是他骗人的外表，却是真真正正地爱他整个人——“他是王爷也好，是乞儿也好，我心中总是有了他。他是好人也罢，坏蛋也罢，我总是他的人了。”

后来小东邪郭襄的一句：“她既喜欢了杨叔叔，杨叔叔便有千般不是，她也要喜欢到底。”堪称是穆念慈在尘世间罕有的知音。

如果没有郭靖、黄蓉瞎捣乱，非要给穆念慈的孩儿取名叫什么“杨过”，或者，这个孩子也可以叫做“杨不悔”。

杨康自然是千般百般不及杨逍，但他带给穆念慈的心悸沉醉、温热感动，却丝毫不逊于杨逍之于纪晓芙。赔上这一世的牺牲，为那个人，固然是不值得——但倘若是为了爱情，怎么做都是值得。

我想起在TVB经典剧集《大时代》里，李丽珍扮演的美丽少女方婷，爱上邵仲衡扮演的黑帮大佬丁孝蟹。自此，她为他被罚跪，为他叛出家门，为他忧心帮会纷争，为他追到了雨水纷飞的大屿山。那时她总是挂在口中的，无非是这一句：“你去边，我去边（你去哪里，我就去哪里）！”

纵使结局比预料中更为惨烈，当事人也丝毫不能左右事态的发展。在热烈的爱情袭上心头的那一刻，精明能干如方婷，都完全失去了抵御的能力——生活在遥远宋朝的单纯少女穆念慈，又怎么逃得出这法力无边的爱情？

其实，即便是沉沦毁灭，都是没有关系的。

爱错并不可怕，可怕的是从来没爱过。在最好的年华，能够有机会倾尽心力地爱一场，已经是很幸运的事情了。既然爱，那就爱了吧，如果错，那就错了吧。你又能把我怎样？

为了无私奉献时所享受到的那份爱情的甜蜜，即使是让小斑鸠沉醉在甜美的桑葚汁里，想来，它也是甘之如饴的。

在穆念慈十八岁那年的冬天，朔风扑面，寒意袭人。在繁华的京城闹市街头，翩翩少年踏雪而来。一身红衣的她，猝不及防地弄丢了一只绣花鞋，然后，又弄丢了自己的一颗心。从此，她眼里的那个人就是不可替代的发光体，她在没完没了的奉献之余，再也找不到自己。

其实，穆念慈对杨康的情，正如北宋秦少游填过的那一阕《虞美人》所言：

为君沉醉又何妨？

只怕酒醒时候，断人肠。

六、郑克塽：母性的萌发

台湾作家九把刀曾经写过这样一段颇有意思的对白：

——“公公，如果胖的我跟瘦的我同时出现，你会选哪一个啊？”

——“当然是胖的那一个啊。”

——“少骗人了，哪有人会选胖的啊。”

——“……因为，胖胖的你没有人疼。”

假设你爱上一个人，此时，当衣着光鲜、风度翩翩的他和落魄潦倒、狼狈不堪的他，同时出现在你面前，你会喜欢哪一个？

毫无疑问，你又不是傻子，怎么可能不选那个更好的他？

可是，如果你真的足够喜欢他——或者说，足够爱他的话，那么，你会不会不忍心，放着另外一个他没人疼没人爱？

当你看到，从前自己眼里，那个烨然若神人的男子，原来也会有惊惶失措的瞬间，原来也会有瑟瑟发抖的时候——你会不会下意识地伸出手臂，想要紧紧地抱住他？

有人说，真正的爱，就是爱你最狼狈的样子。

其实严格说来，任何人都不会爱你最狼狈的样子。只不过，他们心中强烈的想要爱你的欲望，将你的狼狈，修饰成了另外一种可爱。

又或者，那人只是一意孤行地想要爱下去，所以不惜屏蔽掉你一切的缺点。

《鹿鼎记》里的一对璧人——阿珂与郑克塽之间，莫过如是。

自从猥琐男韦小宝见到郑克塽的那一刻开始，他对郑克塽的整蛊从暗中盘算到明目张胆，恶作剧的篇幅足足延续了一册书有余：

……韦小宝忽然想起一事，忙从草堆中钻出，走进大车，拔出匕首，将呼巴音一刀戳死，心念一动，将他右手齐腕割下……他将匕首插入靴筒，右手拿了那只死人手掌，想去吓阿珂一吓，左手摸出去，碰到的是一条辫子，知是郑克塽，又伸手过去摸索，这次摸到一条纤细柔软的腰肢，那自是阿珂，心中大喜，用力捏了几把，叫道："郑公子，你干什么摸我屁股？"郑克塽道："我没有。"韦小宝道："哼，你以为我是阿珂姑娘，是不是？动手动脚，好生无礼。"郑克塽骂道："胡说。"韦小宝左手在阿珂胸口用力一捏，立即缩手，大叫："喂，郑公子，你还在多手！"跟着将呼巴音的手掌放在阿珂脸上，来回抚摸，跟着向下去摸她胸脯。先前他摸阿珂的腰肢和胸口，口中大呼小叫，阿珂还道真是郑克塽在草堆中乘机无礼，不禁又羞又急，接着又是一只冷冰冰的在手摸到自己脸上，心想韦小宝的手掌决没这么大，自然是郑克塽无疑，待要叫嚷，又觉给师父和韦小宝听到了不雅，忙转头相避，那只大手又摸到自己胸口，心想："这郑公子如此无赖。"不由得暗暗恼怒，身子向右一让。韦小宝反过左手，拍的一声，重重打了郑克塽一个耳光，叫道："阿珂姑娘，打得好，这郑公子是个好色之徒，啊哟，郑公子，你又来摸我，摸错人了。"郑克塽只道这一记耳光是阿珂打的，怒道："是你去摸人，却害我……害我……"阿珂心想："这明明是只大手，决不会是小恶人。"韦小宝持着呼巴音的手掌，又去摸阿珂的后颈。……

我们原以为，这样一番非礼的误会，已经足够让阿珂从此远离这个"丧德败行"的郑公子。哪知阿珂姑娘一转身就将这一节忘得一干二净，仍是把这郑公子视为皎净白云，把那韦小宝当作脚底烂泥。

后来，韦小宝玩出一个又一个的花样，诬赖郑克塽欠赌债，又诬赖他嫖妓不给钱，接着还让天地会的兄弟押着郑克塽去和一个男扮女装的“丑女”成亲……这一切失尽尊严的无厘头场面，他还非要让阿珂在旁边观摩不可，真是想想都可怕。

可是阿珂的反应呢？

不管这一场又一场的闹剧把郑克塽的形象破坏得有多厉害，她始终是睁着一双爱慕的眼睛望着郑公子，却吝于将这样温柔的眼风分出哪怕一丝丝，给那个一次次为她赴汤蹈火，或是装作为她赴汤蹈火的“小恶人”韦小宝。

也许可以说，女人与生俱来的最强烈的情感，莫过于天性当中的母性。

当一个女人初初爱上一个男人，她总会情不自禁地把对方当成一个小孩子来看待，处处体贴，时时留意，下意识地原谅他的每一次失态，不由自主地为他每一次不成熟的举动进行开脱。

她可以眼睁睁看着他狼狈出丑，却一次次视而不见。她可以把他失态的画面全部屏蔽或者瞬间删除，只在心里，固执地为彼此的未来勾画出一幅美好的蓝图。

网上有句话叫做：“我们现在谈恋爱，总有种当妈的感觉。等我们什么时候有种做女儿的感觉，那才是对了。”

后来做了妻子和母亲的阿珂，听说郑克塽亡国被俘，深悔自己当年被此人外貌所迷，一时竟感到羞愧无伦。抛开阿珂最终的归宿不谈，光是她对郑克塽态度的转变，本身也是一件挺可悲的事。

有人说，最可悲的不是没有人爱过你，而是所有爱过你的人，都觉得自己当初是瞎了眼。

但我想说，爱情从来都是一场两败俱伤的战役——这种“可悲”，对于“被爱过的你”，和“爱过你的人”来说，都是一样那么深刻。

最后选择了世俗生活的阿珂，对自己初恋时的怦然心动感到羞愧，对自己曾经母性大发的无私的爱情感到懊悔。一手牵着儿子、一手与“姐妹”们摇着骰子决定今晚谁与丈夫行房的她，年轻的心早已蒙上风尘，清澈倨傲的眼里早已布满寒霜。她看不起她爱过的郑克塽，其实就等于是看不起自己，也看不起自己那颗曾因为年轻而无惧无畏的心。

不知她会不会想起，曾经胸口好似燃烧着一团热火的她，可以勇敢到忽略所有的流言蜚语，执意选择自己的感觉；也可以屏蔽掉所有的负面信息，在心上人狼狈不堪、瑟瑟发抖的时候，伸出一双手臂，试图将无措的他紧紧地拥入怀中。

也许这样立足不稳的初恋，早已注定了要死去。但曾经那一刻在心上人面前生出的那一份无惧无畏的保护欲，曾经那一刻被爱情蒙蔽理智而产生的母性的萌发——对早已沦为庸人的阿珂来说，这些零碎而辉煌的片段，无论隔了多长的岁月，都足以照亮她那颗沉睡已久的、曾经倔强而孤傲的、少女的心。

后记·金丸打鸟

去年我重温了ATV的经典武侠剧《雪花神剑》。小时候一直没看全，但那白衣仙子梅绛雪的形象一直占据了我的童年记忆。彼时的杨恭如不过双十年华，举手投足间美艳绝俗。

白衣出尘，手捧玉箫，她简直就是我心目中的女神。

在我的记忆里，一直有一个顽固的印象，就是男主角非常非常迷恋她。

此番辗转找到资源重新看下来，我讶异地发现，我的女神梅绛雪竟是个从头到尾都倒贴未遂的loser。可气的是，那男主角方兆南品貌平庸，实在是远远配不上她。不仅是梅绛雪的拥趸上官玮，就连第一反派聂小凤都忍不住屡次质问梅绛雪："那个男人到底有哪里好，值得你这么念念不忘？"

我在记忆里一直为梅绛雪塑造了一个与男主角真心相爱的幻影，而其实，她为男主角重伤垂死，男主角根本想不起她的存在；就连她武功尽失被人追杀的时候，也根本没有绝世的大英雄为她从天而降，竟还需要她自己狼狈地爬到树边，捅蜂巢来为自己解围。

在这部电视剧里，我看到的是：人生有很多时候，其实都是在一厢情愿。

记得高三的时候我们四校联考，语文的作文题叫做"金丸打鸟"。

题目引用了佛经里的一个故事，说是有一个富家子，家财万贯却不懂珍惜，常常把贵重的金球配上弹弓，去打鸟儿取乐。

有人说这人骄奢淫逸，有人却不这么认为。

我当时写的作文叫做“虽则如云，匪我思存”，中心思想是——千金难买我愿意。

我说这个败家的二世祖其实是有大智慧，他缺的不是钱，而是快乐。倘若金丸打鸟能够换来快乐，那么区区黄金又何足惜？

同样的道理：许多在旁人看来十分幼稚可笑的事情，也许对我们来说，它很重要。

例如现在那么多人去读商科，又有那么多人去考公务员。我问他们为什么，问他们是不是真的期待自己所选择的生活。

他们回答我说，他们无从选择，踏上这条路不是因为喜欢，只是因为安稳。

巴尔扎克曾经说过：“在香巴涅那样的平原，和风雪交加而雄壮瑰玮的阿尔卑斯之间，哪个青年会看中恬静的原野？”

巴翁所言甚是。

在我看来，倘若不是肩负着巨大的养家的压力，在这年轻而充满力量的时候，为什么不去冒险，而要从一开始就选择安稳平淡的生活呢？我想我不是一个甘于平淡的人，就算每个人的结局到最后都是大同小异，我也希望自己能追求一个独一无二的过程。

或许有一天，我们每个人都将无可避免地拄着拐杖，迎着金黄色的夕阳走下山去。

但是在那之前，我无论如何也要踏上一次壮丽的冒险。

值此好年华，所思在远道。

武侠世界对我来说，大抵就是这样的存在。

我需要刀剑暗器，需要飞檐走壁，需要英雄救美，需要武功秘笈，需要坠落山崖，需要相濡以沫，需要江湖纷扰……我需要这许许多多洒满狗血的故事情节，来填补我心中的绮梦。

武侠是我们中国人最了不起的幻想。

其实我常常会有一瞬间的恍惚，会想起人类不过是猿猴的进化，会觉得我们所说的每一句话、所做的每一个动作，这当中的社会意义都荒谬得可笑。在这些恍惚的瞬间，我常常会感到乏味无趣，好像自己所做的一切努力都像是一场小丑戏。

武侠小说里，那些隐居山林的高人，忽然见到幸运的男主角，往往会看出此人“骨骼精奇，是练武的好材料”，旋即争相收他为徒，传他绝世武功。在主角受伤垂危的时候，总会有神医为他点穴止血，用灵丹妙药为他疗伤，自此，主角便身体恢复，兼且功力大增。

小时候我总是很喜欢这些桥段，现在却有些不屑：每个人都只不过是人群中的一个小小黑点，人家隐士凭什么对一个路人细看细察，人家神医又凭什么在你的身体上耐心找这个那个的穴位？

因为现在的人口实在是太多太多，不管是哪里，都让人觉得拥挤不堪。我们不再相信奇迹，是因为我们看到了那么那么多的人，并且我们理所当然地相信，我们也只不过是人群中寻常的一个。

到了这个时候，我们人人都成了平庸的方兆南，我们顺理成章地爱上年貌相当的陈玄霜。我们的眼里，再也看不到美艳绝俗、动静皆宜的白衣女神梅绛雪。

我一再地说过这样一句话：“你对这个世界解码的方式，决定了这个世界对待你的方式。”不相信奇迹的人，永远遇不到奇迹。其实有很多时候，是我们自己为自己画地为牢。

我总是像紫霞仙子一样相信，我的意中人是绝世的大英雄，总有一天，他会在一个万众瞩目的情况下出现。

诚然，人总要踏实地面对生活，但这并不代表我们从一开始就要做一个满身铜臭、安于现状的俗人。

如果是像梅绛雪那样，即使旁人都替她千不值万不抵，她也甘之如饴，那倒也是一种极高的境界。但如果你明明心有不甘，那么又何必从一开始就妥协认命?

就算那些前辈的谆谆教诲都是无比正确，有的时候，人偏偏要亲自撞一次南墙，才会感到心满意足。

不愿去读热门的学科，不愿去走人人都选择的坦途，想试试把自己喜欢的事情一直做下去——这就好比是金丸打鸟，好比是等待仙人掌开花，好比是手持玉箫茕茕孑立于冰天雪地。

其实，我们每个人都是骨骼精奇的少年英侠，我们每个人也都一定能等来那个命中的大英雄。我们每个人，都应当经历一次华美壮丽的一厢情愿。

在缈缈红尘里，做一个渺小而不卑微的个体，做自己喜欢做的事，这才不枉了来世间的这一趟旅程。

不必去想这在旁人眼里是否值得，也不必在意最终的结果是否跟我们预期的一样。

此时此刻，天空海阔，任君横行。

2014.8.11